Isabel Abedi

5 Sterne für Lola

18. 2. 2013

Viel Spass beim lesen.

Deine Oma

Isabel Abedi

5 sterne für Lola

Mit Illustrationen von Dagmar Henze

Band 8

www.lola-club.de

Für die Sterneköche des
verdrehten Sommerrestaurants:

* Sofia und Inaié
* Leila, Stella und Paul
* Miriam und Samuel

FSC
www.fsc.org

MIX

Papier aus ver-
antwortungsvollen
Quellen

FSC® C014496

ISBN 978-3-7855-5677-1
1. Auflage 2012
© 2012 Loewe Verlag GmbH, Bindlach
Auszug aus *Hol doch die Polizei*
Musik & Text: Haschim Elobied; B Tight, Sido Gold,
Mario Pinosa, Sergio Portaluri, Fulvio Zafret, Claudio Zennaro
© Ed. Takeova/Arabella Musikverlag GmbH (Universal Music Publishing Group);
Expanded Music SRL, Raid Publishing Alexander Lacher, Sony/ATV Music
Publishing (Germany) GmbH, Peermusic (Germany) GmbH, Peermusic (UK) Ltd
Auszug aus *Kochbuch des Todes*
Joscha Sauer und Malte Evers, Nichtlustig – Kochbuch des Todes.
© Carlsen Verlag GmbH, Hamburg 2012.
Umschlagillustration: Dagmar Henze
Umschlaggestaltung: Christian Keller
Redaktion: Christiane Düring
Herstellung: Daniela Freitag
Printed in Germany

www.loewe-verlag.de

Inhalt

EINE LATEINISCH-GRIECHISCHE KRANKHEIT UND EINE DROHENDE KATASTROPHE

Ich heiße Lola Veloso. Ich bin elfdreiviertel, wohne in der Hamburger Bismarckstraße 44, gehe in die fünfte Klasse einer Stadtteilschule und bitte euch um euer Mitleid. Ich hätte wirklich gerne einen spannenderen Einstieg für meine Geschichte gefunden, aber als das Ganze anfing, war ich leider krank. Ich wünschte, ich könnte sagen, dass ich Grippe hatte oder Magen-Darm oder von mir aus auch *Epiphysiolysis capitis femoris*. Das war die Krankheit meiner besten Freundin, der vor einem Jahr die Wachstumsfuge aus der Hüfte geknallt ist und die danach im Rollstuhl sitzen musste. Aber jetzt kann sie wieder so gut laufen, dass sie vor den Ferien beim Leichtathletikwettbewerb die Goldmedaille gewonnen hat, während ich Nacht für Nacht im Bett lag, ohne zu wissen, ob ich jemals wieder gesund werden würde.

Bis zu den Märzferien wusste ich nicht mal, wie meine Krankheit überhaupt hieß. Aber als ich in der ersten Ferienwoche die zweite Hochzeit meiner Tante plante, klärte sie mich auf, und seitdem war klar: Ich hatte eine Identitätskrise.

Tja. Wenn ihr euch jetzt fragt, was das bedeuten soll, dann geht es euch wie mir in den Märzferien. Als ich meine Tante bat, mir das Wort zu erklären, das sie weiß-der-Himmel-wo aufgeschnappt hatte, war sie mit ihren Gedanken schon wieder bei ihrer Hochzeit, für die sie erst noch geschieden werden musste. Aber das mit meiner Tante ist eine andere und etwas komplizierte Geschichte und die erzähle ich lieber später.

Jedenfalls musste ich die Bedeutung meiner Krankheit selbst herausfinden. Das hat mich ganze zwei Stunden gekostet, weil im Fremdwörterlexikon jedes Fremdwort mit mindestens dreizehn weiteren Fremdwörtern erklärt wird. Und davon können wahrscheinlich auch gesunde Wortsucher an plötzlichem Gehirntod durch Überforderung erkranken. Um euch das zu ersparen, fasse ich meine Herausfindungen am besten kurz zusammen.

Also: Eine Identitätskrise besteht aus zwei verschiedenen Worthälften. Die *Identität* kommt aus dem Lateinischen und ist das einzigartige und unverwechselbare Wesen eines Menschen. Das ist gut. Die *Krise* kommt aus Griechenland und ist der Gipfel einer gefährlichen Entscheidungssituation. Das ist schlecht. Und wenn sich die lateinische *Identität* mit der griechischen *Krise* verbindet, wird es leider sehr schlecht, dann weiß man nicht mehr, wer man ist. Im schlimmsten Fall kann die Krankheit sogar dazu führen, dass man einen an der Klatsche kriegt. Mama hat mir neulich eine Geschichte von einem Mann erzählt, der in Unterhose und mit einem Skalpmesser durch die Fußgängerzone lief, weil er sich für den Urenkel von Winnetou hielt und eine Mission der Göttin Massakah erfüllen wollte. In Wirklichkeit war der Mann ein Erdkundelehrer aus Bielefeld, aber das wusste er eben nicht mehr. Vielleicht hatte er im Erdkundeunterricht ja gerade Indianer im Wilden Westen durchgenommen und seine Schüler hatten ihn wegen schlechter Noten mit rauchenden Colts überfallen. Darüber konnte mir Mama aber leider nichts weiter sagen und über die Mission auch nicht. Bevor der Mann sie erfüllen konnte, hatte ihn die Polizei geschnappt und in eine Irrenanstalt gesperrt. Das Skalpmesser hatten sie ihm abgenommen, und ich kann dem Mann nur wünschen, dass ihm die Polizei wenigstens ein Unterhemd gegeben hat, denn das Ganze passierte im Winter.

Jetzt ist Frühling und mir passiert so was Gruseli-

13

ges hoffentlich gar nicht. Ich leide zum Glück ja auch nur zur Hälfte an dieser Identitätskrise, denn tagsüber weiß ich sehr genau, wer ich bin. (Siehe oben.)

Aber als ich noch ganz gesund war, besaß ich eine *zweite* Identität, und zwar immer dann, wenn ich nachts im Bett lag und nicht einschlafen konnte. Ich stellte mir vor, wer ich wohl wäre, wenn ich nicht ich wäre, und mir fiel auch immer etwas ein. Als berühmter Popstar hatte ich Fans, die sich kreischend vor mir auf den Boden warfen. Als Reporterin zwang ich Mörder in Gefängnissen zu einem Interview. Und als Spionin schrumpfte ich bedrohliche Restauranttester in pupsige Eiswürfelmännchen. Die Liste meiner nächtlichen Identitäten ist lang. Berühmt war ich in allen Fällen und bekam auch keinen an der Klatsche, denn wenn ich tagsüber aufwachte, war ich einfach wieder Lola. Die war ich natürlich auch, als diese Geschichte anfing. Aber nachts lag ich schlaflos im Bett und wusste nicht, was aus mir werden sollte.

Dabei hatte ich alles darangesetzt, für meine schlaflosen Nächte eine neue Identität zu finden. Oma sagt, je höher man kommt, desto tiefer ist der Fall nach unten. Deshalb kriegen auch berühmte Menschen manchmal einen an der Klatsche und so versuchte ich es vor den Märzferien erst einmal mit einer bescheidenen Identität.

Ich wurde Nonne. Mit reinem Herzen und nach

Gottes Willen betete ich in einem einsamen Kloster für den Weltfrieden, bis mich ein himmlischer Engel aufrief, der Menschheit Gutes zu tun. Also versorgte ich die Armen mit Essen, wusch Cowboys, Mathelehrer und Rassistenschweine von ihren Sünden rein und nähte den Verrückten Pyjamas, damit sie nicht in Unterhose in der Irrenanstalt wohnen mussten. Doch eines Nachts tauchte ein französischer Mönch in meiner Klosterkammer auf, entführte mich auf seinem Skateboard nach Paris und damit war mein Leben als Nonne vorbei.

In Paris wurde ich als verruchte Tänzerin in einem Nachtklub berühmt, aber das hielt leider auch nur für zwei Nächte. In der dritten Nacht wurde der Klub von einem brasilianischen Sambatänzer überfallen. Nach der Show gab er mir einen Kuss auf den Mund und wurde daraufhin von meinem französischen Geliebten erstochen. In der vierten Nacht wurde ich Totengräberin und in der fünften Nacht bekam ich Kopfschmerzen, weil mich diese ständigen Berufswechsel ganz durcheinanderbrachten.

Als ich meiner Freundin vor den Ferien von meinen Problemen berichtete, krauste sie die Nase und fragte: „Lola, könnte es sein, dass du die Trennung von Alex nicht verträgst? Oder dass du heimlich vielleicht doch in Fabio verknallt bist?"

„Nein und nein", sagte ich verstimmt. „Erstens sind

15

Alex und ich nicht richtig getrennt. Zweitens ist die Sache mit Fabio längst geklärt. Und drittens lass mich gefälligst mit meinem Liebesleben zufrieden, capito?" Das hatte mich im letzten Jahr nämlich wirklich fast verrückt gemacht.

Flo zuckte die Achseln und ich freundete mich mit dem Gedanken an, dass meine nächtliche Identitätskrise unheilbar war.

Irgendwie schien diese Krise ohnehin die reinste Seuche zu sein, denn außer meiner Identität hatte sie auch andere Menschen und sogar andere Länder angesteckt. Opa jammerte sonntagmorgens beim Zeitunglesen über die Wirtschaftskrise. Die kam angeblich auch aus Griechenland. Sie hatte irgendwas mit Schulden zu tun und führte dazu, dass die Leute weniger aßen und lasen. Jedenfalls machten sich Opa und Papai Sorgen, dass die *Perle des Südens* nicht mehr brummte. Und Oma hatte Angst, dass sie ihre Arbeit im Buchladen verlieren könnte. In Mamas Krankenhaus war es dafür voller denn je (wahrscheinlich wegen der vielen Krisenfälle), aber Mama war vor dem Arbeiten geschützt. Mütter mit kleinen Babys bekommen nämlich Mutterschutz und ihr Geld auch ohne Arbeit. Trotzdem klagte sogar Mama die ganze Zeit, dass sie langsam die Krise kriegte, weil mein kleiner Bruder Tag und Nacht an ihren Busen wollte. Deshalb verbrachten wir die Märzferi-

16

en auch zu Hause und Mama war schon so leer ge-
trunken, dass sie aussah wie ein schlaffer Luftballon.
Außer am Busen. Ihre Brüste waren richtige Milch-
bomben, weil sie nach jeder Mahlzeit eine neue Ladung produzierten. Mein verfressener kleiner Bruder
glich mittlerweile einem Sumo-Ringer. Er hatte drei
fette Rollen Speck an jedem Bein, echt wahr! Und
dass Mamas Brustmilch auch stark machte, musste
Schneewittchen erfahren. Als Leandro im März drei
Monate wurde, lernte er greifen und riss meiner Katze fast den Schwanz aus. Davon bekam Schneewittchen eine Babykrise und zog vorübergehend wieder
in den Garten unserer Nachbarin Vivian Balibar.

Hab ich noch eine Krise vergessen? Ach ja. Flos
Mutter Penelope bekam Ende März Krisantemen.

Das sind Blumen, die aber glaube ich anders geschrieben werden. Und gelitten hat Penelope auch
eigentlich mehr unter dem Zettel, der *in* den Krisenblumen steckte. Der war von ihrer Freundin Gudrun,
die eine Lebenskrise hatte und einen Sohn namens
Enzo. Der spielt eine wichtige Rolle in dem Krisenherd, auf den meine Geschichte hinausläuft. Ein Krisenherd ist so was Ähnliches wie eine Katastrophe,
die bei uns auch was mit Kochen zu tun hat und
mit Mobbing und anonymen Liebesbriefen und ...
ähm ... stopp.

Meine Freundin sagt, wenn ich so weitermache,
kriegt *ihr* vielleicht die Krise, weil ich schon wieder
am Ende bin, bevor die Geschichte überhaupt los-
geht.

Also spule ich noch einmal zurück und lasse meine
Geschichte ordentlich beginnen – an dem Abend
Ende März, als der Krisenherd noch in weiter Ferne
war.

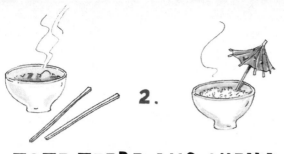

2.

TOTE TIERE AUS CHINA, EIN ANRUF AUS PARIS UND BESUCH IM INDISCHEN GEWAND

Der ordentliche Anfang der ganzen Geschichte war ein Sonntag. Es war der letzte Tag der Märzferien und Penelope und ich hatten Flo gerade vom Bahnhof abgeholt. Sie kam zurück aus Düsseldorf von ihrem Vater Eric.

Jetzt fuhren wir zu Jeff. Das ist der Vater von Alex und seit letztem November der Freund von Penelope. Er hatte uns zum Abendessen eingeladen. Ich saß mit Flo hinten im Auto und quetschte vor Freude ihre Hand. Am Gleis waren wir uns um den Hals gefallen und hatten einen wilden Wiedersehenstanz aufgeführt. So gehört sich das für beste Freundinnen! Aber jetzt wirkte Flo irgendwie bedrückt. Ihre Hand war schlaff und sie sah die ganze Zeit aus dem Fenster.

„Wann kommt denn Sol?", fragte ich. Sol ist Flos Freund. Er verbringt die Ferien meist bei seiner Familie in Quito und das ist fast so weit weg wie Brasilien.

19

Flo stieß einen tiefen Seufzer aus und informierte mich über eine weitere Krise.

„Sol hat mich gestern angerufen", murmelte sie. „In Quito gab es eine Unwetterkatastrophe. Die ganze Maisernte ist hin und Sol sitzt mit seiner Familie in der überschwemmten Farm seines Onkels fest. Wenn ich Pech habe, wird er dort noch eine ganze Weile bleiben müssen. Ich hatte mich so auf ihn gefreut."

„Ach Flo", sagte ich. „Das tut mir leid."

„Mir auch." Flo zog die Nase hoch. „Jetzt vermisse ich gleich zwei Menschen."

Ich legte meinen Arm um sie und Penelope warf ihr im Spiegel einen mitfühlenden Blick zu. Dass Flo mit dem zweiten Menschen ihren Vater meinte, mussten wir nicht fragen.

Der Abschied von Eric fiel Flo jedes Mal schwerer und diesen Trennungsschmerz kannte ich von Alex. Der besuchte seinen Vater (und mich!) ja auch nur in den Ferien. Aber seit Anfang Januar war Alex wieder in Paris bei seiner Mamong und das war auch der Grund, warum mich ein unordentliches Gefühl beschlich, als ich neben Flo an Jeffs großem Esstisch aus schwerem Glas saß. Bis jetzt war ich immer nur wegen Alex hier gewesen und ohne ihn kam ich mir ganz verloren vor.

Ich war froh, dass mich die vielen Schälchen ablenkten, in die Jeff kleine Fähnchen mit fremdartigen

Namen gesteckt hatte. Er testete gerade chinesische Restaurants in Hamburg, und weil eines von ihnen auch Essen lieferte, hatte sich Jeff den halben Menüplan nach Hause bestellt. Damit standen auf seiner Kritikliste schon zwei Minuspunkte, denn die Lieferung hatte anderthalb Stunden gedauert und ein Menü fehlte. Dafür gab es kleine Partyschirmchen mit chinesischen Blüten und zu essen war auch genug da.

„*Gong Bao Ji Ding*", las ich und schnupperte an dem Schälchen mit einer cremigen Soße. Sie duftete köstlich nach Nüssen.

„Das ist Hühnerbrust mit Erdnüssen", sagte Jeff.

„Klingt lecker", sagte ich.

Flo verzog das Gesicht. „Und was soll das sein?" Sie zeigte auf ein Schälchen mit der Aufschrift *Shui Zhu Nio Rui*.

„Rindfleisch in scharfer Soße", sagte Jeff. „Du magst doch scharf, Flo."

Aber meine Freundin presste nur die Lippen aufeinander und warf Penelope einen eisigen Blick zu.

„Hast du es ihm nicht gesagt?"

Penelope seufzte.

„Was gesagt?", fragte ich.

„Dass ich kein Fleisch mehr esse", informierte mich meine Freundin streng.

„Kein Fleisch?" Ich runzelte die Stirn. „Seit wann denn das?"

„Seit mir mein *Vater*", Flo betonte dieses Wort, „die Augen geöffnet hat. Wisst ihr eigentlich, wie schrecklich diese Tiere leiden müssen, nur damit wir uns mit ihren Leichen die Wampen vollschlagen?"

Oje. Dass Flos Vater Bücher über Tiere schrieb, wusste ich. Sein erstes handelte von singenden Walen und sein neues von reisenden Pinguinen. Aber offensichtlich beschäftigte Eric sich jetzt auch mit scharfen Rindern und cremigen Erdnuss-Hühnern, deren Leichen in weißen Schälchen landeten. Plötzlich war ich mir nicht mehr sicher, ob ich sie essen wollte.

„Das hier ist Biofleisch", versuchte Jeff meine Freundin zu beruhigen. „Diese Tiere sterben einen sanften Tod."

„Hallo?" Flo stemmte die Arme in die Hüften. „Willst du behaupten, ein sanfter Tod sei tierlieb? Für dieses dämliche *Hui pfui, Schuh zu* ist ein Rind jämmerlich abgeschlachtet worden. Ich kann euch gerne mal erzählen, wie das läuft. Mein *Vater* ..." Wieder betonte sie dieses Wort und Penelope legte Flo die Hand auf den Arm.

„Vielleicht verschieben wir diese Geschichten, bis wir gegessen haben, mein Schatz. Jetzt gibt es bestimmt auch etwas, das dich fleischlos glücklich macht, stimmt's, Jeff?"

Jeff nickte und lächelte Flo an. „Extra für dich habe ich *Tángcùyú* bestellt. Das ist ..."

„Süß", sagte ich zum einen, weil Jeff mir leidtat, und zum anderen, weil das Gericht wirklich süß roch. Ich häufte mir einen Löffel auf den Teller. „Das probier ich mal."

Jetzt runzelte Jeff die Stirn, aber ehe er etwas sagen konnte, hatte ich meine Gabel in das Schälchen gepikst und mir ein Stück Fleisch in den Mund geschoben. Ich kaute. Es war ein bisschen süß und ein bisschen sauer und beides zusammen schmeckte ziemlich gut.

„Ist das Huhn oder Rind?", fragte ich.

„Weder noch", sagte Jeff und musterte mich ängstlich. „*Tángcùyú* ist süßsaurer Fisch."

Penelope kicherte. Flo strich sich ihre schwarzen

Zauselhaare aus der Stirn und machte einen spitzen Mund. Ich hielt die Luft an. Süßsaurer *Fisch*? Ungläubig kaute ich weiter.

„Sag jetzt nicht, dass es dir schmeckt", zischelte meine Freundin. „Du hasst Fisch, schon vergessen?"

Was sollte ich sagen? Meine Freundin hatte recht. Ich konnte Fisch nicht riechen und hatte mich bis jetzt immer davor geekelt, dieses Stinktier zu essen. Aber dieser Fisch stank nicht und eklig schmeckte er auch nicht. Und Jeff sah mittlerweile so bedröppelt aus, dass ich es nicht übers Herz brachte, noch etwas Schlechtes zu sagen.

„Es schmeckt lecker", verkündete ich, schluckte und pikste ein zweites Stück auf. „Hier, probier selbst." Ich hielt Flo die Gabel unter die Nase. „Du liebst doch Fisch."

Flo, die heute ein langärmliges Totenkopf-Shirt trug, verschränkte die Arme vor der Brust.

„Vergangenheit", sagte sie. „Nie wieder werde ich etwas anrühren, das Augen hat. Oder eine Seele."

„Tja, dann", sagte Jeff zu Flo, „werde ich dich als meine fachkundige Begleiterin mitnehmen, wenn ich vegetarische Restaurants teste. Und heute bin ich froh, dass auch seelenloses Essen auf dem Menüplan steht."

Er zeigte auf ein Schälchen, dessen Inhalt aussah, als hätte ein Rind wiedergekäutes Gras hineingespuckt.

„*Cai Song Zi*", sagte Jeff. „Das ist Spinat mit Pinien-kernen. Außerdem gibt es Frühlingsrollen mit Ge-müse und Reis."

Damit war Flo einverstanden und das Abendessen wurde dann auch sehr gemütlich. Jeder von uns durf-te Punkte für die Speisen verteilen. Und Jeff ver-sprach, Flos Bitte nach mehr vegetarischen Gerichten auf dem chinesischen Menüplan in seine Bewertung aufzunehmen, was Flo in eine deutlich bessere Stim-mung versetzte.

Im Hintergrund lief die CD, auf der Penelope brasi-lianische Lieder sang. Jeff machte ihr ein Kompliment nach dem anderen und war der vollendete Gastgeber. Für Flo und mich hatte er Pflaumencocktails gemixt. Penelope und er tranken *Sao Xing*. Das ist chinesi-scher Reiswein, der Penelope einen kleinen Schwips bescherte. Sie kicherte die ganze Zeit, während Jeff lustige Geschichten von Restaurants erzählte.

Schließlich berichtete Flo von ihren Ferien. Ihr Vater Eric hatte Flo alles über seine Reise zu den Pinguinen erzählt und ihr unzählige Fotos gezeigt, aus denen er eine Diashow zusammenstellen wollte. „Mein Vater plant jetzt eine Lesereise", sagte sie. „Ich habe ihm vorgeschlagen, dass er auch im Buchladen von deiner Oma liest. Was meinst du, Lola?"

Ich nickte, aber irgendwie war ich nicht ganz bei der Sache. Zum einen, weil ich ein normales Tischgespräch gar nicht mehr gewohnt war. Zu Hause wurde jede Mahlzeit vom Gebrüll meines kleinen Bruders unterbrochen, der nach Mamas Brüsten schrie. Nie konnten wir einen Satz zu Ende bringen. Zum anderen rumorte immer noch dieses unordentliche Gefühl in mir. Oder besser gesagt, schon wieder. Und das hatte mit Alex zu tun.

Ich dachte daran, wie traurig Flo im Auto ausgesehen hatte, als sie mir von Sol erzählte. Aber die beiden waren wenigstens noch ein ordentliches Paar. Das waren Alex und ich nicht – und alles in Jeffs Wohnung erinnerte mich an früher. Der Billardtisch, an dem Alex sich hinter mich gestellt und seine Arme um mich gelegt hatte. Die dicken schwarzen Lederkissen, auf denen Alex und ich *Der Spion, der mich liebte* angeschaut hatten. Und die Tür zu Alex' Zimmer, in dem er mir im letzten Winter seinen letzten Kuss auf den Mund gegeben hatte. Seit diesem Kuss war Alex nicht mehr mein fester Freund, sondern mein plutonischer ... äh ... platonischer Freund. Pluto ist ja ein Planet, während Platon ein berühmter Philosoph war. Opa hatte mir erklärt, dass nach Platon eine Freundschaft benannt wurde, in der man sich nicht auf den Mund küsst. Leider habe ich vergessen, warum. Wahrscheinlich, weil Philosophen so viel nachdenken müssen, dass sie zum Küssen keine Zeit haben, und so war das bei Alex und mir natürlich nicht. Aber Alex' Eifersucht auf Fabio hatte letztes Jahr für eine Liebeskrise gesorgt und zu allem Unglück hatte er dann Fabio bei einem Kuss auf meinen Mund erwischt. Das hatte schrecklichen Streit gegeben und im letzten Winter hatte ich beschlossen, dass kusslose Freundschaften in meinem Alter vielleicht erst mal einfacher sind.

Deshalb nennt mich Alex in seinen Briefen auch nicht mehr *ma chérie*, was auf Deutsch *mein Liebling* heißt, sondern *mon amie*. Das heißt auf Deutsch *meine Freundin*. Bis vor Kurzem hatte sich das auch ganz richtig angefühlt. Aber als Jeff Penelope jetzt eine schwarze Haarsträhne aus dem Gesicht strich, erinnerten mich seine funkelgrünen Augen plötzlich an Alex. Er setzte sogar das Leuchtesternlächeln auf, das ich an Alex so liebte.

Oje. Scheinbar hatte Flo mit ihrer Vermutung doch ein bisschen recht. Vielleicht vertrug ich die Trennung von Alex wirklich nicht und vielleicht sollte ich ihm das auch sagen. Seufzend heftete ich meinen Blick auf das Telefon und erschrak fast zu Tode, als es in derselben Sekunde anfing zu klingeln. Ohne nachzudenken, sprang ich auf und nahm den Hörer ab. Die anderen sahen verdutzt hoch.

„Hallo? Alex?"

„'allo?", sagte eine Stimme am anderen Ende. „Wer sprischt da bitte?"

„Lucille", sagte ich und stieß enttäuscht die Luft aus. Es wäre so magisch gewesen, wenn Alex meine Gedanken gespürt und angerufen hätte. Stattdessen war seine Mamong am Apparat, die mich offensichtlich nicht erkannte. Am Esstisch runzelte Jeff die Stirn und am Telefon fragte Lucille mich misstrauisch: „Sie 'eißen auch Lucille? Wer bitte sind Sie, wenn isch 'öflisch fragen darf?" Dabei klang sie allerdings nicht 'öflisch, sondern eher säuerlisch wie abgelaufene Milch.

„Pardon", verbesserte ich mich. „Ich meinte natürlich: Guten Abend, Lucille. Hier spricht Lola. Die Chérie ... äh ... die Amie von Alex."

„Was machst du denn bei Jeff?", fragte Lucille argwöhnisch. „Ist alles in Ordnung?"

Ich schielte zum Esstisch. Jeff sah inzwischen verunsichert aus und mir fiel ein, dass Lucilles Mutter Doppelskorpion war. Skorpione sind ein sehr eifersüchtiges Sternzeichen, das kenne ich von Alex, der ja auch einer ist. Aber Lucille hat den Skorpion im Aszendenten. Das bedeutet, die Eifersucht verdoppelt sich und läuft auch nach einer geschiedenen Ehe nicht ab.

„Wenn meine Mutter wüsste, dass mein Vater in Flos Mutter verliebt ist, würde sie Penelope den Hals umdrehen", hatte Alex mal gesagt. Das wollte ich natürlich auf keinen Fall – womöglich landete Penelope

28

dann auch in einem weißen Schälchen und Lucille verfütterte sie mit französischen Gewürzen an ihre Feinde. Deshalb sagte ich: „Alles ist in Ordnung, Lucille. Ich besuche Jeff, weil er ohne Alex so einsam ist. Geht es Alex gut?"

„Sehr gut", sagte Lucille. „Er ist seit 'eute auf Klassenreise und isch wollte Jeff nur sagen, dass sein Sohn gut in London gelandet ist."

In London? Davon hatte Alex mir gar nichts erzählt. „Nice", sagte ich. Das ist englisch und heißt auf Deutsch *nett*. Aber mein unordentliches Gefühl stieg mir jetzt bis in die Kehle, während Penelope Jeff ein chinesisches Partyschirmchen ins Haar steckte und sich darüber halb totlachte. Jeff grinste nervös und Lucille fragte: „Wer kischert da?"

„Eine Spionin", schwindelte ich, weil ich nicht wusste, ob ich die Wahrheit sagen durfte. „Im Fernsehen. Jeff und ich schauen uns gerade einen Film an."

Jetzt fing auch Flo an zu kichern und dann klingelte es an der Tür.

„Das ist mir zu läscherlisch", sagte Lucille. „Rischte Jeff aus, er soll misch anrufen, wenn er Zeit hat." Mit diesen Worten legte sie auf, während an der Tür der reinste Klingelorkan losbrach.

„Du scheinst ja sehr gefragt zu sein", sagte Penelope und knuffte Jeff in den Arm. „Erwartest du Besuch?"

Kopfschüttelnd zog sich Jeff das Schirmchen aus dem Haar. Dann ging er in den Flur, um die Tür zu öffnen.

„Kann ich Ihnen helfen?", hörte ich ihn kurz darauf fragen.

„Das hoffe ich doch", antwortete eine weibliche Stimme. „Ich bin Gudrun. Das ist mein Sohn Enzo. Wir möchten zu Penny. Felix, der Glückliche, hat uns verraten, dass wir sie hier finden."

„Also ... äh." Jeff trat einen Schritt zurück. Flo und ich standen jetzt auch im Flur. Als Jeff uns einen fragenden Blick zuwarf, zuckte meine Freundin irritiert mit den Schultern.

„Felix, der Glückliche?", flüsterte sie mir ins Ohr. „Wer soll denn das sein? Und wer ist Penny?"

Dazu fiel mir eigentlich nur ein, dass Felix der Name meines Opas ist und Penny ein Supermarkt. Aber ehe ich das sagen konnte, schob sich eine Frau in einem lilafarbenen Gewand an Jeff vorbei. In der Hand hielt sie einen Strauß gelber Blumen, die man Krisantemen ausspricht und Chrysanthemen schreibt. An ihren Handgelenken bimmelten ungefähr dreihundert Armbänder mit goldenen Glöckchen und in ihrem Gesicht waren drei Augen. Zwei blaue – links und rechts – und in der Mitte zwischen den Augenbrauen ein dunkelbraunes. Das war aufgeklebt. Aber als die Bimmelfrau von Flo zu mir sah,

wusste ich nicht, in
welches Auge ich
kucken sollte.

Hinter ihr standen
zwei schrankgroße Koffer
und neben ihr ein Junge
in Frack und Cowboy-
stiefeln. Er hatte nur zwei
Augen, die braun waren,
genau wie seine Haare.
Sein Gesicht war schmal
und er hatte eine hohe
Stirn. Im ersten Moment dachte ich, dass ich ihn irgendwo schon einmal gesehen hatte. Ich wusste nur
nicht, wo. In der Hand hielt der Junge eine Videokamera. Er richtete sie erst auf Jeff, dann auf Flo und
mich und schließlich auf den Rücken seiner Mutter.
Die schwebte jetzt bimmelnd durch den Flur.

„Durchgeknallte Mutter trifft alte Freundin aus
wilden Zeiten", kommentierte ihr Sohn, während er
hinter ihr hermarschierte.

„Pennylein! Komm heraus, mein Engel, ich hab
dich gefunden." Mit diesen Worten stürmte die Frau
ins Wohnzimmer und im nächsten Moment hörten
wir Penelope erschrocken quieken.

3.

EIN ÜBERRASCHENDER ABEND
UND DER MORGEN DANACH

Der Rest des Abends wurde sehr unordentlich, aber das richtige Chaos brach erst am nächsten Morgen los. Meine Freundin sagt, es ist eine schlechte Angewohnheit, dass ich nie der Reihe nach erzähle, sondern immer schon etwas vorher verrate. Na gut. Dann mache ich am besten da weiter, wo ich aufgehört habe: bei Penelopes Quieken.

Nachdem sie sich davon erholt hatte, brachte sie ein gestammeltes „Gudrun? Was machst du denn hier?" zustande.

Die dreiäugige Gudrun ließ sich auf Jeffs Stuhl plumpsen und strahlte uns an. „Der Tee hat mich hierher geführt."

„Der bitte was?" Penelope schnappte nach Luft.

„Der Tee, Schätzchen." Gudrun ließ ihre Armbandglöckchen bimmeln. „Weißt du nicht mehr? Die gute alte Wahrsager-Mischung aus indischen und chinesischen Teeblättern? Darin haben wir früher doch ständig unsere Zukunft gelesen. Erinnerst du dich an unsere wilde Zeit in Brasilien? Damals war auch ein kleines Schiffchen im Spiel." Kichernd warf Gudrun einen Seitenblick auf Penelope, die ängstlich mit dem Kopf schüttelte. Jeff stand hinter ihr und Flo lehnte mit verschränkten Armen am Fenster.

„Vielleicht hätte ich dort bleiben sollen, dann hätte ich jetzt keine Lebenskrise", fuhr Gudrun fort. Sie griff nach Penelopes Glas und gönnte sich einen kräftigen Schluck Reiswein. „Wenn du wüsstest, was ich alles hinter mir habe! Aber ich wollte nicht jammern, sondern mein Leben wieder in den Griff bekommen. Und was haben mir die Teeblätter im Boden der Tasse gezeigt? Na?"

Keiner antwortete und ich fragte mich, ob diese Bimmelfrau im indischen Gewand noch alle Tassen im Schrank hatte oder vielleicht auch ein Fall für die Irrenanstalt war. Für diesen Fall trug sie hoffentlich saubere Unterwäsche, denn heute wehte eine steife Brise – wie man in Hamburg sagt.

„Die Teeblätter zeigten mir ein Schiff!", erklärte Gudrun, weil es Penelope offensichtlich die Sprache verschlagen hatte. „Und was das bedeutet, weißt du doch wohl, Pennylein."

Gudrun schielte beglückt zu ihrem Sohn, der es sich auf Flos Stuhl bequem gemacht hatte. Genüsslich angelte er sich ein Stück Fisch aus einem Schälchen, während er mit der anderen Hand die Kamera auf Penelopes Gesicht hielt. Die zuckte stumm mit den Schultern, während es bei Jeff auch zuckte, allerdings um die Mundwinkel, als müsste er sich das Grinsen verkneifen.

„Es bedeutet, dass mein Schiff bald in einen Hafen einlaufen wird", informierte uns Gudrun. „Und was bringt es mit sich?"

„Tee?", riet Jeff.

Flo kicherte und Penelope verbarg das Gesicht hinter den Händen.

„Falsch!", jauchzte Gudrun. „Ein Schiff bringt inneren Frieden und damit auch wahren Reichtum und Liebe mit sich. Aber nur, wenn es in den richtigen Hafen einläuft. Also habe ich überlegt, welchen Ort die Götter für mich im Sinn hatten." Gudrun zwinkerte Penelope zu. „Dass du mittlerweile in Hamburg lebst, wusste ich ja, und dass du eine CD mit brasilianischen Liedern komponiert hast, auch. Als ich deinen Namen im Internet googelte, erfuhr ich, dass du als Kellnerin in der *Perle des Südens* am Hamburger Hafen arbeitest. Dort sind wir dann als Erstes hin, Enzo und ich. Der schnuckelige Brasilianer hinter der Bar ist ja wirklich zum Küssen. Ich konnte seine Aura lesen. Sie war *gelb*!"

Gudrun wedelte mit ihren Krisenblumen und ich versuchte, all die Informationen zu verarbeiten, die aus ihr herausgesprudelt waren.

Ein Schiff in der Teetasse?

Ein schnuckeliger Brasilianer mit gelber Aura?

Ich hatte keine Ahnung, was eine Aura war, aber dass mit dem schnuckeligen Brasilianer mein Papai gemeint war, begriff ich. Die *Perle des Südens* ist unser Restaurant – und küssen würde Papai diese bimmelnde Witzfigur ganz bestimmt nicht.

„Der schnuckelige Brasilianer ist mein Vater", stellte ich klar und fügte sicherheitshalber hinzu: „Mein glücklich verheirateter Vater. Hör gefälligst auf, mich zu filmen!" Die letzten Worte galten diesem Enzo, der seine Kamera inzwischen auf mein Gesicht gerichtet hatte.

„Ich bin nicht mehr an irdischen Männern interessiert, Herzchen", beruhigte mich Gudrun. „Davon hatte ich in Brasilien mehr als genug. Nicht wahr, Pennylein?" Verschwörerisch knuffte sie Penelope in den Arm, die mittlerweile so aussah, als wolle sie per Weltraumschiff in eine ferne Galaxie verschwinden.

„Jedenfalls wollte uns dein brasilianischer Chef nicht verraten, wo du dich aufhältst", fuhr Gudrun fort. „Das mussten wir dann aus seinem Kollegen Felix herauskitzeln. Er war so freundlich, uns mitzuteilen, dass du bei deinem neuen Liebhaber bist. Und hier sind wir also, Enzo und ich. Erinnerst du dich noch an meinen Sohn? Er ist ganz schön groß geworden, nicht wahr? Sag Guten Abend, mein Goldstück."

„Guten Abend mein Goldstück",
sagte der Junge. Er zoomte mit der
Kamera auf Flo. Ehe meine Freundin
darauf reagieren konnte, war Gudrun
auf sie zugestürzt und schlang ihre
bimmelnden Arme um sie.

„Und du musst Pennyleins Tochter sein. Flora Geraldine! Du
siehst deiner Mutter noch
ähnlicher als früher. Aber die
Aura hast du von Eric. Wie geht
es deinem Vater? Segelt er immer
noch wie Ephraim Langstrumpf
mit seinem Piratenschiff um die sieben Weltmeere?"

Gudrun betrachtete Flo und sah verzückt zwischen
ihr und Enzo hin und her.

Flo ächzte und jetzt stand mir der Mund offen.
Über Flos Vater wusste ich mittlerweile so manche
Geschichte. Aber diese war mir neu und ich war
nicht sicher, ob ich sie glauben sollte.

„Stimmt das?", fragte ich Penelope.

„Natürlich stimmt das", sagte Gudrun, als wäre es
die reinste Selbstverständlichkeit. „Als Penny und
ich zurück aus Brasilien kamen, lernten wir Eric in
Düsseldorf kennen, und ein knappes Jahr später gingen wir alle zusammen auf große Schiffsreise."

Penelope blieb stumm und ich kriegte den Mund

gar nicht mehr zu vor lauter Verblüffung. Ich wusste, dass Penelope früher in einer Fischbude am Hafen gearbeitet hatte. Und ihre Brasilienreise hatte sie auch erwähnt. Aber von wilden Zeiten hatte ich keine Ahnung – und von einer Reise auf einem Piratenschiff ebenfalls nicht. Ich schielte zu Flo. Die hatte ihre Hände vor der Brust verschränkt und torpedierte Gudrun mit Mörderblicken, was die indische Bimmelfrau nicht im Geringsten zu stören schien.

„Auf Erics Schiff sind wir ein ganzes Jahr durch die Welt gesegelt", fuhr sie schwärmerisch fort. „Flora wurde sogar auf dem Meer geboren. In einer stürmischen Nacht auf dem ägäischen Ozean. Zum Glück hatten wir eine Hebamme an Bord. Enzo war damals ein knappes Jahr alt und wir stellten uns vor, dass unsere Kinder mal auf einer einsamen Insel leben würden. Weißt du noch, Pennylein?"

Penelope nickte schwach. Flo zupfte jetzt an ihrem Totenkopf-Shirt und schielte zu Enzo, der ihr grinsend zuzwinkerte.

„Aber für euch hatten die Götter offensichtlich andere Pläne", zwitscherte Gudrun. „Gut siehst du aus, Pennyschätzchen. Und dein neuer Liebhaber …", Gudrun musterte Jeff von oben bis unten, „… ist ein bisschen grau um die Aura, aber das liegt sicher auch am Klima. Ach, Liebe, du glaubst ja gar nicht, wie ich mich freue, hier zu sein."

Gudrun häufte sich eine Portion *Gong Bao Ji Ding* auf Penelopes Teller, schenkte sich Reiswein nach und erzählte uns schmatzend und schlürfend ihre Zukunftspläne.

Kurz zusammengefasst lauteten sie wie folgt: Gudrun hatte ihre Wohnung in München und ihre Arbeit in einem indischen Schnellimbiss gekündigt und wollte nun ein neues Leben beginnen. Ihren Sohn hatte sie kurzerhand von der Schule abgemeldet und jetzt wollte sie sich auf Wohnungssuche begeben.

„Und bis wir etwas gefunden haben", sagte Gudrun zu Penelope, „hoffen wir, bei dir einen Unterschlupf zu finden. Schließlich schuldest du mir ja noch einen kleinen Gefallen wegen der Sache von damals. Du weißt, was ich meine, nicht wahr?"

Flo, Jeff und ich starrten Penelope an. Gudruns Sohn runzelte die Stirn und mir kribbelte vor Neugier die Kopfhaut. Ich war offensichtlich nicht die Einzige, der auffiel, dass Penelope bei Gudruns Worten noch eine Spur blasser geworden war als ohnehin schon. Enzo richtete seine Kamera auf ihr Gesicht und schwenkte dann zu seiner Mutter, die ihre feierliche Rede mit folgenden Worten beendete: „Es gäbe noch eine winzige Kleinigkeit zu meinen Plänen zu sagen, aber die erfahrt ihr morgen. Jetzt könnte ich eine Runde Schlaf vertragen und ihr Kinder sicher auch, wenn doch morgen die Schule wieder anfängt?"

Gudrun goss sich das dritte Glas Reiswein ein und Penelope sah aus, als wäre sie für immer verstummt.

„Ich schlage vor", sagte schließlich Jeff, „dass ihr heute erst mal alle bei mir schlaft. Morgen sehen wir dann weiter. Einverstanden?"

Flo warf einen entsetzen Blick zu Penelope. Aber die brachte nur ein klägliches Kopfnicken zustande.

Das war also das Ende unseres chinesischen Abends.

Gudrun und Enzo belegten Jeffs Arbeitszimmer im ersten Stock. Penelope taumelte hinter Jeff ins Schlafzimmer. Flo und ich schliefen im Kinderzimmer von Alex und Pascal.

Das heißt: Schlafen konnte in dieser Nacht nur Flo. Ich weiß nicht, wie meine Freundin das macht. Wenn Aliens vom Mars einen Angriff auf die Erde ankündigen würden – Flo würde die letzte Nacht ihres Lebens auch noch schlafend verbringen. Sie ließ sich in Pascals Bett plumpsen, wo sie zwei Sekunden später anfing zu schnarchen. Ich dagegen lag in Alex' Bett und starrte wach wie ein Sack voller Flöhe auf die Leuchtsterne an seiner Zimmerdecke. Natürlich hatte ich die Nacht ebenfalls hier verbringen wollen und Mama hatte auch nichts dagegen gehabt, aber mein unordentliches Gefühl hatte sich mittlerweile in einen wirbelnden Chaostornado verwandelt.

Als ich mir um zwei Uhr nachts ein Glas Milch aus

der Küche holte, hockte Enzo auf Jeffs Lederkissen und sah sich auf dem leinwandgroßen Fernseher einen Film an.

„Wir sind auf eine ungewöhnliche Sache gestoßen", sagte ein Mann. „Ungewöhnlich und beunruhigend." Dann explodierte im Fernseher eine Bombe.

„Der Morgen danach", sagte Enzo. „Krasse Endzeitaction. Willst du mitkucken?"

„Nein danke", sagte ich streng und ging wieder ins Bett, wo ich Stunden später einschlief und von dreiäugigen Außerirdischen mit lila Giftgasglocken träumte.

Am Morgen danach versammelten Flo, Penelope, Jeff und ich uns am Frühstückstisch. Enzo war auf den Lederkissen eingeschlafen.

Gudrun war weg.

„Vielleicht ist sie Tee holen gegangen", sagte Flo.

„Ich bete, dass es so ist", seufzte Penelope.

Ich sah zum Glastisch, wo zwischen den leer gefutterten Schälchen von gestern Abend die Vase mit Gudruns gelben Krisenblumen stand. In ihrer Mitte entdeckte ich einen zusammengefalteten Zettel. Er war lila.

„Ich ahne Furchtbares", sagte Penelope.

„Lies vor", sagte Flo.

Ich faltete den lila Zettel auseinander und las: *„Liebstes Pennylein, wenn Du diese Nachricht findest, sitze ich im Flugzeug nach Indien. Dort wird mich mein Guru Shrim Shrim Akhtar in seinen Ashram aufnehmen. Ich wollte gestern Abend nichts davon erzählen, um euch nicht unnötig aufzuregen. Sobald ich meinen inneren Frieden gefunden habe, komme ich zurück. Enzo lasse ich solange bei Dir. Er kennt meine Lage und ist einverstanden, dass Du ihm für die nächsten Monate ein Zuhause bieten wirst. Du warst schon immer eine bessere Mutter als ich, das hat auch Eric damals gesagt. Also: Servus und bis dann. Deine Gudrun.*

PS: Enzo ist letztes Jahr sitzen geblieben, Du müsstest ihn in der 5. Klasse anmelden. In seiner Tasche liegt eine von mir unterschriebene Vollmacht, das reicht den Leuten hoffentlich."

4.

ENGLISCHE LUFTPOST
UND EIN
AUFREGENDES PROJEKT

Eine *Aura* ist die Ausstrahlung eines Menschen. Sie ist unsichtbar, aber wenn man gelernt hat, sie zu lesen, schimmert sie angeblich grün oder rot oder gelb oder bei Massenmördern sogar schwarz.

Ein *Guru* ist ein religiöser Lehrer, der aber nicht an Schulen unterrichtet, sondern zum Beispiel in einem Ashram. Ein *Ashram* ist eine Art indisches Kloster, das aber auch als Schule benutzt wird.

Der indische Guru *Shrim Shrim Akhtar* ist berühmt, weil er den Schülern in seinem Ashram beibringt, für den Weltfrieden zu atmen. Den Reichtum – von dem Gudrun gesprochen hatte – erhält allerdings erst mal der Guru, denn seine Atemkurse kosteten 400 Euro. Und weil an den Kursen Hunderte von Schülern teilnehmen, kann man sich ausrechnen, was ein Guru im Jahr verdient.

So stand es zumindest im Internet, wo Jeff *Shrim Shrims* Namen googelte, nachdem wir uns von dem morgendlichen Schock erholt hatten. Kurz überlegte ich, ob ich in meiner nächtlichen Identität vielleicht Guru werden sollte. Aber ich verwarf es wieder, weil Penelope und Flo vor lauter Entsetzen über die ganze Sache Schnappatmung bekamen.

„Unfassbar", sagte Jeff. „Ich möchte wissen, woher deine Freundin das Geld nimmt, das ihr dieser Halsabschneider aus der Tasche zieht."

„Zum Beispiel, indem sie ihren Sohn bei mir abliefert", sagte Penelope düster. „Für den werde ich wohl in der nächsten Zeit aufkommen müssen."

Enzo bediente sich gerade aus Jeffs Kühlschrank. Er schien der Einzige zu sein, der das Verschwinden seiner Mutter völlig gelassen aufnahm.

„Hat Enzo denn keinen Vater?", fragte Flo.

Wir sahen Penelope an. „Kein gutes Thema", sagte sie und senkte den Kopf. „Ich fürchte, mir bleibt nichts anderes übrig, als ihn unter meine Fittiche zu nehmen."

„Cool", sagte Enzo. „Darf ich dich Mutti nennen?" Penelope grinste schwach und Enzo wollte sich gerade eine Handvoll Pralinen in den Mund stopfen, als Jeff sein Armgelenk festhielt.

„Das sind Champagnertrüffel, mein Junge. Die sind erstens schweineteuer und zweitens nicht für Kinder."

„Alles klar, Sugardaddy", sagte Enzo. „Dann nehme ich was von der Gänseleberpastete, wenn es recht ist?"

„Du hast *Gänseleberpastete*?" Flo schnappte schon wieder nach Luft. „Weißt du, was man mit den Tieren macht? Man stopft ihnen ..."

„Das erzählst du mir nach der Schule, okay?" Jeff sah auf die Uhr. „Es wird Zeit, Kinder. Macht euch fertig."

„Meinst du damit etwa – uns alle?" Flo warf einen ungläubigen Blick auf Enzo. Penelope seufzte, Jeff nickte und eine Dreiviertelstunde später machte sich Enzo tatsächlich mit uns auf den Weg.

Penelope hatte improvisiert. Improvisieren heißt, schnell etwas tun, was vorher nicht geplant war. Darin sind eigentlich wir Brasilianer Weltmeister, aber Penelope konnte es mindestens ebenso gut. Während ich mir im Flur die Haare trocken rubbelte, die ich mit Alex' Apfelshampoo gewaschen hatte, bekam ich mit, wie Penelope mit unserer Direktorin telefonierte. Die war erstens am frühen Morgen schon erreichbar und zweitens einverstanden, dass Enzo für die nächsten Tage erst mal mit in unsere Schule durfte. Und zwar – in meine Klasse!

Flo und ich waren zu dieser Improvisation nicht befragt worden und Enzo auch nicht – aber der schien im Gegensatz zu uns nicht das Geringste dagegen zu haben. Er hatte seine Videokamera im

Anschlag und pfiff vor sich hin, während wir zur U-Bahn-Station gingen. Sein Haar hatte er mit Kürbiskernöl aus Jeffs Küchenregal zu einer schmalzigen Tolle gestylt und er trug ein dunkelrotes Samtjackett.

Penelope blieb verstört bei Jeff zurück, um ihre Zukunft mit Pflegesohn zu klären. Nach der Schule sollten Flo und Enzo in die *Perle des Südens* kommen und sie dort treffen. Über die *geheimnisvolle Sache von damals* hatte Penelope kein Sterbenswörtchen verraten und Flo wusste angeblich auch nichts davon. Aber was das betrifft, kann man sich bei meiner besten Freundin nicht sicher sein. Flo macht um alles Mögliche ein Riesengeheimnis.

„Und du bist wirklich auf einem Schiff zur Welt gekommen?", fragte ich sie, als wir an den Landungsbrücken in die U-Bahn stiegen. Enzo setzte sich zum Glück auf einen anderen Platz neben eine ältere Dame. Sie las Zeitung und auf ihrem Schoß lag ein Franzbrötchen. Die vielen Informationen von gestern schwirrten immer noch in meinem Kopf umher und hatten sogar Alex in den Hintergrund gedrängt. „Das ist so aufregend, Flo!"

Ich musste an das Interview denken, das ich einmal mit Penelope geführt hatte, als wir auf der Suche nach wichtigen Menschen für unsere Schülerzeitung waren. Auf meine Frage nach dem außergewöhn-

lichsten Erlebnis in ihrem Leben hatte Penelope ge-
antwortet: „Flos Geburt."

Jetzt ärgerte ich mich schrecklich, dass ich damals
nicht genauer nachgehakt hatte.

Ich sah den verpassten Artikel vor meinem inneren Auge: *Das Wunder einer außergewöhnlichen Geburt: In stürmischer Nacht auf einem Piratenschiff er-
blickte in der endlosen Weite des Ozeans ein kleines
Mädchen das Dunkel der Welt. Man nannte es Flora
Geraldine Sommer ...*

„Warum hast *du* mir eigentlich nie davon erzählt?",
fragte ich meine Freundin vorwurfsvoll.

„Weil ich mich an diese Zeit nicht erinnern kann",
knurrte Flo. „Und ich möchte auch nicht darüber
sprechen. Ich könnte diese Gudrun dafür erschießen,
dass sie ihre Knalltüte von Sohn einfach bei uns aus-
gesetzt hat. Was für eine Mutter tut so was?"

„Du unverschämter FLEGEL!", kreischte die alte
Dame neben uns plötzlich auf. „Was fällt dir ein,
mein Franzbrötchen zu klauen?"

„Ich bin arm", sagte Enzo kauend und klimperte
die alte Dame aus seinen großen braunen Augen an.
„Und meine Mutter ist geistig behindert. Sie hat mich
verlassen und jetzt muss ich ohne Essen und Trinken
bei fremden Leuten leben. Hätten Sie vielleicht eine
milde Geldspende für ein Asylantenkind?"

Ich unterdrückte ein Kichern. „Welche Mutter ih-

ren Sohn einfach so aussetzt?", wiederholte ich Flos Frage von eben. „Eine, die offensichtlich dringend Erholung braucht!"

„Na toll", knurrte meine Freundin. „Die brauchen wir dann sicher bald auch."

In der ersten Stunde saß Flo in der 5a und hatte Französisch bei Mölli Kugelfisch, während ich neben Sayuri in der 5b saß, wo unsere strenge Klassenlehrerin Frau Kronberg gerade englische Vokabeln abfragte.

„Lola? Was heißt hair?"

„Haar", sagte ich und schielte zu Enzo. Mit seiner Schmalztolle sah er aus wie der tote Rockstar Elvis Presley. Als Enzo um kurz vor acht mit mir in die Klasse marschiert war, hatte die Direktorin Frau Kronberg bereits informiert. Meine Klassenlehrerin hatte Enzo gebeten, sich neben Marcel zu setzen.

Dessen Haare duften genau wie die von Alex nach Apfelshampoo – aber riechen konnte ich diesen Blödmann nicht. Er hatte sich gleich am ersten Tag des fünften Schuljahrs über mich lustig gemacht. Jetzt musterte er die Frisur von Enzo und rümpfte die Nase. Wahrscheinlich wegen dem Ölgeruch.

Annalisa und Dalila saßen am Nebentisch. In Annalisas Frisur blitzten dieselben Glitzerspangen wie in den honigblonden Haaren von Dalila. Sie wackelte auch im selben Takt wie Dalila mit ihrem Füller herum und glotzte mit demselben Augenklimpern wie Dalila zu Enzo rüber.

„Der ist ja echt schräg", flüsterte Sayuri mir kichernd ins Ohr. „Woher kommt der eigentlich?"

„Aus München", flüsterte ich zurück. „Früher hat er auf einem Piratenschiff gelebt. Jetzt wohnt er bei Flo, weil seine Mutter in ein indisches Kloster gezogen ist. Dort will sie mit ihrem Guru für den Weltfrieden atmen und …"

„Lola? Könntest du deine kleine Gesprächsstunde vielleicht auf die Pause verschieben?" Frau Kronberg durchbohrte mich mit ihrem Eisblick, bis sie das Papierflugzeug ablenkte, das in einem eleganten Segelflug auf ihrem Pult landete.

„Wer war das?", fragte sie.

„Airmail", kam es von Enzo. „Das heißt auf Deutsch Luftpost. Sie dürfen sie gerne lesen."

Jetzt fing die ganze Klasse an zu kichern. Frau Kronberg faltete das Papierflugzeug auseinander.

„Your hair is very sexy", las sie.

Sayuri und ich prusteten los. Frau Kronberg ist blond und hat seit Neustem eine Dauerwelle. Aber ihre englische Luftpost fand sie offensichtlich nicht so sexy.

„Nach dem Unterricht kommst du bitte zu mir", sagte sie mit spitzem Mund, „und holst dir deine Strafarbeit ab."

Enzo schenkte Frau Kronberg ein zuckersüßes Lächeln. „Yes, darling", sagte er. „Das heißt auf Deutsch …"

„Out!" Frau Kronberg zeigte zur Tür. „Das heißt auf Deutsch: Raus! Und zwar ohne ein weiteres Wort."

Enzo verließ das Klassenzimmer. An der Tür drehte er sich noch einmal um und warf Frau Kronberg eine Kusshand zu. Wir hatten Mühe, uns den Rest der Stunde das Kichern zu verkneifen. Ich konnte nur hoffen, dass Gudruns indischer Guru auch ein paar Weisheiten zum Thema Kindererziehung hatte.

In der Pause führte Frau Kronberg Enzo erst mal ins Lehrerzimmer ab, während sich im Klassenraum alle Mädchen außer Sayuri und mir um den Tisch von Annalisa und Dalila scharten.

„Ich war in den Ferien in New York", hörte ich Da-

49

lila sagen. „Meine Mutter hatte dort ein Shooting und ich durfte assistieren."

„Was ist ein Shooting?", fragte Luna.

Sayuri sah mich ebenfalls stirnrunzelnd an. Ich zuckte die Achseln. To shoot heißt auf Deutsch *schießen*, aber ich konnte mir nicht vorstellen, dass Dalila ihrer Mutter in New York bei einer Schießerei assistiert hatte.

„Ein Shooting ist, wenn Models für die Werbung fotografiert werden", kam es von Annalisa. „Dalilas Mutter ist doch Stylistin und hat da mitgemacht."

„Meine Mutter hat nicht *mitgemacht*, sondern sie war verantwortlich für die Outfits der Models", korrigierte Dalila sie abfällig.

Annalisa wurde rot. „Meinte ich doch", sagte sie. Dass Outfits Klamotten waren, hatte Dalila uns schon auf ihrer bekloppten Geburtstagsparty erzählt, bei der ihr Visagist Stanley auf meiner Kopfhaut tanzende Läuse entdeckte.

Was Dalilas Mutter auf dem Shooting gemacht hatte, interessierte mich nicht die Bohne. Sayuri zum Glück ebenfalls nicht. Dass ich irgendwann mal jemanden noch bescheuerter finden würde als Annalisa, hätte ich nie gedacht. Aber Dalila war wirklich unfassbar bescheuert. In ihrem kurzen Röckchen und den knielangen Stiefeln sah sie aus, als wäre sie ebenfalls für einen Modefilm gestylt worden. Als sie

50

erzählte, dass sich in den Ferien drei amerikanische Jungs in sie verknallt hatten, sagte Annalisa: „Echt? In mich auch!"

„Ich dachte, du warst auf dem Ponyhof in Pinneberg", sagte Dalila spöttisch. „Hat sich der Stallbursche in dich verkuckt?"

Die anderen Mädchen kicherten und Annalisa wurde schon wieder rot. Ich fand Dalila ganz schön eklig, aber leid tat Annalisa mir nicht. Sie war selbst schuld, wenn sie sich so eine Tussi als Freundin aussuchte.

In der nächsten Stunde waren wir alle Feuer und Flamme, denn Herr Demmon kündigte uns die Zukunftspläne für das neue Schuljahr an. Er ist unser zweiter Klassenlehrer, hat schwarze Naturlocken und ist im Gegensatz zu Frau Kronberg sehr beliebt. Die älteren Mädchen finden ihn sogar *very sexy*, weil Herr Demmon früher Profitänzer war und in New York Musik studiert hat. Ich mag vor allem seine gute Laune und sein warmes Lächeln.

„Es wird in diesem Halbjahr ein klassenübergreifendes Projekt geben", verkündete er. „Die Themen kreisen alle um das Thema Ernährung. Dazu werden wir Schülergruppen aus den fünften und den zehnten Klassen bilden. Am Schwarzen Brett hängen schon die Zettel aus. Die Zehntklässler haben die Projekte vorgeschlagen. Jeweils fünf von ihnen werden eine Fünfergruppe von euch betreuen. Also sucht euch aus, welches Projekt euch am meisten anspricht, und tragt euch dann ein."

Als wir uns mit den anderen Fünftklässlern vor dem Schwarzen Brett drängelten, hoffte ich natürlich, dass Flo und ich in dieselbe Gruppe kommen würden.

„Dann mach hier mit", sagte meine Freundin und zeigte auf das Projekt *Fleischlos köstlich – vegetarischer Kochkurs.*

„Och, Flo", stöhnte ich. „Muss es denn wirklich dieser Kurs sein?"

Ich wollte meine Freundin nicht enttäuschen, aber ich fand vegetarische Küche ehrlich gesagt ziemlich langweilig. Schließlich bin ich die Tochter eines brasilianischen Restaurantbesitzers. Fleisch ist genau wie Fisch aus der brasilianischen Küche nicht wegzudenken, müsst ihr wissen, und außerdem hatte mich ein anderes Projekt am Schwarzen Brett schon magisch angezogen.

Das perfekte Dinner stand in schnörkeliger Schrift auf einem der Plakate, die die Zehntklässler angefertigt hatten. Und als ich die Namensliste las, stellte ich fest, dass ich zwei der älteren Teilnehmer bereits kannte. Die eine hieß Sally. Im ersten Halbjahr war sie mit mir in der Tanz-AG gewesen und hatte mich als ihre Assistentin zum Babysitten mitgenommen. Die zweite war Fabios große Schwester Graziella. Beide gingen in die zehnte Klasse und das fand ich mindestens so perfekt wie das Projekt. Dinner heißt auf Deutsch *Abendessen* und den Namen *Perfektes Dinner* hatte ich irgendwo schon mal gehört. Ich wusste nur noch nicht, wo. Aber das würde ich schon noch herausfinden.

Ich war die Erste von den Fünftklässlern, die sich für das perfekte Dinner entschieden hatte.

„Vielleicht macht ja Sol bei dir mit", sagte ich zu Flo.

„Der nach wie vor in Quito festsitzt", erinnerte mich Flo und sah mich böse an. „Daran hat sich seit gestern nichts geändert, Lola."

„Oh ... äh ...!" Ich zog den Kopf zwischen die Schultern. „Das hab ich vor lauter Aufregung total vergessen", sagte ich zerknirscht.

„Ich nicht", brummte Flo. „Ich hätte heute mit meinem Freund nach Hause gehen können und was kriege ich stattdessen?" Flo warf einen Blick zum anderen Ende des Flurs, wo Enzo wieder mit seiner Videokamera aktiv war. Er hatte sich an ein knutschendes Pärchen aus der Mittelstufe rangepirscht und hielt die Kamera dicht vor ihre Gesichter, bis ihn das Mädchen bemerkte und loskreischte.

„Ey du Lauch, willse auffe Fresse, oder was?", grölte ihr Freund und wollte Enzo am Kragen packen. Aber der hatte sich längst geduckt und schlängelte sich wie ein Wiesel zwischen den anderen Schülern hindurch zur Schultür.

„Das tut mir echt leid", sagte ich zu Flo. Schade, dass uns Gudrun nicht die Farbe von Enzos Aura verraten hatte – aber sonnig gelb war sie bestimmt nicht.

Mit hängenden Schultern und Enzo im Schlepptau zog Flo nach der Schule zur Krisensitzung in die *Perle des Südens*. Ich hätte sie gerne begleitet, aber ich hatte Tante Lisbeth versprochen, zum Hochzeitsessen nach Hause zu kommen. Deshalb konnte ich auch Fabio und Gloria nur kurz zuwinken, die wir am Ausgang der Schule trafen. Die beiden sind Halbbrasilianer wie ich und Fabio hatte seine Ferien in Salvador da Bahia verbracht. Heute trug er seine weiße Capoeira-Hose und ein sonnengelbes T-Shirt. Seine Haut war noch dunkler als sonst und seine schwarzen Augen blitzten, als er mich angrinste. Mir kribbelte ein winzig kleines bisschen die Kopfhaut.

„Wir sehen uns morgen", rief ich den beiden zu. Und Flo ermunterte ich: „Du machst das schon. Mit schwer erziehbaren Kindern kennst du dich schließlich aus. Dein Patenkind Moritz hast du damals auch gebändigt, weißt du nicht mehr?"

„Pff", sagte Flo. „Gegen Enzo war mein kleiner süßer Moritz ein unschuldiges Lämmchen."

Und damit sollte meine beste Freundin leider nur allzu recht behalten.

5.

ZWEI HOCHZEITEN UND EIN TOBSUCHTSANFALL

Ich bekam es an diesem Nachmittag erst mal mit den Sorgen meiner eigenen Familie zu tun. Auslöser war die zweite Hochzeit meiner Tante Lisbeth, die ich ja schon am Anfang der Geschichte erwähnt habe.

Dass Tante Lisbeth Omas jüngste Tochter ist, wisst ihr ja sicher. Aber die Sache mit ihren Ehen ist wie schon gesagt etwas kompliziert – und deshalb spule ich an dieser Stelle noch mal zurück zum Februar.

Da hatten in Tante Lisbeths fast vierjährigem Leben nämlich zum ersten Mal die Hochzeitsglocken gebimmelt. Ihr Bräutigam hieß Lukas-Arne. Die beiden lernten sich im Kindergarten kennen, und als bei einem Schlaffest alle Kinder im Kuschelraum übernachten durften, verliebten sie sich. Lukas-Arne fing mitten in der Nacht an zu heulen, weil er aus Heimweh ins Bett gepinkelt hatte. Tante Lisbeth kroch zu ihm in den Schlafsack und drückte ihm zum Trost ihren Teletubby in den Arm. Am nächsten Tag hielt Lukas-Arne beim Bauen einer Sandburg um Tante

56

Lisbeths Hand an und meine Tante sagte: „Ja, ich will."

Drei Tage später fand im Toberaum des Kindergartens ihre Hochzeit statt und Tante Lisbeths Teletubby (der ein bisschen nach Pipi roch) war Trauzeuge. Aber kurz vor den Märzferien begann bereits die Ehekrise. Tante Lisbeth wünschte sich ein Kind, das ist für eine junge Braut schließlich ganz normal. Aber Lukas-Arne wollte keine Kinder und das hat leider schon in vielen Ehen zur Scheidung geführt. Lukas-Arne wollte seine Ehefrau nicht mal küssen, und als ihm meine Tante in einer verschwiegenen Ecke des Puppenraums ihre Scheide zeigte, sagte er: „Eklig."

Darüber war meine Tante so empört, dass sie ihrem Ehegatten einen Traktor an den Kopf warf. Es war zwar nur ein Spielzeugtraktor, aber immerhin

groß genug, dass Lukas-Arne eine Platzwunde an der Stirn hatte. Die Mama von Lukas-Arne beschwerte sich bei Oma und Tante Lisbeth reichte kurz entschlossen die Scheidung ein. Vor den Märzferien verlobte sich meine kleine Tante dann mit Lukas-Arnes bestem Kindergartenfreund. Sein Name war Bastian-Ramon.

„Er hat mir einen echten Diamantenring für die Hochzeit versprochen", informierte mich Tante Lisbeth in den Märzferien. Sie wippte auf ihren winzigen Marienkäferschuhen vor mir auf und ab. Ihre Nase war verrotzt und an ihren Patschehändchen klebte eine Mischung aus Sandkastenmatsch und Meloneneis. Ich versuchte mir vorzustellen, wie sich ein Diamantring dazu machen würde.

„Und nach der Hochzeit krieg ich Zwillinge von ihm", fügte Tante Lisbeth mit wichtiger Miene hinzu. „Meine Scheide hab ich ihm auch schon gezeigt. Aber Bastian-Ramon sagt, seinen Penis darf ich erst sehen, wenn wir ordentlich verheiratet sind."

„Okay", sagte ich unsicher und erinnerte mich dunkel an meine eigene Kindergartenzeit. „Erzähl das mit dem Penis aber lieber nicht Oma", warnte ich Tante Lisbeth zur Sicherheit.

Tante Lisbeth nickte wissend. „Du meinst, weil Oma eine Emanze ist?"

Ich klappte vor Verblüffung meinen Mund erst auf,

dann wieder zu. Emanzen sind Frauen, die für die Gleichberechtigung kämpfen. Das hatte ich, glaube ich, in der vierten Klasse gelernt. Aber Tante Lisbeth war nicht mal vier Jahre alt! Bis vor Kurzem konnte sie kaum sprechen und Oma hatte sich Sorgen gemacht, dass ihre jüngste Tochter sich zu langsam entwickeln könnte. Mittlerweile hätte sich eigentlich Mama um mich sorgen müssen. Zumindest, wenn man Tante Lisbeths Tempo als Maßstab nahm. Während ich mich zu platonischen Freundschaften zurückentwickelt hatte, wurde meine kleine Tante zum zweiten Mal Braut. Wieder fand die Hochzeit im Kindergarten statt.

„Du sollst Trauzeugin werden", sagte meine Tante am Morgen des großen Tages.

Aber da musste ich sie leider enttäuschen. „Ich hab Schule, mein Schatz. Ich komme heute Mittag zum Hochzeitsessen und helfe dir vorher bei den Brautfrisuren und der Auswahl des Hochzeitskleides. Einverstanden?"

„Na gut", stimmte meine Tante zu und leckte an ihrem Ringfinger. Ihre Hände waren heute nicht matschverschmiert. Dafür klebte der Inhalt des halben Nutellaglases dran. „Ich weiß auch schon, was ich anziehe: das Hochzeitskleid von Vicky."

„Ich glaub nicht, dass Mama das erlaubt", sagte ich und schlug in einem Anfall von Großmut vor: „Wie wäre es mit meinem weißen Nachthemd? Das habe ich auch in Brasilien getragen. Für dich ist es so lang wie ein richtiges Brautkleid, und wenn du deine Hände wäschst, darfst du es ausleihen."

Tante Lisbeth nickte gnädig.

Für die Brautfrisur lieh ich ihr die Blütenspangen, die ich zur Hochzeit von Mama und Papai getragen hatte. Oma übernahm es dann, die junge Braut für die Hochzeit einzukleiden. Und weil sie später in den Buchladen musste, hatte sich Mama breitschlagen lassen, das Hochzeitsessen bei uns in der Wohnung stattfinden zu lassen. Aber nur unter der Voraussetzung, dass ich dabei war. Dieses Versprechen hatte ich gegeben und damit spule ich wieder vor zum Montagmittag.

Als ich von der Schule nach Hause kam, saß das junge Hochzeitspaar bereits am Tisch. Die beiden hatten sich als Festessen Paella gewünscht. Das ist ein spanisches Gericht, denn Bastian-Ramon ist zur Hälfte Spanier. Leider hatte Mama aber den gesamten Vormittag meinen gefräßigen kleinen Bruder an der Brust hängen. Der legte es offensichtlich darauf an, sich weitere Pfunde für die Sumoweltmeisterschaft anzutrinken, und deshalb hatte das mit der Paella nicht geklappt. Stattdessen gab es Reis mit Tiefkühlerbsen, Würstchen und Ketchup. Zum Nachtisch hatte unser Chefkoch Zwerg eine Weintraubentorte gebacken. Das ist Tante Lisbeths Lieblingsessen.

Tante Lisbeth sah wirklich sehr feierlich aus. Mein weißes Nachthemd reichte ihr bis zu den Füßen und in ihren blonden Locken, die mittlerweile wieder richtig lang waren, leuchteten die Blumenstecker.

Bastian-Ramon hatte orangefarbene Haare und das Gesicht voller Sommersprossen. Sein Hochzeitsanzug bestand aus einem roten Seeräuberhemd und einer weißen Latzhose mit roten Flecken. Die kamen vom Ketchup, weil das Brautpaar schon mit dem Essen angefangen hatte. Auf dem Tisch lag ein goldenes Plastikschwert. Keine Ahnung, ob man so was in Spanien bei einer Hochzeit trägt.

Mama sah leider nicht sehr festlich aus. Sie trug Papais alte Jogginghose und im Gesicht schwarze Augenringe. Die kamen von zu wenig Schlaf.

„Leandro hat die halbe Nacht gebrüllt", seufzte sie. „Ich möchte so gerne mal wieder durchschlafen. Du siehst aber auch ganz schön müde aus, mein Schatz." Mama musterte mich. „Wie war's denn bei Jeff?"

„Kein gutes Thema", wiederholte ich Penelopes Bemerkung von heute Morgen und Mama kam zum Glück auch nicht dazu, weiter nachzufragen, denn Leandro zerrte schon wieder ungeduldig an ihrer Bluse herum. Er trug ein blaues Spiderman-T-Shirt und rot-gelb geringelte Socken.

„Mein Noffe ist brustfixiert", erklärte Tante Lisbeth ihrem Ehemann. Noffe sollte Neffe heißen und es war das einzige Wort, das meine Tante immer noch falsch aussprach.

„Vielleicht solltet ihr euch mit dem Kinderkriegen noch etwas Zeit lassen", sagte ich, als Mama seufzend ihre Bluse aufknöpfte. Leandro blähte schon wieder die Backen zum Brüllen auf. Eigentlich hat mein kleiner Bruder kaffeebraune Haut, aber wenn er hungrig ist, verfärbt sich sein Gesicht immer dunkelrot. Mama dagegen wird von Tag zu Tag blasser.

„Wie war denn die Hochzeit?", fragte ich meine Tante, während ich mir eine Ladung Ketchup über den Reis quetschte.

„Foi maravilhoso", sagte Tante Lisbeth, was auf Brasilianisch so viel wie *Es war wunderbar* heißt. Das war ihre Aussprache übrigens auch. Ich fand es wirklich ein bisschen beängstigend, wie ihr kleines Gehirn funktionierte. Brasilianisch sprach Papai eigentlich nur mit mir und in Brasilien hatten wir ja auch nur einen Sommerurlaub verbracht.

„Lukas-Arne war mein Trauzeuge und Bastian-Ramon hat mir den Diamantring geschenkt", fuhr Tante Lisbeth auf Deutsch fort. „Er ist ein bisschen groß, deshalb hab ich ihn innen mit Knete ausgestopft."

Sie hielt mir ihre blitzblank geschrubbte Patschehand hin und mir fielen fast die Augen aus dem Kopf.

An ihrem Ringfinger steckte ein fetter Klunker, der aus lauter winzigen Glitzersteinchen bestand.

„Krass", sagte ich. „Der sieht ja richtig echt aus. Kuck mal, Mama."

Aber Mama war damit beschäftigt, ihren Busen auszupacken, während ihr mein kleiner Bruder mit seinen rot geringelten Sockenfüßen Bauchtritte versetzte.

„Halt ihn bitte mal", sagte Mama.

„Ich! Ich will ihn halten", quietschte Tante Lisbeth und hopste auf ihrem Stuhl auf und ab. Dann besann sie sich aber auf ihre künftigen Pflichten als Ehefrau und fügte etwas gesitteter hinzu: „Ich muss für die Zwillinge üben, stimmt's, Bastian-Ramon?"

Ihr Bräutigam nickte abwesend. Er hatte beide Backen voll und sah aus wie ein Riesenhamster.

Ich dachte an das perfekte Dinner und überlegte mir, dass ich vielleicht ein Hochzeitsessen kochen könnte, falls die zweite Ehe meiner Tante wieder scheitern sollte.

Danach sah es am Ende des Tages dann leider auch aus.

Es ging damit los, dass Tante Lisbeth ihrem Noffen zur Beruhigung den Glitzerring in die Finger drückte. Leandro schloss seine kleine Faust ganz fest um ihn herum und weigerte sich, ihn wieder herzugeben. Dafür kotzte er auf Tante Lisbeths Hochzeitskleid, als

63

sie ihn zum Bäuerchenmachen auf den Arm genommen hatte.

„BÜAH!", kreischte Bastian-Ramon und sah aus, als würde er auch gleich spucken.

Mein kleiner Bruder fing vor Schreck an zu brüllen und das junge Brautpaar verzog sich in mein Zimmer. Zur Feier des Tages hatte ich mein Superweltallexpressraumschiff aus dem Keller geholt. Darin wollte meine Tante mit Bastian-Ramon ihre Hochzeitsnacht verbringen. In Wirklichkeit war es natürlich noch Nachmittag, aber ich hatte die Vorhänge zugezogen und den Boden mit Gummiherzen bestreut. Ins Innere des Raumschiffs hatte ich mein weiß bezogenes Daunenkissen gelegt. Aber trotz der festlichen Dekoration lief Tante Lisbeths Hochzeitsnacht ganz offensichtlich nicht nach Plan.

„Du hast VERSPROCHEN, dass du ihn mir zeigst", hörte ich meine Tante eine halbe Stunde später in meinem Zimmer kreischen. „Weißt du, was du bist? Ein BLÖDER MATSCHO!"

Ich wusste nicht, was ein Matscho war, aber meine Tante war auf alle Fälle eine Nummer zu laut. Mama und Leandro hatten sich gerade hingelegt und ich hatte versprochen, auf die Kinder aufzupassen.

„Ich ruf dich zurück", sagte ich zu Flo, die mir gerade am Telefon erzählen wollte, was das Gespräch in der *Perle* ergeben hatte. „Ich glaube, das junge Paar

braucht eine kleine Ehe-
beratung."

Ich schlich in mein
Zimmer, wo Tante Lis-
beth tränenüberströmt
in der Ecke hockte,
während ihr Ehe-
mann in einem Berg
von weißen Federn
saß. Die kamen aus dem
Daunenkissen, mit dem sich

die beiden offensichtlich beworfen hatten. Es war an
einer Ecke aufgeschlitzt. Auf dem Boden lag meine
Bastelschere und Tante Lisbeth piepste: „Das war
Bastian-Ramon."

„Sag deiner bekackten Tante, sie soll mir den Ring
zurückgeben", fauchte er. „Sonst kriegt sie es mit
meiner Mama zu tun."

„Mit deiner Mama?" Mir schwante Schreckliches.
„War der Ring vielleicht ... von ihr?"

Bastian-Ramon nickte und sah plötzlich ziemlich
ängstlich aus. Oje! Ich schlich ins Schlafzimmer.
Mama lag im Komaschlaf auf dem Rücken und Leandro schlief auf ihrem Bauch. Er trug nur noch seine Ringelsöckchen und die Windel. Satt und friedlich
nuckelte er an seinem rechten Daumen. Die linke
Hand lag auf Mamas Busen. Der Ring war fort. Und

wer es mit Lisbeths Schwiegermama zu tun bekam, war Oma.

Um sieben Uhr wurde Bastian-Ramon von seiner Mutter abgeholt. Als er ihr beichtete, dass er den verschwundenen Ring aus ihrem Schmuckkästchen „geliehen" hatte, bekam sie vor lauter Wut ganz rote Flecken im Gesicht. Ich dachte daran, dass ich in letzter Zeit ziemlich viele Menschen erlebte, die fast einen an der Klatsche kriegten.

Der Ring war tatsächlich aus echten Diamanten und er war so teuer, dass ihn wahrscheinlich selbst Shrim Shrim Akhtar erst nach dreihundert Atemkursen hätte bezahlen können. Aber anstatt ihrem Sohn die Ohren lang zu ziehen, gab seine Mutter unserer Familie die Schuld.

„Sie haben den Ring versteckt", sagte sie zu Oma, die gerade aus dem Buchladen zurückkam. Sie hatte das Ausmaß der Katastrophe noch nicht begriffen.

„Wieso sollten wir so etwas tun?", fragte sie verständnislos.

Bastian-Ramons Mutter blickte sich in unserer Wohnung um. „So wie es hier aussieht, können Sie das Geld wahrscheinlich gut gebrauchen", sagte sie. „Ich werde Sie wegen Diebstahls anzeigen."

Oma ballte vor Empörung die Fäuste und es hätte nicht viel gefehlt und sie hätte eine Anzeige wegen Körperverletzung erhalten.

Als Bastian-Ramon mit seiner Mutter abzog, streckte er mir die Zunge raus, und für den Rest des Nachmittags stellten Mama, Oma und ich die Wohnung auf den Kopf. Der kleine Diamantenräuber schlief den Schlaf der Gesättigten und Tante Lisbeth verkroch sich in der hintersten Ecke meines Superweltallexpressraumschiffs, wo sie schluchzend etwas von einem Zölibat faselte.

Den Ring fanden wir nirgends.

Am Abend war ich von der erfolglosen Suche so erschöpft, dass ich Flo nur noch mal kurz anrief, um sie zu bitten, mir die Neuigkeiten erst am nächsten Tag in der Schule zu erzählen.

Zur Beruhigung aß ich abends mit Tante Lisbeth die Weintraubentorte. Dazu schauten wir uns den Zeichentrickfilm *Ratatouille* an. Darin geht es um eine Ratte, die in Paris zum Sternekoch wird. Meine Tante hatte den Film von Jeff zum dritten Geburtstag bekommen und ich musste die ganze Zeit an unser Projekt in der Schule denken. Ich war soooo gespannt, wer sich aus den fünften Klassen noch alles eintragen würde.

Als Bettlektüre schnappte ich mir das große Buch der Gewürze, das Papai aus Brasilien mitgebracht hatte. Und darin eröffnete sich mir die wunderbare Welt der Gewürze. Ihre Namen klangen zum Teil wie magische Wörter und im Buch erfuhr ich außerdem,

6.

EINE NEUE IDENTITÄT UND
DREI NEUE NACHRICHTEN

„Darf ich mich vorstellen? Mein Name ist Cocada Delicada. Ich bin Sterneköchin und beherrsche die magische Heilkraft der Gewürze."

Mit diesen Worten bewarb ich mich noch in derselben Nacht in der *Perle des Südens,* die von einer gefährlichen Restaurantkrise bedroht war und keine Gäste hatte. Papai und Opa fielen vor mir auf die Knie und ihre Aura leuchtete in einem dankbaren Rot. Ich wurde Chefköchin, ernannte unser Küchenteam Zwerg und Berg zu meinen Hilfsköchen und führte sie in meine geheimen Kochkünste ein. Zu unserem perfekten Dinner kamen berühmte Menschen aus der ganzen Welt und für jeden hatte ich ein spezielles Menü kreiert. Dem Filmstar Robert Pattinson servierte ich eine Kurkuma-Suppe, denn dieses Gewürz reinigt und fördert das Blut. So konnte Robert Pattinson mit frischem Blut die Dreharbeiten für den neuen Twilight-Film beginnen. Für den Guru Shrim Shrim Akhtar stand indischer Reis mit

Kardamom auf meiner Menüliste. Kardamom sorgt für frischen Atem und Shrim Shrim versprach mir zum Dank, dass Enzos Mutter kostenlos an seinen Kursen teilnehmen durfte. Der Popstar Bruno Mars litt an einer musikalischen Blockade, weshalb ich ihm einen Schokoladenpudding mit Chili auftischte. Dieses Gewürz schärft die Fantasie und Schokolade regt die Liebe an – was bei Bruno auch augenblicklich wirkte. Sobald er den letzten Bissen verspeist hatte, zückte er seine Gitarre und komponierte das Lied *I think I wanna marry you*. Es heißt auf Deutsch: *Ich glaube, ich will dich heiraten.* Brunos Antrag lehnte ich natürlich ab, aber sein Lied kam dank mir auf Platz eins der Hitliste und der berühmte Restauranttester Jeff Brücke verlieh mir als einziger Köchin auf der ganzen Welt fünf Sterne für magische Kochkunst. Ich war so begeistert von meiner neuen Identität, dass ich erst tief in der Nacht darüber einschlief.

Am nächsten Morgen verlieh mir Frau Kronberg einen Eintrag ins Klassenbuch, weil ich zu spät zur Schule kam. Das war die erste schlechte Nachricht an diesem Tag.

Die zweite kam in der Pause. Ich war zum Schwarzen Brett gerast, um zu erfahren, wer sich außer mir auf die Liste für das perfekte Dinner eingetragen hatte. Und damit war meine perfekte Laune für den Rest des Tages verdorben. Kleiner Tipp am Rand: Das

70

Schwarze Brett heißt *Schwarzes* Brett, weil dort oft ziemlich düstere Nachrichten hängen!

„Ich fasse es nicht", schimpfte ich, als ich mich in der großen Pause mit Flo auf dem Schulhof traf. „Annalisa wäre schlimm gewesen. Dalila noch schlimmer. Marcel und Enzo ein Albtraum. Und was bekomme ich? Alle vier zusammen! Die gruseligsten Fünftklässler sind in *meinem* Projekt. Das ist der schlimmste Albtraum, den man sich vorstellen kann!"

„Nein", sagte Flo. „Der schlimmste Albtraum wohnt jetzt bei mir zu Hause und den willst du dir nicht mal in deiner schlaflosesten Nacht vorstellen. Obwohl, das brauchst du vielleicht nicht. Denn er geht ab sofort auch offiziell in deine Klasse. Penelope hat gestern Abend einen Anruf von deiner Klassen-lehrerin bekommen."

„Oh", sagte ich und schämte mich, weil ich mal wieder nur an mich denken konnte. „Und was hat die Krisensitzung noch ergeben?"

„Dass Enzo bis auf Weiteres bei uns einzieht", brummte Flo. „Das heißt, Penelope ist auf die Schlaf-couch ins Wohnzimmer gezogen und Enzo hat sich in ihrem Zimmer breitgemacht."

Wütend biss Flo in ihr vegetarisches Brötchen (Sa-latblatt, Gurkenscheibe, Tomatenscheibe). „Aber das hat den Mistkerl gestern Abend nicht daran gehindert, in meinem Zimmer ebenfalls eine kleine Umzugsaktion zu starten", fuhr sie kauend fort. „Als ich im Bad war, hat Enzo Harms aus seinem Schlafzimmer gefischt. Ich bin von seinem Fiepen aufgewacht und musste erst mal sämtliche Schubladen nach ihm absuchen."

„Auweia." Ich sah Flos Apothekerschrank vor mir. Er hat 102 Schubladen und Flos Hamster Harms schläft in Schublade 9. Die ist links unten.

„Wo hast du Harms gefunden?", fragte ich.

„In Schublade 96", sagte Flo.

Die ist rechts oben. Man muss auf eine Leiter steigen, um dranzukommen, und Flo sah mindestens so übernächtigt aus wie ich.

„Was für ein Kofferfurz", sagte ich.

„Das kannst du laut sagen!" Flo warf einen vorwurfsvollen Blick auf mein Schulbrot mit Fleischwurst. „Also beschwer dich gefälligst nicht, dass du mit Enzo dein blödes Projekt teilst. Ich teile ab jetzt mein Leben mit ihm!"

„Ich nehm ihn dir ab, so oft ich kann", versprach ich meiner besten Freundin. Aber dass ich meinen Kurs nicht nur mit den beknacktesten Zicken der ganzen Schule und dem ätzenden Apfelshampoo-Marcel teilen musste, sondern auch noch mit Enzo, dem Schrecklichen, machte mir doch ein bisschen Kopfschmerzen.

72

In der letzten Stunde hatten wir Musik – und die dröhnte uns schon im Schulflur aus dem Musikraum entgegen:

Hol doch die Polizei!, rappte jemand zu hämmernden Bässen aus der Stereoanlage, deren Lautstärke bis zum Anschlag aufgedreht war.

Eins zwei Polizei

Bevor sie hier erscheinen werden ist die Action schon vorbei

Hol doch die Polizei!

Soll'n se mich doch einsperren ich fühl mich sowieso nicht frei.

Wer zu dem Lied auf dem Lehrerpult steppte, könnt ihr euch wahrscheinlich denken. Enzo war

voll in Aktion und hatte ein begeistertes Publikum. Um ihn herum klatschten und johlten die Jungs aus unserer Klasse, während Annalisa und Dalila ihn angafften, als wäre er ein Sträfling aus Guantanamo. (Das ist ein gruseliges Gefangenenlager in Kuba, über das ich neulich einen Bericht im KIKA gesehen habe.)

Die Polizei holte niemand, aber dafür drängte sich jetzt Herr Demmon durch die Zuschauer nach vorn in die erste Reihe. Er schaltete die Musik aus und erzählte uns, dass der Sänger des Liedes Sido heißt.

„Er ist ein berühmter Rapper aus Berlin", sagte Herr Demmon und zwinkerte Enzo zu. „Vielleicht engagiert er dich ja für sein nächstes Musikvideo. Du hast Talent, mein Junge, aber es wäre schön, wenn du das an anderer Stelle beweisen könntest. Jetzt hoffe ich, dass ich dich in meinem Unterricht auch für afrikanische Trommelrhythmen begeistern kann. Die wollte ich heute nämlich mit euch studieren. Hast du Lust, dich an den Congas zu versuchen?"

„Geht klar", sagte Enzo und sah Herrn Demmon ein bisschen verwundert an. Wahrscheinlich hatte er mit Ärger gerechnet, aber Herr Demmon ist einfach cool. Im letzten Halbjahr hat er unsere Tanz-AG geleitet und ich wusste, dass er mal an einer Brennpunktschule in Berlin unterrichtet hat. Das ist eine Schule, wo lauter schwierige Kinder sind, und Herr

Demmon schien genau zu wissen, wie man bei denen am besten landet. Für den Rest der Stunde nahm Enzo jedenfalls – genau wie ich – begeistert am Trommelunterricht teil.

Nur Dalila schien sich zu langweilen. Sie zuppelte pausenlos an ihrem Handy rum. Damit hatte sie schon den ganzen Morgen lang angegeben. In den Fünfminutenpausen hatte sie den anderen Mädchen Fotos von ihren Verehrern aus New York gezeigt. „Das ist Dean. Er war voll in mich verliebt, aber Brian ist viel cooler. Der simst mir jetzt lauter süße Nachrichten. Hier, lest mal."

. Die anderen Mädchen hatten ihr das Handy förmlich aus der Hand gerissen – was jetzt auch Herr Demmon tat.

Dalila blitzte ihn giftig an.

„Enzo darf auf dem Tisch steppen und mir nehmen Sie mein iPhone weg? Das erzähl ich meiner Mutter und dann ..."

„... gebe ich der gerne eine kleine Informationsstunde zum Thema Musikunterricht", unterbrach sie Herr Demmon. „Dein Handy kriegst du nach der Stunde zurück."

„Der Typ ist so was von ätzend", flüsterte Dalila.

„Find ich auch", flüsterte Annalisa zurück. Dabei hatte sie bis eben eigentlich ziemlich begeistert auf ihrem Tamburin herumgeklatscht. Du meine Güte.

Dalila schien Annalisa ganz schön unter ihrer Fuchtel zu haben. Und ausgerechnet die beiden hatte ich in meinem Dinnerprojekt an der Backe.

Ich überlegte, ob ich mich vielleicht doch für eine andere Gruppe eintragen sollte. Für Flos vegetarisches Projekt hatten sich Sayuri, Frederike und zwei Jungs aus der 5c gemeldet. Unser Freund Ansumana nahm an einem Projekt teil, das *Kochkulturen aller Welt* hieß. Das hätte mich auch interessiert, aber es war genau wie die anderen Projekte längst voll.

In der zweiten Pause versuchte Fabios Schwester Graziella mich zu trösten. Ich traf sie auf dem Schulhof, und als ich ihr erzählte, dass wir es in unserem Projekt mit den gruseligsten Teilnehmern der ganzen Schule zu tun hatten, legte sie mir die Hand auf die Schulter. „Beruhig dich, Lola. Beim perfekten Dinner kann es sogar ganz hilfreich sein, wenn sich die Teilnehmer nicht leiden können", sagte sie. „Schließlich seid ihr keine Kochkollegen, sondern Konkurrenten. Das kennst du doch aus der echten Show im Fernsehen."

„Ähm", sagte ich und verfluchte im Stillen Mamas Erziehung. Sie ließ mich nicht mal *Deutschland sucht den Superstar* sehen, weil sie findet, dass diese Shows die Menschheit verblöden. Das hatte ihr wahrscheinlich Oma eingeimpft und ich beschloss, dass ich dringend mit Mama über meine unterentwickelte Bildung sprechen musste.

„Über das perfekte Dinner reden wir nächste Woche", sagte Graziella. „Dann treffen wir uns zum ersten Mal mit der ganzen Gruppe. Ich hab gehört, dass Demmon die Leitung übernimmt. Cool, oder?"

Ich nickte und suchte aus den Augenwinkeln den Schulhof ab. Aber nicht nach Herrn Demmon, sondern nach Fabio. Ich wollte endlich wissen, wie seine Ferien in Brasilien waren.

„Wo steckt dein Bruder?", fragte ich Graziella. „Ist er krank?"

Graziella schmunzelte. „Könnte man so nennen."

„Oh", sagte ich. „Was hat er denn?"

„Sehnsucht nach seiner Geliebten." Graziella grinste jetzt über beide Backen und zwinkerte mir zu.

„Oh", sagte ich wieder und fühlte, wie mir die Hitze in die Wangen schoss. Nach dem Kussunfall im letzten Jahr hatte ich eigentlich gehofft, dass Fabio nicht mehr in mich verliebt war. Aber jetzt hatte er sogar schon seiner Schwester davon erzählt.

„Es tut mir leid", sagte ich zerknirscht.

„Mir auch", sagte Graziella. „Der Ärmste will am liebsten sofort zurück nach Brasilien. Seine neue Freundin wohnt in Salvador, die beiden haben sich in den Ferien verliebt. Jetzt haben sie erst mal eine Fernbeziehung. Fabio hat letzte Nacht mit ihr geskypt und heute Morgen hat er verschlafen.

„Oh", sagte ich zum dritten Mal.

Und das war auch die dritte Nachricht an diesem Tag, die mich irgendwie aus meiner Ruhe brachte. Eigentlich hätte es eine gute Nachricht für mich sein müssen. Es war doch perfekt, dass sich Fabio in ein anderes Mädchen verliebt hatte. Aber warum konnte ich mich dann nicht für ihn freuen? Und warum fühlte ich mich insgeheim plötzlich ganz erleichtert, dass Fabios Geliebte in Brasilien war – weit weg am anderen Ende der Welt?

OJE! Manchmal möchte ich wirklich wieder klein sein. So klein wie meine Tante Lisbeth, dann könnte ich blöde Kindergartenjungen heiraten und müsste mir über die echten Komplikationen in der Liebe nicht diese verwirrenden Gedanken machen!

7.

SAUDADE NACH BRASILIEN UND EIN NICHT GANZ PERFEKTES ERSTES GRUPPENTREFFEN

Am Sonntag kam Fabio mit seiner Mutter und Graziella in die *Perle des Südens*. Dort erzählte er mir dann auch von seiner brasilianischen Freundin. Sie hieß Janaina und war (leider!) ziemlich hübsch. Auf dem Foto, das Fabio mir zeigte, saß sie am Strand von Salvador da Bahia. Ihr Haar war zu lauter winzigen Zöpfen geflochten und in der Hand hielt sie eine Kokosnuss. Mir lief das Wasser im Mund zusammen. Nicht wegen Janaina, sondern weil ich den süßen Saft der Kokosnuss plötzlich auf der Zunge schmeckte.

„Janaina und ich haben uns am Pelourinho in Salvador kennengelernt", erzählte mir Fabio. „Auf einem Konzert von Olodum. Ihr Papai ist einer der Trommler, cool, was?"

„Megacool", stimmte ich kleinlaut zu.

Fabio zeigte mir noch andere Fotos, und als ich die bunten Häuser, die dunkelhäutigen Trommler auf der Bühne und die tanzenden Menschen auf der

79

Straße sah, wurde mein Herz ganz schwer. Salvador da Bahia ist auch die Heimatstadt von Papai und letztes Jahr waren wir ebenfalls dort gewesen. Es ist schön, aus zwei Ländern gleichzeitig zu kommen, aber manchmal kommt es mir so vor, als würde ich in zwei Hälften gerissen. Die eine Hälfte fühlt sich in Hamburg zu Hause und die andere Hälfte hat Heimweh nach Brasilien. Papai ging es offensichtlich genauso. Als Fabio ihm die Bilder zeigte, schimmerte in seinen Augen *Saudade*. Das heißt auf Deutsch Sehnsucht.

„Nächsten Sommer", sagte Papai, „wird Leandro seine brasilianische Vovó kennenlernen."

„Und seine sieben brasilianischen Tanten", ergänzte ich. „Warum können wir nicht schon diesen Sommer wieder hinfliegen?"

„Weil die Flüge eine Stange Geld kosten", sagte Papai. „Und ich bin nun mal kein persischer Ölprinz, sondern ein brasilianischer Restaurantbesitzer in Deutschland. Ich bin froh, dass wir zurzeit wenigstens hier über die Runden kommen."

Ich überlegte, ob ich mich vielleicht wirklich zur Chefköchin ausbilden lassen sollte, um der *Perle des Südens* auch in meinem echten Leben mit perfekten Dinnern zu neuem Ruhm zu verhelfen. Aber am Dienstag ging es erst mal um unser Projekt und damit wurde mein Leben aufregend genug.

Treffpunkt unserer ersten Gruppenbesprechung war das Klassenzimmer der 10a. Herr Demmon hatte sich an eins der Schülerpulte gesetzt, während Sally und Graziella hinter dem Lehrerpult standen. Die drei anderen Zehntklässler saßen an einem der Gruppentische. An einem zweiten saßen Enzo, Marcel, Annalisa und Dalila. Ich hatte an einem Einzeltisch Platz genommen und fühlte mich wie eine heroische Heldin. (Meine Freundin sagt, *heroische Heldin* ist doppelt gemoppelt, weil heroisch auch heldenhaft heißt – aber genauso fühlte ich mich eben. Heroisch einsam und heldenhaft allein.)

„Ich gehe davon aus, dass alle von euch wissen, was das perfekte Dinner ist?", fragte Sally.

Alle nickten, außer mir, und das schien vor allem Dalila prächtig zu amüsieren. Sie flüsterte Annalisa etwas ins Ohr. Annalisa sah mich an und kicherte dämlich. Ich setzte meine gleichgültigste Miene auf und war froh, dass Sally noch einmal für alle erklärte, was auf uns zukam.

„Ihr fünf", Sally zeigte auf den Gruppentisch von Dalila und dann mit einem ganz süßen Lächeln auf mich, „seid die Hauptpersonen. Jeder von euch wird abwechselnd einen Abend für die anderen vier Gäste kochen und sie zu Hause bewirten. Ja, bitte?"

Sally sah zu Herrn Demmon, der sich gemeldet hatte.

„Dazu müsstet ihr allerdings noch eure Eltern um Erlaubnis fragen", sagte er. „Wenn sie nicht damit einverstanden sind, dass das Dinner bei euch zu Hause stattfindet, können wir in diesem Fall natürlich auch einen anderen Ort aussuchen."

„Genau", sagte Sally und nickte Enzo zu, der jetzt auch mit dem Finger schnippte. „Ja?"

„Mein Vater sitzt im Gefängnis", sagte er. „Und meine Mutter wohnt seit vorgestern in einem indischen Kloster. Ich denk mal, beide Orte sind für ein perfektes Dinner eher daneben. Kann ich auch meine Pflegemutti um Erlaubnis fragen?"

Die anderen Zehntklässler grinsten. Marcel fiel der Stift aus dem Mund und ich überlegte, wie ich Flo schonend auf diese Zukunftsaussicht vorbereiten sollte.

Sally wechselte einen Blick mit Herrn Demmon.

„Klar", sagte sie und lächelte Enzo an.

Ich war total beeindruckt von ihr und irgendwie auch stolz. Noch vor ein paar Monaten hatte ich Sally mithilfe von Alex und Jeff als halbe Alkoholleiche von einer Party ins Krankenhaus gebracht. Jetzt betreute sie unser Projekt und stand am Pult wie eine richtige Lehrerin. Sie sah auch wieder richtig toll aus. Ihre Augen glänzten und ihren Liebeskummer mit ihrem blöden Säuferfreund schien sie komplett überwunden zu haben.

„Wie eure Dinner genau ablaufen, erklären wir euch später", übernahm Graziella wieder das Wort. „Zuerst stellen wir euch unser Team vor. Herrn Demmon kennt ihr ja. Er verwaltet das Geld, das die Schule für das Projekt zur Verfügung stellt, und tritt immer dann in Aktion, wenn es besondere Fragen gibt. Aber sonst bleibt er im Hintergrund."

Herr Demmon tippte sich wie zum Befehl an die Stirn.

„Sally und Moha betreuen euch bei allem, was rund um das Menü anfällt", fuhr Graziella fort. Sally zeigte auf den sommersprossigen Jungen, der mit einem Blick in die Runde einen Seemannsgruß machte.

„Wenn ihr Fragen zu eurem Dinner habt, Anregungen für Vorspeisen, Hauptgerichte, Nachspeisen oder Tischdekoration braucht, könnt ihr euch jederzeit an die beiden wenden. Einkaufen müsst ihr allein – und da müsst ihr auch ein bisschen rechnen. Jeder von euch soll dreißig Euro für sein Dinner zur Verfügung haben. Einen Teil steuert die Schule bei, den anderen eure Eltern, wenn sie einverstanden sind. Das klärt Herr Demmon noch mal beim Elternabend. Wichtig ist nur, dass niemand von euch mehr als diesen Betrag ausgibt, damit es gerecht ist. Alles klar?"

Wir nickten und ich fing schon jetzt an zu rechnen.

„Melissa und ich übernehmen die Moderation." Graziella zeigte auf ein Mädchen mit langen roten Kringellocken. Sie war sehr hübsch, auch wenn ihr Lächeln etwas Überhebliches hatte, als wäre sie irgendwie zu cool für uns Fünftklässler. Aber Graziella mochte ich sehr und freute mich darüber, dass sie und Sally mit dabei waren. Das ganze Projekt klang aufregend, so erwachsen und professionell. Hoffentlich hatte Flo in ihrem Gemüseprojekt auch ein bisschen Spaß.

„Melissa und ich begleiten die jeweiligen Köche des Abends bei den Vorbereitungen und filmen anschließend das Dinner", erklärte Graziella. „Danach befragen wir die Gäste, wie sie es fanden, und filmen die Verteilung der Punkte."

„Was für Punkte?", platzte ich raus, worauf Dalila mit den Augen rollte und Annalisa mich schon wieder hämisch angrinste. Okay. So viel zum Thema Spaß! Ich seufzte und wünschte mich doch für einen Moment in Flos Gruppe des fleischlosen Glücks.

„Gute Frage, Lola", ergriff Sally jetzt wieder das Wort. „Wie beim echten perfekten Dinner bewerten an jedem Abend die Gäste das Menü und ihren Gastgeber. Dafür gibt es Punkte. Und jeder erklärt vor der Kamera, was ihm gefallen hat und was nicht. Aber keine Sorge, ihr kriegt das mit unserer Hilfe schon hin."

Diese Bemerkung richtete sie an Annalisa, die plötzlich ein ängstliches Gesicht machte. „Kann man sich auch zu zweit für ein Dinner zusammenschließen?", fragte sie und warf einen hoffnungsvollen Blick auf Dalila.

„Wo bleibt denn da der Reiz?", schnaubte Dalila abfällig.

„Stimmt", sagte Annalisa. Sie zippelte nervös an ihrer rosa Bluse herum. „Ich hatte ja auch nicht für mich gefragt." In diesem Moment hatte ich fast ein bisschen Mitleid mit ihr, aber dann hörte ich, wie sie Dalila halblaut ins Ohr tuschelte: „Bei Lola gibt's zu Hause nämlich nicht mal Mittagessen. Dafür läuft ihr komischer Vater splitternackt durch die Wohnung und ..."

„Noch ein Wort, und ich stopf dir nasses Klopapier in den Mund!", brüllte ich und ballte meine Fäuste.

„Nass von was?", erkundigte sich Enzo. Marcel grinste und Moha stand von seinem Stuhl auf.

„Leute, wenn ihr schon jetzt nicht imstande seid, euch fair zu verhalten, fangen wir das Projekt gar nicht erst an. Ich hab hier jedenfalls

keinen Bock auf kleine Zickenkriege. Kapiert?" Bei diesen Worten sah er zu Annalisa, die knallrot anlief.

Sally lächelte mir aufmunternd zu. „Auch wenn das perfekte Dinner ein Wettbewerb ist", sagte sie jetzt noch mal zu allen, „sollte euch klar sein, dass ihr fünf Abendessen lang miteinander auskommen müsst. Und wenn in unserem Film später immer nur Streitgespräche zu sehen sind, steht eure ganze Gruppe ziemlich blöd da. Also. Was sagt ihr? Spielt ihr ein faires Spiel?"

Marcel hob als Erster den Finger. „Ich bin einverstanden."

„Ich bin zweiverstanden", sagte Enzo und spreizte seine Finger zu einem V. Marcel knuffte ihn in die Seite, aber ich glaube, er mochte ihn. Und Dalila warf Enzo einen Seitenblick zu, in dem ich irgendwie versteckte Bewunderung las.

„Geht klar", sagte ich. Insgeheim war ich mir kein bisschen sicher, wie ich fünf Abendessen mit dieser Gruppe überleben sollte. Aber mein Ehrgeiz war geweckt.

Dalila schlug die Beine übereinander. „Ich werde mich von meiner perfektesten Seite zeigen", flötete sie.

Und Annalisa sagte natürlich: „Ich auch."

„Dann wäre der wichtigste Punkt ja geklärt." Sally

nickte zufrieden. „Jetzt fehlt noch Marius." Sie zeigte auf den letzten Schüler am Zehntklässler-Tisch. Er war schmal, hatte eine spitze Nase und eine schwarze Brille. „Er ist verantwortlich für den Schnitt. Wie bei der echten Show werden wir nicht einzelne Videos drehen, sondern wollen später einen fertigen Film über das Projekt machen. Natürlich wird es auch bei uns einen Gewinner geben. Wer nach den fünf Dinnern die höchste Punktzahl hat, wird Sternekoch."

Der Gewinner wurde Sternekoch? Und sozusagen Star des fertigen Films? Ohhh, wie mir die Kopfhaut kribbelte!

„Können wir die Aktion auch auf Facebook posten?", fragte Dalila.

„Auf keinen Fall", kam es von Marius. „Das Projekt bleibt unter uns, bis wir den fertigen Film der Schule präsentieren."

Die anderen Zehntklässler klopften zustimmend mit den Fäusten auf den Tisch und Herr Demmon nickte diesmal mit einem sehr ernsten Gesicht. Nur Enzo grinste und warf einen Blick auf seine Schultasche, aus der ein Teil seiner Videokamera hervorlugte.

„Außerdem", sagte Melissa zu Dalila, „ist Facebook erst ab dreizehn. Da müssen Kinder leider draußen bleiben."

„Pff", hörte ich Dalila zischen. „Eingebildete Kuh. Ich hab jedenfalls schon längst ein Profil."

„Ich auch", sagte Annalisa.

Ich hatte kein Profil. Bis vor Kurzem hatte ich noch nicht mal gewusst, was Facebook war, und wenn es nach Mama gegangen wäre, hätte ich auch nicht bei Schüler VZ mitmachen dürfen. Da hatte sich zum Glück aber Papai für mich eingesetzt.

„Die Dinosaurier sind ausgestorben, Vicky", sagte er. „Ich finde diesen ganzen Internetkram auch nicht so klasse. Aber wir tun Lola keinen Gefallen, wenn wir sie von allem fernhalten. Das geht nach hinten los."

Da hatte Mama seufzend zugestimmt.

Und wir stimmten zum Schluss des ersten Gruppentreffens zu, dass die perfekten Dinners jeweils an einem Freitag stattfinden würden, weil dann am nächsten Tag keine Schule war. Bis auf einen Freitag, an dem die Zehntklässler nicht konnten, hatten alle Zeit. Die Reihenfolge wurde ausgelost, Sally schrieb das Ergebnis an die Tafel und dort standen jetzt Weiß auf Grün meine Zukunftsaussichten für die nächsten Monate:

Freitag, 15. April: Perfektes Dinner bei Enzo
Freitag, 22. April: Perfektes Dinner bei Marcel
Freitag, 6. Mai: Perfektes Dinner bei Dalila
Freitag, 13. Mai: Perfektes Dinner bei Lola
Freitag, 20. Mai: Perfektes Dinner bei Annalisa

Ja. Ich hatte richtig gelesen. Das perfekte Dinner am weltberühmten Unglückstag würde bei mir stattfinden. Gerade als ich überlegte, ob ich Einspruch einlegen sollte, bekam ich Luftpost. Ein Zettel flog auf meinen Tisch.

„*Na, Schiss? Kann ich echt verstehen. Aber wenn du wirklich Talent hast und eine schöne Wohnung, brauchst du dir keine Sorgen machen.*"

Ich warf einen bösen Blick zu Enzo, aber der tauschte gerade mit Marcel Handynummern aus.

Es war Dalila, die mich angrinste, und ich beschloss, sie einfach zu ignorieren. Wenn ich das schaffte, war alles andere eine Kleinigkeit. Erstens hatte ja wohl eine schöne Wohnung nichts mit dem Essen zu tun und zweitens würde ich die Herausforderung annehmen. Schließlich war ich die Tochter eines gelernten Kochs und Restaurantbesitzers. Und das perfekte Dinner würde ich mir morgen Abend im Fernsehen anschauen – komme, was da wolle.

8.

EIN PROBLEMATISCHES AMBIENTE UND EIN ANONYMER BRIEF

War Enzos Vater wirklich ein Verbrecher?

Wo steckte der Diamant von Bastian-Ramons Mutter?

Würde sich Schneewittchen je wieder in unserer Wohnung blicken lassen?

Kam es beim perfekten Dinner vielleicht doch auf eine schöne Wohnung an?

Was würde Flo dazu sagen, dass Enzo in *ihrer* Wohnung das erste Dinner veranstalten wollte?

Konnte Enzo kochen?

Was würde ich kochen?

Das waren die Fragen, die mich Dienstagnacht im Bett mal wieder wach hielten. Enzo war nach der Schule mit zu Marcel gegangen – worüber Flo ziemlich erleichtert war.

„Tut mir leid", sagte sie, als ich sie anrief, um sie zu mir einzuladen. „Ich bleibe heute zu Hause und genieße die Stille und den Frieden."

„Weißt du eigentlich etwas über Enzos Vater?",
fragte ich. „Enzo hat gesagt, dass er im Gefängnis
sitzt."

„Enzo sagt viel, wenn der Tag lang ist", knurrte Flo.
„Gestern hat er Sol erzählt, ich hätte mich mit meinem afrikanischen Geliebten eingeschlossen und
wollte nicht gestört werden."

„Du hast einen afrikanischen Geliebten?" Mir fiel
fast der Hörer aus der Hand.

„Natürlich nicht!" Flos Stimme qualmte vor Wut.
„Ich habe mit Ansumana in meinem Zimmer Bio
gelernt. Und die Tür hatte ich abgeschlossen, weil
Enzo uns mit seiner blöden Videokamera filmen
wollte. Den Anruf von Sol hat mir der Kofferfurz
nicht mal ausgerichtet."

„Und woher weißt du dann davon?"

„Weil Sol mir gerade eine E-Mail geschickt hat. Er
wollte wissen, wer dieser Vollidiot war, der sich gestern am Telefon mit ‚Restaurant Sommergemüse' gemeldet hat. Wie kommt Enzo auf so einen Blödsinn?
Hat das was mit eurem komischen Dinnerprojekt zu
tun?"

„Ähm. Ich weiß nicht", sagte ich ausweichend. Flo
klang so wütend, dass ich sie mit dieser Nachricht
noch ein bisschen schonen wollte.

„Zum Glück hat er Enzo das mit dem afrikanischen
Geliebten nicht abgenommen", sagte Flo. „Aber trotz-

dem. Ich warte seit einer Woche auf einen Anruf von Sol und jetzt weiß ich nicht mal, wie es ihm geht oder wann er zurückkommt. Davon stand nämlich nichts in seiner Mail. Ich muss auflegen, falls er anruft. Wir sehen uns morgen, okay?"

Okay, seufzte ich und beschloss, den Nachmittag bei Schneewittchen in Vivian Balibars Garten zu verbringen. In ihrer Nachbarwohnung lärmten zwei Handwerker mit Bohrmaschinen. Das ging schon seit Wochen so. Aber wenigstens hatte meine Katze keine Angst mehr vor mir. Sie kam sofort auf meinen Schoß, um sich kraulen zu lassen. Und Vivian Bali-

bar zeigte mir Fotos vom Gnadenhof ihrer besten Freundin Liese Rosenthal. Dort lebt meine Ziege Schnee-weißchen und die hatte vor Kurzem zwei Babys zur Welt gebracht. Auf einem der Fotos nuckelten sie an Schneeweißchens Zit-zen und sahen so süß aus, dass ich sie am liebsten gleich besucht hätte.

„Warum fahren wir nicht alle gemeinsam hin?", schlug Vivian vor. „Ich werde die Ostertage dort verbringen." Sie zündete sich einen Zigarillo an und über ihren helllila Haaren stiegen graue Rauchkringel in die Luft. Ich fragte mich, ob ihre Stimme vielleicht vom Rauchen so kratzig klang. Als ob jemand mit einem langen Fingernagel über Schmirgelpapier kratzen würde. Bei unserer ersten Begegnung hatte ich mich richtig vor unserer Nachbarin gefürchtet. Sie war schon ziemlich alt und hatte wirklich etwas Hexenhaftes. Ihr Gesicht war faltig wie das einer Schildkröte und ihre Beine waren so krumm, dass Tante Lisbeth auf ihrem Bobbycar hätte hindurchfahren können. Aber mittlerweile hatte ich Vivian Balibar richtig lieb – und ihre beste Freundin mochte ich auch.

„Liese freut sich sicher riesig, wenn du mitkommst", sagte Vivian. „Frag doch auch Flo. Und deine Familie, wenn du willst."

Das war natürlich eine sehr, sehr schöne Idee. Als ich Flo noch mal anrief, sagte sie sofort zu. Papai würde Ostern leider arbeiten müssen, aber Mama wollte es sich überlegen.

Am Mittwochabend kam ich endlich dazu, mir die perfekte Dinnershow im Fernsehen anzukucken. Mama lag in der Badewanne und Leandro kaute auf meinem Schoß an seinem Beißring herum. Er hatte letzte Nacht sein erstes Zähnchen bekommen. Während der Sendung verhielt er sich zum Glück ziemlich ruhig, während ich immer aufgeregter wurde. Meine Frage, was das perfekte Dinner mit einer schönen Wohnung zu tun hatte, war nämlich jetzt beantwortet.

„Bald ist doch Ostern“, sagte ich am nächsten Tag zu Papai. „Und ich hätte da einen besonderen Wunsch.“

„Mhmm“, machte Papai abwesend. Er versuchte gerade, Leandro eine Windel anzuziehen. Vorher hatte er meinen Bruder zum Nacktstrampeln auf die Couch gelegt. Dass kleine Brüder in hohen Bögen pinkeln konnten, hatte Alex mir damals schon verraten. Mittlerweile wusste ich es auch aus eigener Erfahrung. Und Leandro pinkelte am liebsten immer genau dann, wenn er mal für ein paar Minuten ohne Windel war. Deshalb hatte unsere Couch jetzt ein ziemlich ekliges Fleckenmuster.

„Ich würde gerne unsere Wohnung renovieren“, sagte ich. „Und vielleicht könnten wir ein paar neue Möbel kaufen.“

„Hast du sonst noch Wünsche?“, fragte Papai.

Das war ironisch gemeint. Erwachsene lieben es nämlich, ironisch zu sprechen. Aber mir war es bitterernst. „Ich habe am 13. Mai einen wichtigen Termin bei uns zu Hause“, erklärte ich Papai. „Und dafür muss die Wohnung in einem guten Zustand sein.“

„Was denn für einen Termin? Halt doch mal still, du kleiner Zappelmann", Papai kämpfte mit Leandros Beinen. Mein kleiner Bruder trug heute zwei verschiedenfarbige Socken, einen gelben und einen grünen, mit denen er abwechselnd gegen Papais Bauch kickte. Wenn Leandro ein bisschen abspeckte, würde er womöglich Fußballstar. Aber jetzt ging es erst mal um meine Karriere als Sterneköchin.

„Wir haben ein Schulprojekt", sagte ich. „Jede Woche findet bei einem von uns ein perfektes Dinner statt. Meins ist am 13. Mai. Ich werde kochen und erwarte vier Gäste und ein Kamerateam zum Essen."

„Ein Kamerateam?" Papai drehte sich stirnrunzelnd zu mir herum. „Was soll denn der Blödsinn, Cocada?"

„Es ist kein Blödsinn", sagte ich. „Das Kamerateam sind zwei Mädchen aus der zehnten Klasse. Sie filmen das Dinner. Und sie filmen unsere Wohnung. Wer die meisten Punkte bekommt, gewinnt. Und so wie es hier aussieht, bekomme ich für den Teil mit der Wohnung höchstens Minuspunkte."

Besorgt blickte ich mich um. Seit Leandros Geburt sah es bei uns ziemlich wüst aus – nicht nur wegen der Flecken auf der Couch. Es war seit Wochen nicht richtig geputzt worden und zum Aufräumen kam auch keiner.

Überall lag Zeug herum. Unsere Wohnung kam mir

plötzlich richtig schmuddelig vor. So ganz unrecht hatte Bastian-Ramons Mutter nicht gehabt. Die fragte noch immer jeden Tag, ob wir ihren Diamantring gefunden hatten. Hatten wir aber nicht – und so wie es hier aussah, war das eigentlich auch kein Wunder.

„Wir müssen aufräumen", sagte ich. „Und streichen. Und vielleicht könnten wir auch die Teppiche reinigen und die Holzböden schleifen lassen. Es ist nämlich so, dass beim perfekten Dinner auch das Ambiente zählt."

Ambiente ist ein Fremdwort für Umfeld. Aber es kann auch schöne Einrichtung bedeuten. Das hatte ich in der perfekten Dinnershow gelernt. Da achteten die Gäste nämlich sehr genau auf alles und jetzt machte ich mir wegen Dalilas blödem Luftpostzettel plötzlich wirklich Sorgen.

„Meinst du das *ernst*, Cocada?" Papai sah mich an, als hätte ich nicht alle Tassen im Schrank. Leandro zappelte wie ein wilder Riesenkäfer auf dem Couchtisch herum, auf den Papai ihn zum Wickeln gelegt hatte. *Pong* fiel ein Saftglas um und landete auf dem Teppich.

„Ja", sagte ich. Meine Stimme klang halb vorwurfsvoll und halb piepsig. „Du willst doch, dass ich gut in der Schule bin, oder? Also musst du mich bei den Schularbeiten auch ein bisschen unterstützen. Wenn das Kamerateam dieses Chaos hier sieht, dann …"

„Das kommt überhaupt nicht infrage!" Papais Stimme klang halb empört und halb verzweifelt. „Wenn du für deine Klassenkameraden kochen willst, kannst du das gerne tun. Aber wir haben hier kein Nobelrestaurant, sondern einen Familienhaushalt mit Baby. Und wem das nicht gefällt, der kann gerne woanders essen."

„Aber ...", krächzte ich.

„Schluss", rief Papai. „Ich will nichts mehr davon hören, Lola. Perfektes Dinner! Die Show im Fernsehen ist schon übel genug. Ich kann nicht glauben, dass so was jetzt auch noch in der Schule veranstaltet wird. In Brasilien sind viele Menschen froh, wenn sie überhaupt was zu essen bekommen. Ich werde beim Elternabend mal mit deinen Lehrern ..."

„Wirst du nicht!", rief ich.

Leandro fing an zu brüllen. Papai stöhnte und ich verzog mich wütend in mein Zimmer. Es war der einzige Raum, den wir mit Opas Hilfe tatsächlich vor Kurzem renoviert hatten. Ich hatte jetzt ein Hochbett, genau wie Flo, und einen runden flauschigen Teppich. Vielleicht könnte ich das perfekte Dinner ja hier veranstalten und den Rest der Wohnung mit Tüchern verdecken? Aber in der Fernsehshow wanderte das Kamerateam immer durch die ganze Wohnung der Teilnehmer. Und die Gäste auch.

Im Stillen gab ich Papai sogar ein bisschen recht.

Manche Gäste hatten richtig fiese Bemerkungen über die Einrichtung gemacht und das fand auch ich daneben. Außerdem beunruhigte mich, dass die Gastgeber ihren Gästen ein Drei-Gänge-Menü servierten. Vorspeise, Hauptspeise, Nachspeise. Alles aufeinander abgestimmt und mit festlicher Tischdekoration geschmückt.

„Mach dir keinen Kopf, Lola", sagte Sally am nächsten Tag in der Schule. „Wenn du Ratschläge für dein Menü brauchst, helfen Moha und ich dir gern. Am besten wählst du Gerichte, die du schon mal ausprobiert hast. Es muss nichts Kompliziertes sein. Und unsere Gruppe achtet schon darauf, dass niemand bloßgestellt wird. Außerdem werden wir den Film ja schneiden. Da können wir blöde Bemerkungen einfach weglassen, falls überhaupt welche kommen."

Dass welche kamen, daran hatte ich gar keinen Zweifel, schließlich hatten wir ja Dalila und Annalisa in der Gruppe. Und die legten schon jetzt damit los.

„Sperrst du deinen nackten Vater eigentlich wieder im Badezimmer ein, wenn wir bei euch essen kommen?", fragte mich Dalila in der Pause. „Und hat eure Badezimmertür mittlerweile eine Klinke?"

Annalisa saß mit ihrem blöden Grinsen neben ihr und ich warf den beiden einen Blick zu, der diesem durchgeknallten Erdkundelehrer aus der Fußgängerzone alle Ehre gemacht hätte.

„Nein", sagte ich würdevoll. „Aber wir haben einen Kampfhund. Der frisst am liebsten blonde Zicken und rassistische Mütter. Vielleicht bringe ich ihn mit, wenn ich zu deinem Dinner komme."

Ich hatte nicht vergessen, wie gemein Dalilas Mutter gewesen war, als Papai mich von ihrer affigen Geburtstagsparty abgeholt hatte.

„Hauptsache, du bringst nicht wieder Läuse mit", sagte Dalila. Sie drehte sich zu Annalisa. Aber die hatte ihren Kopf jetzt unter den Tisch gesteckt und fummelte in ihrer Schultasche rum. „Wo ist denn mein Brötchen und ... HÄ?"

Annalisa poppte so heftig nach oben, dass sie sich den Kopf an der Tischkante stieß. „Was ist das denn?"

Sie hielt einen himmelblauen Briefumschlag in die Höhe. Er war mit lauter kleinen Herzen beklebt.

„Sieht aus wie ein Liebesbrief", sagte Asra. Sie saß mit ihrer Tuschelfreundin Luna am Nachbartisch.

„Ein Liebesbrief?" Jetzt wurde auch Deborah hellhörig. Die dockte sich immer an die beiden Tuschelmädchen an.

„Hast du einen Verehrer?", fragte sie.

„Nicht dass ich wüsste." Annalisa runzelte die Stirn.

„Mach ihn auf", sagte Asra.

„Lies vor", drängelte Luna.

Sogar Dalila hob jetzt die Augenbrauen.

Annalisa blickte sich unsicher in der Klasse um.

Ich tat, als hätte ich nicht das geringste Interesse, aber neugierig war ich ehrlich gesagt doch. Ich trat hinter Annalisa und linste ihr über die Schulter.

„Liebe Annalisa", fing sie an zu lesen.

„Deine Augen leuchten wie Sterne,
Dein Lächeln ist so süß.
Ich habe Dich sehr gerne
und sage jetzt mal tschüss.
PS: Wenn Dir das Gedicht gefällt,
bin ich vielleicht schon bald Dein Held.
Dein geheimer Verehrer."

Kopfschüttelnd sah Annalisa von ihrem Brief auf.

Asra und Luna prusteten los. „Uuuhh, Annalisa, dich verehrt ein Dichter", sagte Asra.

„Möchte ja wissen, wer das ist", sagte Deborah und drehte ihren langen Zopf in der Hand.

„Vielleicht Enzo", sagte Luna und prustete schon wieder los. „Kannst du die Handschrift erkennen?"

„Es ist getippt", sagte Annalisa. „Sieht aus, als hätte jemand eine Schreibmaschine benutzt. Schaut mal, das G ist irgendwie verrutscht."

„Dann ist es vielleicht ein sehr altmodischer Dichter", sagte Asra.

„Oder ein sehr alter", sagte Luna. „Vielleicht ist Herr Demmon heimlich in dich verliebt."

„Ich glaub ja, es ist Verarsche", sagte Dalila. „Kindisch ist es auf alle Fälle."

„Find ich auch", sagte Annalisa. Aber sie sah stolz aus und Dalila irgendwie ein bisschen neidisch.

Asra seufzte. „Ich hab noch nie einen geheimen Liebesbrief bekommen. Und ein Gedicht schon gar nicht. Das ist ja wohl noch viel romantischer als eine SMS, oder?"

Dalila gähnte und ich verließ das Klassenzimmer, weil ich mal wieder an Alex denken musste. War er schon zurück aus London? Hatte er mir geschrieben? Einen Brief – oder wenigstens eine Postkarte? Auch diese Fragen gingen mir nicht aus dem Kopf.

Flo wartete ebenfalls sehnsüchtig auf ihren Anruf von Sol. Sie hatte das Telefon in Schublade 101 versteckt. So konnte Enzo es nicht finden, aber der fand stattdessen etwas anderes und sorgte damit für neuen Ärger.

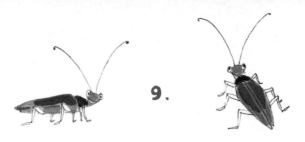

9

EIN DINNER
UND ZWEI RAUSWÜRFE

Am Samstag kam Enzo mit Flo zum Dinner in die *Perle des Südens*. Ich war gerade in der Restaurantküche, um ein bisschen am Handwerk der Köche zu schnuppern.

Zwerg ist unser Chefkoch. Er kommt aus Brasilien und ist kaum größer als ich. Der riesendicke Berg aus Afrika ist unser Hilfskoch. Er braucht ziemlich viel Platz und ausgerechnet heute war in der winzigen Küche die Hölle los. Ich quetschte mich zwischen Herd und Arbeitstisch, während Zwerg *Bombocados com queijo* in den Ofen schob. Das sind köstliche Käseküchlein, die als kleine Törtchen serviert werden.

„Kann ich vielleicht eure Hilfsköchin werden?", fragte ich Zwerg, der jetzt die Soße auf dem Herd abschmeckte. Um an den Topf zu kommen, musste sich Zwerg immer auf ein Trittbrett stellen.

„Geh mal aus dem Weg", murmelte er, ohne mir auf meine Frage zu antworten. Ich trat einen Schritt zurück und prallte in den Bauch von Berg, der ein

großes Blech mit Tomaten über seinem Kopf balancierte. Oder besser gesagt: balanciert hatte.

„Merda!", fluchte Zwerg, als eine davon in die Soße fiel. Der Rest kullerte jetzt durch die Küche. Berg hielt nur noch das leere Blech in der Hand.

„Me desculpe", entschuldigte ich mich zerknirscht.

„Raus hier, Lola!" Opa steckte seinen Kopf herein. „In der Küche ist kein Platz für Zuschauer. Die beiden haben ein Hochzeitsbuffet vorzubereiten, das morgen früh nach Blankenese geliefert werden soll. Stör sie bitte nicht."

„Ich wollte nicht stören", brummte ich. „Ich wollte etwas lernen."

„Das kannst du in der Schulküche." Opa schob mich ins Restaurant. Dort kam gerade Jeff zur Tür rein und ich nahm mir vor, ihn nach Alex zu fragen.

Aber erst mal ging es um Enzo. Der saß mit Flo an unserem Stammtisch in der Nähe des Tresens. Er trug eine Pelzjacke aus künstlichem Tigerfell, die noch schräger aussah als sein rotes Samtjackett. Flo hatte die Arme vor der Brust verschränkt und trug eine saure Miene.

„Wo hast du *das* Teil denn her?", fragte ich Enzo.

„Aus Penelopes Altkleidersammlung", knurrte Flo. „Ist dir eigentlich nichts peinlich?"

„Nö", sagte Enzo. „Ich finde, künstlicher Tiger steht mir gut, und außerdem ist es kalt in Hamburg."

„Dann flieg doch nach Indien", schlug Flo vor. „Wenn du das Teil beim Essen anbehältst, kriegst du auf alle Fälle hier im Restaurant Hausverbot."

Das dachte Papai offensichtlich auch gerade. „Sag dem Jungen bitte, dass er seine Jacke ausziehen soll", raunte er Penelope ins Ohr, die uns gerade die Speisekarte brachte.

„Du meinst wohl, meine Jacke", erwiderte Penelope. Sie sah ziemlich erschöpft aus.

„Mir ist egal, wem die Jacke gehört." Papai musterte Enzo missbilligend. „Ich möchte nur nicht, dass er sie am Tisch trägt. Das macht keinen guten Eindruck auf die Gäste."

Papai nickte dem älteren Ehepaar am Nachbartisch zu. Die beiden waren ziemlich vornehm gekleidet und die Frau sah mit spitzen Lippen zu uns rüber. In seinem Laden war Papai das Ambiente ganz offensichtlich nicht egal. Und Opa machte hinter dem Tresen ein genauso strenges Gesicht.

„Tu mir den Gefallen, Enzo", sagte Penelope, als Papai wieder zu Opa gegangen war.

„Hast du dir das auch gut überlegt, Mutti?" Enzo lächelte Penelope an.

Jeff legte seinen Arm um ihre Schultern und warf Enzo einen warnenden Blick zu. „Darüber muss man nicht nachdenken", sagte er. „Wir sitzen in einem Restaurant, und sowohl Lolas Vater als auch Flos

Mutter arbeiten hier. Also tu gefälligst, worum Penelope dich bittet, verstanden?"

„Aber gern doch. Wenn Sugardaddy es so wünscht!" Enzo ging zum Kleiderständer, zog die Jacke aus, hängte sie an den Haken und stolzierte durch das Restaurant zurück zu unserem Tisch. In der Hand hielt er wieder seine Videokamera und filmte die Gäste.

Als die vornehme Frau am Nachbartisch ihn sah, stieß sie einen gellenden Schrei aus. Jeff schnappte nach Luft und Penelope klappte die Kinnlade runter. Enzo trug ein blütenweißes T-Shirt, auf dessen Mitte eine gigantische Kakerlake gedruckt war. Sie war aus schimmerndem Plastik, aber wirkte so echt, dass die Frau am Nachbartisch mit vorgehaltener Serviette auf die Toilette floh.

„Vielleicht hat sie eine Kakerlakenphobie", flüsterte ich Flo ins Ohr und versuchte mir *nicht* vorzustellen, wie ein dicker grüner Plastikfrosch auf Enzos T-Shirt ausgesehen hätte.

Papai schoss hinter dem Tresen hervor und Jeff packte Enzo am Kragen. „Raus mit dir! Du verbringst das Wochenende bei Sugardaddy und der gibt dir ein bisschen Nachhilfe in Sachen Erziehung."

Ich schielte zu Flo und Penelope und fragte mich, ob Enzo seiner Pflegemutti schon eröffnet hatte, dass am 15. April in ihrer Wohnung ein perfektes Dinner stattfinden würde. Was er für uns kochen würde, wollte ich mich jetzt lieber nicht fragen.

Und auf eine Antwort, wie es Alex ging, würde ich auch noch warten müssen.

10.

EIN TOTENKOPF
UND EIN WARTEZIMMER

Was das Warten auf eine Nachricht von Alex betraf, hatte ich etwas mit Flo gemeinsam. Auch sie brannte darauf, endlich etwas von Sol aus Quito zu hören.

„Ich wünschte, ich könnte Sol nach Hamburg beamen und Enzo dafür nach Quito zu Sols Onkel", sagte sie, als sie mich am Sonntagnachmittag besuchen kam.

Harms hatte sie zum Schutz vor Enzo mitgebracht. Wir saßen auf meinem flauschigen Teppich und Harms war in den langen Teppichhaaren kaum zu sehen.

„Ich glaube nicht, dass Enzo eine echte Hilfe in Quito wäre", sagte ich.

Das Wochenende bei Jeff hatte zwar bewirkt, dass sich Enzo in dieser Woche ein bisschen zurückhielt. In der Schule machte er sogar ziemlich gut mit. Er schien nicht blöd zu sein und hatte im letzten Mathetest als Einziger aus der 5a eine Eins geschrieben. Wahrscheinlich, weil er bei Penelope für das Dinner punkten wollte. Und für den Zuschuss. Der Elternabend war letzte Woche gewesen. Weil wir in diesem Jahr keine Klassenreise machten, hatten die Eltern eingewilligt, einen Beitrag zu unserem Projekt beizusteuern. Für Enzo war Penelope verantwortlich. Von ihr erfuhr Flo an diesem Nachmittag dann leider auch, wo Enzo sein perfektes Dinner veranstalten wollte. Penelope rief Flo dazu extra bei uns zu Hause an, und als meine Freundin vom Telefon kam, hatte sie eine riesige Wut auf mich.

„Wie lange wusstest du davon?", fauchte sie und fischte Harms aus meinem Teppich.

„Erst seit Kurzem", piepste ich. „Ich wollte dich nicht aufregen."

„Toll!" Flo fing an, sich in Rage zu reden. „Stattdessen überlässt du meiner Mutter den Job. Die behandelt Enzo wie ein ausgesetztes Waisenküken und lässt ihm alles durchgehen. Du hättest mich wenigstens warnen können. Wir kochen für unser Projekt in der Schulküche! Warum muss euer bekacktes Dinner in unserer Wohnung stattfinden?"

„Weil das bei einem perfekten Dinner so ist", rechtfertigte ich mich.

„Perfektes Dinner, pah!" Flo kraulte ihrem Hamster das Köpfchen. „Und weißt du auch schon, was Enzo für unser Menü geplant hat? Gegrilltes Hamsterfilet! Das hat mir der Kofferfurz eben am Telefon noch persönlich mitgeteilt, als er meiner Mutter den Hörer aus der Hand genommen hat. Und das ist *nicht* witzig, Lola!"

„Ich lach ja gar nicht", sagte ich. „Aber er meint das doch nicht ernst, Flo."

„Wer weiß?" Flo setzte Harms zurück in den kleinen Schuhkarton, in dem sie ihn immer transportierte. Seit Enzos Einzug klebte ein Schild mit der Aufschrift *Vorsicht bissiger Kampfhamster* darauf.

„Weg kann ich an diesem Abend jedenfalls nicht", brummte sie. „Sol hat mir gemailt, dass er Freitagabend bei mir anruft. Mehr hat er nicht geschrieben."

„Tut mir leid", sagte ich.

„Mir auch", sagte Flo. Aber wütend war sie immer noch. Und als ich am folgenden Freitag um halb sechs zu unserem ersten Dinnerabend bei ihr klingelte, hing vor ihrer Zimmertür ein riesiger Totenkopf. *Betreten bei Todesstrafe verboten* stand in blutroter Schrift darunter.

Vorsichtig klopfte ich an die Tür.

„Lebensmüde?", fauchte es aus dem Zimmer heraus.

„Ich fürchte, Flo wirst selbst du heute nicht zu Gesicht bekommen", sagte Penelope. Sie hatte sich für den Abend freigenommen und saß mit einem Buch auf einem Hocker im Flur. „Die Küche ist auch tabu. Enzo hat nur das Filmteam reingelassen. Graziella und Melissa waren schon am Nachmittag hier und haben erste Aufnahmen von den Vorbereitungen gemacht."

„Und?", fragte ich und krauste die Nase. „Wie läuft es?"

Im Flur roch es ein bisschen nach Gebratenem, ein bisschen nach Heu und ein bisschen nach fremden Gewürzen.

„Tut mir leid", sagte Penelope. „Das darf ich dir nicht verraten. Schließlich bist du Gast. Die anderen kommen erst um sechs. Und bis dahin kann ich dir höchstens das Badezimmer als Warteraum anbieten. Das Essen findet im Wohnzimmer statt – und mein Schlafzimmer …", Penelope stieß einen tiefen Seufzer aus, „… ist vorübergehend untervermietet."

Flos Mutter tat mir leid.

„Hat sich Gudrun eigentlich mal gemeldet?", fragte ich.

Penelope schüttelte den Kopf.

„Und Enzos Vater?"

110

„Themawechsel", sagte Penelope.

Ich überlegte kurz, ob ich zur *geheimnisvollen Sache von damals* wechseln sollte. Diese sonderbaren Andeutungen der indischen Bimmelfrau gehörten nämlich auch zu den Dingen, über die ich Penelope gerne ausgefragt hätte. Ich wurde die Vermutung nicht los, dass Gudrun Flos Mutter irgendwie erpresst hatte. Aber wegen was?

Penelope hatte ihre Nase wieder ins Buch gesteckt und ich fürchtete, dass ich mir für diese Frage einen besseren Zeitpunkt aussuchen musste.

In Flos Zimmer klingelte das Telefon.

Kurz darauf streckte Flo den Hörer aus der Tür. „Mama, mein Vater will dich sprechen", sagte sie, ohne mich eines Blickes zu würdigen. „Aber beeil dich gefälligst, ich erwarte einen Anruf aus Quito."

Penelope verschwand mit dem Telefon im Wohnzimmer und ich setzte mich in Flos Badewanne, um auf die anderen Gäste zu warten.

11.

EIN INDISCHER PRINZ UND
EIN ÜBERRASCHENDES DINNER

Wusstet ihr, dass indischer Kreuzkümmel vor der Verwendung trocken geröstet wird, um den Geschmack zu verstärken? Oder dass dieses Gewürz in Mischungen wie *Garam masala* und *Panch Poron* unentbehrlich ist? Und dass es als Heilmittel auch gegen Durchfall, Blähungen und Verdauungsstörungen wirkt?

Ich erfuhr es – nicht aus dem großen Buch der Gewürze, sondern von einem zwölfjährigen Jungen, der in einem indischen Sternerestaurant sofort eine Karriere als Chefkoch hätte machen können.

Und was meine Karriere betraf: Ich hatte gleich zu Anfang ernsthafte Konkurrenz bekommen.

Schon das Ambiente hätte Jeff wahrscheinlich als *umwerfend exotisch* beschrieben. Penelopes Wohnzimmer war winzig klein, aber Flos Pflegebruder hatte es magischerweise in einen indischen Tempel verwandelt. Die Lampen waren mit schimmernden Tüchern verdeckt. Als Tischdecke hatte Enzo ein indigoblaues Samttuch benutzt, das Penelope mal für eine Faschingsparty von Flo gekauft hatte. Darauf hatte er goldene Glitzersterne und getrocknete Rosenblätter verstreut. Und aus Penelopes Lautsprecherboxen ertönten die Klänge einer indischen Zupftrommel.

Enzo sah auch indisch aus. Er hatte sich ein rotes Tuch zu einem Turban um den Kopf geknotet und trug ein leuchtend blaues Hemd. Es hatte keinen Kragen, war knielang und hatte am Ausschnitt goldgelbe Stickmuster.

„Das ist eine Kurta", erklärte er. „Hat meine Mutter mir mal aus einem Ethnoshop besorgt."

Annalisa kicherte. Aber ich fand, Enzo sah nicht albern aus wie seine dreiäugige Mutter Gudrun in ihrem lila Bimmelkleid. Und auch nicht schräg wie in Penelopes künstlichem Tigerpelz. Er sah aus wie ein indischer Prinz – und während Graziella und Melissa den Tisch mit ihren Kameras umkreisten, bewirtete er uns wie ein Gastgeber aus 1001 Nacht.

Als Vorspeise gab es indische Kokossuppe.

„Hammer", brachte Marcel unter lautem Schlürfen hervor. „Wie hast du das hingekriegt?"

„Das Geheimnis ist eigentlich nur das Zitronengras", sagte Enzo. „Hab ich ganz billig aus einem Asialaden bekommen. Man wäscht es, klopft den Stängel mit der Nudelrolle flach und verknotet es wie einen Bindfaden. Sonst lösen sich die Fasern in der Suppe auf, versteht ihr?"

„Klar", sagte ich und verstand null Komma null. „Ist Zitronengras das Gewürz, das nach Heu gerochen hat?"

„Das war der Kreuzkümmel", sagte Enzo und erzählte uns, wozu man ihn verwendete und welche Heilkräfte er hatte. „Man darf ihn nicht mit Kümmel verwechseln", fügte er hinzu und grinste mich an. „Den nennen die Franzosen *cumin des prés*, aber das weißt du sicher von deinem Freund aus Paris. Ich soll dich übrigens von ihm grüßen."

„Du sollst mich von Alex grüßen?" Fast hätte ich mich an der Suppe verschluckt, die plötzlich nicht mehr ganz so köstlich schmeckte. „Wann hast du denn mit ihm gesprochen?"

„Letzten Sonntag", sagte Enzo. „Da war er grad zurück aus London. Er hat bei Jeff angerufen, und weil der unter der Dusche war, bin ich rangegangen. Ich hab ihm erzählt, dass ich in deine Klasse gehe und dass du neulich in seinem Bett geschlafen hast. Er meinte, das wäre ja süß, und dann sagte er, ich soll dich grüßen. Alles okay, Lola?"

Enzo musterte mich und ich fühlte mich wie eine Hundertwattglühbirne kurz vor dem Durchbrennen. Ob von der heißen Suppe oder vor Freude über das *süß* von Alex oder vor Ärger, dass er mir Grüße ausrichten ließ, anstatt mich selbst anzurufen, wusste ich nicht.

„Was ist eigentlich mit Alex und dir?", fragte Annalisa. „Seid ihr noch zusammen?"

„Das geht dich nichts an!", fauchte ich.

„Also nicht", sagte Annalisa und stupste Dalila an. Aber die lächelte nur gelangweilt.

Melissa nahm für einen ganz kurzen Moment die Kamera weg. „Fair Play", zischte sie. „Erinnert ihr euch?"

„Entschuldige bitte", sagte Annalisa in die Kamera. „Es ist wirklich nett bei Enzos Pflegefamilie. Ich bin gespannt, was es als Hauptspeise gibt."

Ihr Lächeln war diesmal allerdings etwas gequält. Dass auch sie sich Sorgen machte, wie sie Enzo übertrumpfen konnte, war ihr schon jetzt deutlich anzusehen.

„Der Hauptgang kommt sofort", sagte Enzo. „Ich verschwinde mal kurz in der Küche und dann geht es weiter."

„Und was sagt ihr anderen zu der Vorspeise?", fragte Graziella. Melissa richtete die Kamera auf Dalila. Sie posierte wie ein Supermodel und so sah sie in ihrem kurzen Lederröckchen auch wieder mal aus. „Ein bisschen zu viel Kokos für meinen Geschmack, aber für den Anfang war es nicht schlecht."

„Ich fand's spitzenmäßig", sagte Marcel.

„Mir hat es auch geschmeckt." Annalisa warf einen vorsichtigen Blick zu Dalila. „Aber das mit dem Kokos stimmt. Ein bisschen weniger wäre perfekt gewesen."

„Und du, Lola?" Graziella drehte sich zu mir.

„Unglaublich", sagte ich und meinte es ernst. „Auch die Tischdekoration ist super. Ich finde, Enzo hat zehn Punkte verdient."

„Die verteilt man aber erst am Ende des Menüs", belehrte mich Dalila. „Machen wir jetzt vielleicht eine kleine Wohnungsbesichtigung? Ich würde ja zu gerne mal das Zimmer von Flo sehen."

„Das ist tabu", sagte ich. Schließlich musste ich bei Flo punkten, damit sie wieder mit mir sprach. Als wir, begleitet von der Kamera, in den Flur gingen, filmte Melissa den Totenkopf. Hinter der Tür konnte ich hören, wie Flo telefonierte. Wenigstens Sol rief seine Freundin persönlich an!

„Hier ist leider besetzt", ertönte es, als Dalila an die Badezimmertür klopfte. In der anderen Hand hielt sie schon wieder ihr blödes iPhone. Wahrscheinlich benutzte sie es häufiger zum Rumprotzen als zum Telefonieren.

Penelope hatte sich für die Dauer des Dinners in die Badewanne gelegt.

„Woher kennt Enzo Flo und Penelope eigentlich?", fragte Annalisa.

„Von früher", sagte ich knapp.

„Ich würde gerne sein Gästezimmer sehen", sagte Dalila und zeigte auf die Tür, die einen Spalt weit offen stand.

Neugierig war ich ehrlich gesagt auch. Ich kannte es natürlich als Penelopes Schlafzimmer, aber jetzt erwartete ich ein Chaos.

Fehlanzeige. Alles war mustergültig aufgeräumt. Auf der Kommode lagen kleine Filmkassetten aus Enzos Videokamera, daneben standen ordentlich aufgereiht seine Schulbücher, ein paar CDs und eine Reihe von Kochbüchern: *Die Geheimnisse der indischen Küche*, *Licence to cook* von Sam Stern, *Sweet & spicy* von Tom Kime und *Kochen für Freunde* von Jamie Oliver. Ich versuchte, mir die Titel zu merken, und nahm mir vor, Oma einen Besuch im Buchladen abzustatten.

„Wie süß! Wer ist das denn?" Annalisa hielt ein Foto hoch, das auf Enzos Nachttisch stand. Darauf war ein knopfäugiger Babyjunge mit einem Piratentuch um den Kopf. Neben ihm lag ein winziger Säugling, der in ein weißes Leinentuch gewickelt war. Der Säugling hatte große blaue Augen und pechschwarze Haare.

Das ist Flo, dachte ich. Flo als winziges Baby. Und der Junge mit dem Piratentuch war Enzo. Auf dem Foto sah er zum Abküssen süß aus. Wie Babymogli.

Im Hintergrund erkannte ich einen Schiffsmast und ich dachte an die stürmische Nacht auf dem Ozean, in der Flo geboren worden war. Aber all das behielt ich natürlich für mich.

Im Flur bimmelte ein Glöckchen.

„Der Hauptgang ist fertig", rief Enzo. „Seid ihr bereit?"

Als wir zurück ins Wohnzimmer kamen, stand Enzo mit seiner Videokamera neben dem Tisch und filmte uns, während wir uns auf unsere Plätze setzten.

„Hey", sagte Melissa. „Du bist heute der Koch. Das Kamerateam sind wir, verstanden?"

„Schon klar", sagte Enzo und legte die Kamera zur Seite.

„Was machst du eigentlich mit all diesen Aufnahmen?", fragte ich. „Willst du später mal Regisseur werden?"

„Nö", sagte Enzo. „Ich filme nur so zum Spaß." Er nahm seinen Sitz am Kopfende des Tisches ein. „Haut rein, Leute."

Es gab ein Jamie-Oliver-Curry mit Basmatireis.

Wusstet ihr, dass ein guter Gewürzmischer in Indien *Malachi* heißt? Oder dass Bockshornklee zur Unterfamilie der Schmetterlingsblütler gehört? Oder dass Gewürznelken vor gefährlichen Krankheiten schützen und gegen Zahnschmerzen helfen?

Wir erfuhren es von Enzo. Er erzählte uns auch, dass Jamie Oliver ein Sternekoch aus England war und schon als Junge leidenschaftlich gern Rezepte aus aller Welt gekocht hatte. Mit zwanzig schrieb Jamie Oliver sein erstes Kochbuch und mittlerweile ist er weltberühmt.

„In England nennt man Jamie *The naked chef*", sagte Enzo grinsend. „Und zwar nicht, weil er als nackter Chef in der Küche rumspringt, sondern weil er komplizierte Rezepte in eine einfache Form bringt. Er hat Premierminister bekocht und der DJ Fatboy Slim bekam Jamies Thunfischsteak von seiner Frau zum Abendessen serviert."

„Wie cool ist das denn!", sagte Marcel.

„Ich hasse Thunfisch", sagte Dalila.

„Keine Sorge", Enzo zwinkerte ihr zu. „Ich habe in meinem Jamie-Rezept Hühnchen verwendet."

Und dass dieses Hühnchencurry mindestens so lecker schmeckte wie brasilianische *Feijoada*, musste ich ebenfalls an diesem Abend erfahren. Unfassbar, wie perfekt alles lief. Ich hätte Pupskissen auf den Stühlen erwartet. Eine Stinkbombe als kleines Zwischengericht. Oder geköpfte Babykakerlaken in der Soße. Aber die Stühle waren blank gewischt, die Luft war rein und die Soße bestand aus Tomaten, Joghurt und einer Reihe köstlicher Gewürze, die fruchtig, fremd und genau richtig scharf schmeckten. Der einzige Nachteil war, dass die Portionen sehr klein waren.

„Für fünf volle Portionen hätte das Geld nicht gereicht", sagte Enzo. „Deshalb hab ich weniger gekauft."

„War trotzdem krass lecker", kommentierte Marcel, als wir nach unserer Meinung zum Hauptgericht befragt wurden. „So was bekäme nicht mal meine Mutter hin. Und die hat jahrelang in einem französischen Restaurant gearbeitet."

Oje. Ich war offensichtlich nicht die einzige Tochter eines Restaurantarbeiters. Und die französische Küche gilt als die beste der Welt – das wusste ich aus *Ratatouille* und von Alex' Mamong Lucille, die uns in Paris ebenfalls sehr köstlich bekocht hatte.

Meine Siegesgewissheit schrumpfte auf die Größe einer Rosine zusammen. Die gab es zum Nachtisch. In einem Ananas-Rosinen-Minze-

Joghurt. Graziella filmte Marcel dabei, wie er mit der Zunge die letzten Reste aus seinem Schälchen leckte.

„Wie hast du so kochen gelernt, Alter?", fragte er Enzo.

„Von Jamie und Co", sagte der. „Ich liebe gutes Essen. Aber bei meiner Mutter gibt es nur Müsli mit Bananen oder Bananen mit Müsli."

„Stimmt das eigentlich mit deinen Eltern?", fragte Annalisa. „Dass deine Mutter in einem indischen Kloster wohnt und dein Vater im Gefängnis ist?" Damit sprach sie die Frage aus, auf die ich ebenfalls brennend gern eine Antwort gehabt hätte.

„Vielleicht", sagte Enzo und grinste in die Kamera. „Vielleicht aber auch nicht. Das geht die Presse nichts an."

Graziella hob grinsend den Daumen und ich dachte an Papai. Als ich ihn in einem Interview mal gefragt hatte, ob er Sex mit seiner Frau hätte, hatte er genau denselben Kommentar gemacht.

Um kurz vor halb neun war das erste perfekte Dinner zu Ende. Und unser erster Kandidat hatte 33 Punkte.

Neun von Marcel (dem die Rosinen nicht geschmeckt hatten), acht von Annalisa (die sich wahrscheinlich wegen ihrer bekackten Freundin nicht traute, höher zu punkten), sechs von Dalila (was eine gemeine Untertreibung war) und zehn von mir (denn wer fair ist, muss ehrlich sein).

„Wir werden uns anstrengen müssen", sagte Marcel, als er sich mit Annalisa und Dalila von unserem ersten Gastgeber verabschiedete. „Wisst ihr eigentlich schon, was ihr kochen wollt?"

„Selbstverständlich", sagte Dalila und lächelte geheimnisvoll. Dann sah sie Annalisa an. Aber die sagte diesmal nicht „*Ich auch*", sondern knabberte an ihrer Unterlippe.

Ich blieb ebenfalls stumm. Enzo hatte eine steile Vorlage geliefert und ich wusste nicht, ob ich ihn plötzlich mögen oder mich vor ihm fürchten sollte.

Ich beschloss, noch ein wenig zu bleiben, und hoffte, dass ich Flo bewegen konnte, mir die Tür zu öffnen. Aber meine Freundin ließ mich nicht herein. Dafür öffnete Penelope die Küchentür – und stolperte erschrocken zurück.

„Was ist?", fragte ich und drängte mich an ihr vorbei. Was ich sah, kann ich nicht wirklich in Worte fassen. Nicht mal in witzige. Weil mir die Luft wegblieb und ohne Luft kann man nicht richtig denken – oder höchstens dann, wenn man hundert Atemkurse bei einem indischen Guru belegt hat. Hatte ich aber nicht, weshalb ich euch hier nur versichern kann: Die Küche war ein unbeschreibliches Schlachtfeld. Und als Enzo behauptete, Aufräumen sei Weibersache,

122

sah Penelope zum ersten Mal aus, als würde ihr die Hand ausrutschen. Sie fuhr sich mit der Zunge über die Lippen, kurz und schnell, so wie sie es immer macht, wenn sie sehr, sehr wütend ist.

„Deine Ansichten über Frauen kannst du dir in diesem Haushalt sparen", sagte sie mit einer gefährlich ruhigen Stimme. „*Du* wirst das aufräumen. Wenn ich das nächste Mal in die Küche komme, sieht es hier aus, als hätte nie ein Dinner stattgefunden. Und wenn du die ganze Nacht an der Spüle stehst. Hast du mich verstanden?"

„Chill mal", sagte Enzo. „Ich hab ja nur Spaß gemacht. Ich bring den Laden schon wieder in Ordnung. Bei mir zu Hause macht das schließlich auch keiner außer mir."

„Dann weißt du ja, wie es geht", sagte Penelope. „Und das Wohnzimmer kannst du auch aufräumen. Ich schlafe heute in meinem Bett. Was für dich noch an Nachtschlaf übrig bleibt, kannst du auf der Couch erledigen."

Damit verschwand sie. Ich blickte zu Enzo hinüber, der versuchte, ein cooles Gesicht zu machen. Aber für einen Moment kam er mir wie das ausgesetzte Waisenküken vor, als das Flo ihn am Sonntag bezeichnet hatte. Und im Unterschied zu ihr tat er mir plötzlich so leid, dass ich ihm am liebsten beim Aufräumen geholfen hätte. Doch damit wäre ich meiner

Freundin in den Rücken gefallen. Und das ging gegen meine Ehre.

„Du schaffst das schon", sagte ich und klopfte Enzo auf die Schulter. „Und dein Essen war spitze. Echt wahr."

OFÉLIAS COCADAS UND EIN
IDEENSTURM VON MEINER VOVÓ

In dieser Nacht kochte ich für die brasilianische Na-
tionalmannschaft, die am nächsten Tag ihr Endspiel
in der Fußballweltmeisterschaft antreten sollte. Ich
hatte ein magisches Sieben-Gänge-Menü kreiert und
die speziellen Gewürze bewirkten, dass die Fußball-
spieler nach ruhigem Nachtschlaf mit voller Energie
gegen die Inder spielen konnten. Brasilien wurde
Fußballweltmeister und ich – Cocada Delicada – bekam eine Auszeichnung als Wunderköchin. Ich selbst
schlief mal wieder weniger ruhig, und was meine
Siegesauszeichnung im perfekten Dinner betraf,
würde ich es auch nicht so leicht haben. Im Unterschied zu Dalila hatte ich nämlich noch keinen
Schimmer, was ich kochen sollte.

„Hast du eine gute Rezeptidee?", fragte ich Papai
am nächsten Morgen. Er saß mit stoppeligem Kinn
am Frühstückstisch, während Leandro auf seinem
Schoß mit seinem Beißring herumfuchtelte. Alle
zwei Sekunden ließ er ihn fallen. Dann brüllte er, bis

Papai den Ring aufhob, grapschte nach ihm, ließ ihn erneut fallen und brüllte wieder los.

„Einen Beruhigungsbrei für deinen kleinen Bruder", sagte Papai und gähnte. „Meine Güte, du warst ein ruhigeres Baby, Cocada. Zumindest in meiner Erinnerung."

„Uh!", machte Leandro und boxte Papai gegen die Brust.

Ich gab es auf und beschloss stattdessen, in Omas Buchladen nach Rezeptideen zu suchen. Flo kam auch, und als wir den Laden betraten, dekorierte Oma gerade das Schaufenster. *Der neue Bestseller für die lieben Kleinen* stand auf einem quietschig pinken Plakat. Daneben drapierte Oma das Bilderbuch *Gutes Benehmen ist hopsileicht*, auf dem zwei Häschen mit rosa Schlabberlätzchen manierlich mit Messer und Gabel aßen.

„Bist du krank?", fragte ich. Oma hasste solche Bücher. Sie nannte sie Kindesverblödung. Und wenn ein Kunde nach ihnen fragte, scheuchte sie ihn meist unter fürchterlichen Beschimpfungen aus dem Laden.

„Nein", seufzte Oma. „Aber meine Arbeit ist in Gefahr. Wir brauchen Kunden, die Bücher kaufen. Und wenn es sein muss, dann locke ich sie mit diesem Schwachsinn wenigstens in unseren Laden."

„Vielleicht solltest du eine Aktion starten", sagte ich. „Oder eine Lesung." Ich stupste Flo an. „Wolltest du Oma nicht nach deinem Vater fragen?"

„Stimmt", sagte Flo. „Eric hat ein neues Buch geschrieben. Wie wäre es, wenn er bei dir im Buchladen seine Bücher vorstellt? Vielleicht macht er es für dich ja sogar umsonst, wenn ich ihn darum bitte."

Flo sah sehr stolz aus und Oma war begeistert.

„Das werde ich gleich mit meiner Chefin besprechen", sagte sie. „Frag doch schon mal deinen Vater, wann er kann. Das ist eine ausgezeichnete Idee."

Ausgezeichnete Ideen waren auch meine Mission für den heutigen Tag. Während Flo das große Buch der vegetarischen Küche aus Omas Bücherregal zog, stöberte ich in den Büchern von Jamie Oliver. Und dann entdeckte ich ein leuchtend gelbes Kochbuch aus meiner zweiten Heimat. Es hieß *Ofélia – Der Geschmack Brasiliens*.

Uh! Das war genau das Richtige. Ich ließ mich im Schneidersitz auf einem Kissen in der Bilderbuchecke nieder und fing an zu lesen. Ofélia war ebenfalls eine berühmte Köchin. Und genau wie Jamie Oliver hatte auch sie sich schon als Kind für das Kochen begeistert. Viele Rezepte hatte Ofélia von ihrer Großmutter und ihren Tanten gelernt, die alle mit M anfingen – genau wie die brasilianischen Tanten in meiner Familie.

Ofélia hatte sogar eine eigene Kochshow und sie bekam unzählige Briefe von ihren Fans. Einer war von einem fünfzehnjährigen Mädchen, das Ofélia für ihr Cocada-Rezept dankte. Cocada ist die brasilianische Kokosnusssüßigkeit, die Papai so liebt. Deshalb nennt er mich ja auch immer so. Und das Mädchen im Brief schrieb, dass Ofélias Cocada-Rezept ihrer Mutter geholfen hatte, die Familie großzuziehen. Der Vater des Mädchens war nämlich bei einem Unfall gestorben und die Mutter machte Ofélias Cocadas, damit sie die Kinder auf der Fähre nach Guarujá verkauften.

Ich erinnerte mich an die Kinder, die wir letzten Sommer in Brasilien gesehen hatten. Auch sie hatten kleine Kuchen und Gebäck auf der Straße verkauft und mussten von dem Geld vielleicht ebenfalls ihre Familien ernähren. Und ich musste an Papais Bemerkung und an meine brasilianische Vovó denken. Sie hatte acht Kinder ohne Vater großgezogen. „Ich konnte froh sein, wenn ich Reis und Bohnen für alle auf den Tisch bekam", hatte sie damals in Brasilien zu mir gesagt. Jetzt kochte sie für die Gäste in dem kleinen Hotel meiner Tante. Vovó war nämlich auch eine grandiose Köchin und in ihren Kochbüchern hatte ich meine ersten selbst gebackenen Plätzchen entdeckt. Als ich Ofélias Cocadas auf meiner Menüliste notierte, wurde meine Sehnsucht nach Brasilien wieder so stark, dass es mir richtig am Herzen zog.

„Ich habe auch Sehnsucht", sagte Flo, als sie mir auf dem Heimweg endlich von dem Gespräch mit Sol erzählte. „Die nächsten Monate bleibt er wohl noch in Quito. Seine Eltern haben ihn dort auf der Schule angemeldet, weil sie seinem Onkel auf der Farm helfen müssen. Der Weg zu den Maisfeldern ist die reinste Schlammwüste und der Mais ist vom Regen total verschimmelt. Blödes Pisswetter."

Flo zog ihre Kapuze über, weil es in Hamburg ebenfalls gerade zu regnen begann. Der April war wirklich reichlich launisch. „Sols Oma ist auch in Quito und Sol behauptet, er sieht aus wie ein Beulenmonster, weil er von oben bis unten von Moskitos zerstochen ist."

„Der Ärmste", sagte ich, aber meine Gedanken waren schon wieder beim Essen. Das Kochbuch von Ofélia hatte mich auf die Idee gebracht, meine eigene Großmutter nach dem Geschmack Brasiliens zu fragen.

„Oi Vovó", begrüßte ich sie abends am Telefon. Oi heißt auf Brasilianisch *Hallo*. „Ich veranstalte bald ein perfektes Dinner und wollte dich nach dem Rezept für *Pamonhas* fragen."

Vovó war begeistert und im Gegensatz zu Papai hatte sie gleich ein Dutzend Ideen, welche Speisen ich für mein Menü kochen könnte.

„Als Appetithäppchen empfehle ich dir *Acarajé-Bällchen*", legte sie los. „Und die leckeren Krebsschiffchen *Casquinhas de siri* und natürlich *Pastel de forno*. Das sind die gebackenen Käsetaschen, die du so gerne bei uns gegessen hast. Danach könntest du eine *Sopa de abóbora* machen, das ist brasilianische Kürbissuppe, oder die pikante Garnelensuppe *Sopa picante de camarão*. Dazu passt als Hauptgericht Reis mit Cashewkernen und *Cupim Gaúcho*, das ist ein Rinderbraten der brasilianischen Farmer. Unsere Gäste im Hotel lieben ihn! Oder wie wäre es mit *Frango ao catupiri*, dem leckeren Hühnchen mit Catupiri-Käse? Oder ..."

„Ähm", stoppte ich Vovós Redeschwall. „Ich habe nur dreißig Euro für das Dinner zur Verfügung. Und außerdem fange ich mit Kochen gerade erst an. Ich weiß nicht, ob ich einen Rinderbraten hinbekomme ..."

„Dann frag doch deinen Papai", unterbrach mich Vovó. „Schließlich ist er gelernter Koch und kann dir bestimmt bei den Vorbereitungen helfen.

„Papai ist im Moment ein bisschen erschöpft", sagte ich. „Wenn er nicht gerade im Restaurant arbeitet, kümmert er sich um Leandro und der ..."

130

Diesmal wurde ich von einem lauten Scheppern unterbrochen. Leandro hatte Mama den Babybrei aus der Hand geschlagen, den sie ihm als Alternative zur Brustmilchmahlzeit angeboten hatte. Seine Menüvorstellungen waren gegen meine ziemlich eindeutig.

„Willst du deinen kleinen Enkel mal sprechen?", fragte ich Vovó. Ich ging mit dem Telefon zu Mama und hielt Leandro den Hörer hin.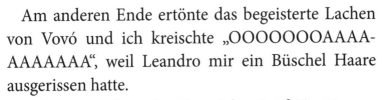

„Hier", ermunterte ich ihn. „Sag mal *Oi* zu deiner Vovó."

„Ah", sagte Leandro. „Oooh. Bu. Ah. Ba. Oh-ah. Pa."

Am anderen Ende ertönte das begeisterte Lachen von Vovó und ich kreischte „OOOOOOOAAAA-AAAAAAA", weil Leandro mir ein Büschel Haare ausgerissen hatte.

„Ich muss auflegen", stöhnte ich. „Grüß Tia Moema und Kaku und alle, die ich kenne. Ich vermisse euch. Und danke für die Rezeptideen."

Die schwirrten mir in den nächsten Tagen im Kopf herum. Oma sagt, je mehr Ideen man hat, desto schwerer fällt die Entscheidung. Und damit hatte sie recht.

„Warum probierst du nicht einfach mal ein paar Gerichte aus?", fragte mich Fabio, als ich ihm am

Dienstag der nächsten Woche von meinen Menü-Sorgen erzählte. Wir hatten uns bei Eiszeit auf der Müggenkampstraße verabredet und ich bestellte fünf Kugeln *Texas Farmer Boy*. So heißt meine neue Lieblingseissorte, die hauptsächlich aus Erdnussbutter besteht. An diesem Tag schien in Hamburg die Sonne und es war zum ersten Mal richtig warm.

„Wenn du willst, helfe ich dir", sagte Fabio und nuckelte an seinem Mango-Milchshake. „Ein paar Gerichte kann ich ziemlich gut."

Das war eine grandiose Idee und ich hatte auch Lust, mehr mit Fabio zu unternehmen.

„Wie wär's mit Sonntag?", fragte ich.

„Da fahren wir zu Freunden nach Lübeck", sagte Fabio. „Aber Ostermontag sind wir wieder da, dann können wir uns gerne verabreden."

Den Ostersonntag hatte ich vor lauter Kochrezepten total vergessen. Da würden wir ja auch wegfahren – zu Schneeweißchen und den kleinen Geißlein aufs Land, so wie ich es mit Vivian Balibar vereinbart hatte!

Also verabredete ich mich mit Fabio für den Ostermontag bei mir – und als ich an diesem Tag nach Hause kam, lag eine Karte aus London auf meinem Schreibtisch. Sie zeigte auf der Vorderseite James Bond als Wachsfigur. Auf der Rückseite schrieb Alex, dass sie einen Ausflug zu Madame Tussauds unternommen hätten und dass sie jeden Abend in der Jugendherberge Party machen würden. Dass er mich vermisste, stand nicht auf der Karte, und wann er wieder nach Hamburg kommen wollte, auch nicht.

Ohhh, wie ich seine Liebesbriefe von früher vermisste! Niemand konnte schreiben wie er. Nicht mal der geheimnisvolle Verehrer von Annalisa – der ihr am Donnerstag schon wieder eine anonyme Botschaft schickte. Diesmal lag der Brief auf Annalisas Pult und selbst Sayuri stellte sich jetzt neben mich, um mitzulesen.

„Liebe Annalisa,
schau mir in die Augen,
schau mir ins Gesicht,
suche und finde mich!
Siehst Du es nicht?
Ich liebe Dich!
Dein … Ich!"

Annalisas Wangen glühten, als sie den Brief vorlas.

„Und du hast wirklich keine Ahnung, wer es sein könnte?", fragte Luna.

Auch mein Blick schwirrte durchs Klassenzimmer. Marcel versuchte gerade, einen Kopfstand auf seinem Tisch zu machen, Gus saß mit seinem iPod in den Ohren am Fenster und Enzo filmte die Decke über dem Lehrerpult, an die er seinen Slimeball geklatscht hatte. Das ist eine klebrig grüne Glibbermasse mit Gummiwürmern drin. Etwas neidisch erinnerte ich mich daran, dass ich so einen Slimeball früher auch immer haben wollte, aber Mama kaufte ihn mir nicht, weil sie Angst hatte, dass sich Tante Lisbeth die glibberigen Würmer in den Mund stecken würde.

Gleich hatten wir Englisch und ich überlegte schon jetzt, was Frau Kronberg sagen würde, wenn es grünen Glibberslime von der Decke regnete.

„Vielleicht ist es auch ein Junge aus einer anderen Klasse", rätselte Asra, die mehr an dem anonymen Briefeschreiber interessiert war. „Die Türen sind in den Pausen ja nicht abgeschlossen. Jeder könnte hier rein."

„Stimmt", sagte Annalisa. „Was meinst du, Dalila?"

„Es ist mir ehrlich gesagt ziemlich egal", sagte sie und pinselte sich rosa Glitzergloss auf die Lippen. „Wahrscheinlich ist der Typ so grottenhässlich, dass er sich nicht traut, mit seinem Namen zu unterschreiben. Vielleicht ist es ja Mister Rotznase."

Sie zeigte zu Gus, der gerade in der Nase bohrte. Als er bemerkte, dass er beobachtet wurde, nahm er den Finger aus der Nase und grinste verschämt.

„Du bist so ätzend, weißt du das?", sagte ich.

Die anderen rätselten noch weiter über den geheimnisvollen Verehrer, aber ich hielt mich raus. Dass es jemand aus unserer Klasse war, glaubte ich eh nicht. Die anderen Jungs schienen mehr an Dalila interessiert zu sein. Vor allem Marcel sah ihr ständig hinterher oder lächelte sie an wie ein verknallter Dackel. Nur Enzo ließ Dalila links liegen. Aber dass er heimlich in Annalisa verliebt war, konnte ich mir auch nicht vorstellen. Solche Briefe passten jedenfalls kein bisschen zu ihm. Die Aktion mit dem Slimeball dafür umso mehr und die Aufmerksamkeit der Klasse war ihm in der Englischstunde sicher. Wie gebannt starrten wir alle an die Decke, bis uns Frau Kronberg fragte, was es dort oben eigentlich Spannendes zu sehen gab. Wir versuchten vergeblich, uns das Kichern zu verkneifen, und die Frage beantwortete sich dann auch von selbst. In dem Moment, in dem Frau Kronberg ihren Blick selbst zur Decke hob, klatschte ihr der grüne Slimeball ins Gesicht.

In diesem Fall meldete sich der Täter freiwillig, was ich irre mutig von Enzo fand. Frau Kronberg brummte ihm eine saftige Strafarbeit auf und schleifte ihn zur Direktorin, die noch am selben Tag bei Penelope anrief.

„Deine Lehrerin war ganz schön sauer", teilte mir Flo abends am Telefon mit. „Ist der Slimeball wirklich in Frau Kronbergs Gesicht gelandet?" Diesmal klang ihre Stimme, als müsste sie sich das Lachen verkneifen, und Penelope hatte offensichtlich wieder Mitleid mit dem ausgesetzten Waisenküken.

13.

MUTIGE REZEPTE UND FRAGWÜRDIGE REIHENFOLGEN

Berühmte Rezepte entstehen oft, weil ein mutiger Koch etwas ausprobiert hat, was vor ihm noch niemand gewagt hat.

Dieser Satz stammt aus einem Kinderkochbuch, das ich in Omas Küche gefunden hatte. Und offensichtlich hatte Marcel genau dieses Geheimnis zum Motto seines Dinners gemacht. Es gab nämlich wirklich sehr, sehr gewagte Gerichte – allerdings würde ich niemandem empfehlen, sie auszuprobieren.

Aber der Reihe nach:

Als ich am Karfreitag um sechs Uhr abends in der Gneisenaustraße 25 bei *Duprais* klingelte, empfing mich erst mal Enzo mit seiner Videokamera.

„Was befürchten Sie für den heutigen Abend?", fragte er und wurde gleich darauf von Melissa am Kragen zurückgezogen.

„Hab ich dir nicht gesagt, dass wir das Filmen übernehmen?", fragte sie streng. „Kratz die Kurve und setz dich an den Tisch."

Der stand im Esszimmer der Familie Duprais. Marcels Mutter steckte kurz den Kopf durch die Tür. „Ich wünsche guten Appetit", sagte sie. „Mein Sohn hat den ganzen Nachmittag in der Küche gestanden."

Dann verzog sie sich und wir warteten auf den ersten Gang.

„Nette Deko", grinste Enzo und ich fragte mich, ob Marcel sich von seinem Slimeball hatte anregen lassen. Über den Esstisch war eine kreischend grüne Plastikfolie gespannt. Auf den runden Sets, die ebenfalls aus Plastik waren, drehten sich Spiralen in Blau, Pink, Grün und Gelb.

„Ich hoffe nur, dass bald das Essen kommt", sagte ich. Vom Anblick der Spiralsets fingen nämlich auch meine Pupillen an, sich zu drehen.

Dalila war mehr mit ihrer eigenen Deko beschäftigt. In ihrem cremefarbenen Cocktailkleid sah sie aus, als wäre sie bei der Queen zu einer englischen Teeparty eingeladen. An ihrem Hals baumelte eine Perlenkette und an ihrem iPhone, mit dem sie auch heute wieder ständig herumspielte, hing ein Strassband mit einem glitzernden D.

„Du siehst toll aus", sagte Annalisa, die ein silbernes Trägerhemd zu einem hellblauen Rock trug.

Dalila lächelte. Sie musterte Annalisa von oben bis unten und machte ein Gesicht, als wollte sie sich einen *Du-leider-nicht*-Kommentar verkneifen. Enzo hatte wieder sein rotes Samtjackett an und trug darunter ein weißes T-Shirt, auf das zwar keine Kakerlake, aber dafür der Spruch *Zur Adoption freigegeben* aufgedruckt war.

„Voilà", kam es aus dem Flur. „Der erste Gang ist fertig."

Marcel balancierte ein Tablett mit fünf Tellern, auf denen bunte Knabberspieße lagen.

„Ich nenne ihn *schlaraffigen Schlemmerspieß*", sagte Marcel. „Das Rezept hab ich mir selbst ausgedacht. Ich hoffe, er schmeckt euch. Ich habe für jede Geschmacksrichtung etwas."

Die Idee, ein eigenes Rezept mit einem eigenen Namen zu kreieren, fand ich richtig gut. Aber die Geschmackszusammenstellung sah ziemlich abenteuerlich aus. Auf den langen Spießen steckten in folgender Reihenfolge folgende Lebensmittel: ein Miniwürstchen – eine Erdbeere – eine grüne Olive mit Paprikafüllung – ein Bananenstück – eine Gewürzgurke – eine blaue Weintraube – eine rote Kirschtomate – und eine Schokoladenkugel.

„Kann man die Reihenfolge auch abwandeln?", fragte Enzo.

„Klar", sagte Marcel. „Aber wo bleibt da der Spaß? Es kommt ja gerade auf die Mischung an."

Mutig beschloss ich, die Reihenfolge einzuhalten –

und kann euch seitdem empfehlen: Esst nie, aber auch wirklich niemals eine blaue Weintraube nach einer grünen Gewürzgurke. Die Mischung im Mund ist einfach unbeschreiblich eklig! Das fanden die anderen Gäste offensichtlich auch. Annalisa sah aus, als wäre sie drauf und dran, in ihre Serviette zu spucken. Dalila rührte ihren Spieß gar nicht erst an. Enzo spülte – ohne zu kauen – jeden Bissen mit grüner Fanta herunter, die es zum ersten Gang zu trinken gab. Nachdem er einen unfassbar langen Rülpser ausgestoßen hatte, filmte er den Spieß von Dalila, bis Melissa ihn anpfiff, die Kamera wegzustecken. Selbst Marcel schien von seiner ersten Kreation nicht ganz überzeugt zu sein.

„Tut mir leid", sagte er mit einem verschämten Blick in die Kamera. „Ich hatte gehofft, es würde besser schmecken. Aber beim nächsten Gang wird alles anders."

Melissa verkniff sich ein Grinsen und stieß Graziella in die Seite, die sich ebenfalls Mühe zu geben schien, ein faires Gesicht zu machen.

Marcel war am Anfang des Schuljahrs ziemlich ge-

140

mein zu mir gewesen, aber heute tat er mir leid. Es musste schrecklich sein, wenn man den ganzen Tag am Herd verbrachte und dann alles danebenging.

Als Marcel in der Küche verschwand, besichtigten wir, begleitet von Melissa und Graziella, die Wohnung.

Im Wohnzimmer sahen sich Marcels Eltern einen Krimi an, weshalb wir im Türrahmen stehen blieben. Etwas besorgt musterte ich das rote Ledersofa und den fleckenlosen Teppich unter dem spiegelglatt polierten Couchtisch. Im Badezimmer stand eine kreisrunde Badewanne. Im Glasregal neben der Dusche entdeckte ich das Apfelshampoo, das auch Alex benutzte, und ging schnell wieder raus.

Marcels Zimmer war so bunt wie die Tischdekoration, aber irgendwie auch cool. Die Tapete war schwarz mit einem Muster aus lauter bunten Flaschen. Marcels Bett war auch schwarz, aber die Bettdecke war türkis wie das Meer und neben dem Bett lag ein dicker Stapel von Bildbänden über das Surfen. Verstohlen blickte ich mich nach einer alten Schreibmaschine um. Man konnte ja nie wissen, vielleicht war Marcel doch heimlich in Annalisa verliebt und himmelte Dalila nur aus Tarnung an. Aber auf seinem Schreibtisch stand nur ein Computer. Auf der Bildfläche war die Seite von Facebook geöffnet und an Marcels Pinnwand entdeckte ich Fotos aus Paris.

Ich erkannte den Eiffelturm und auf einem Foto stand Marcel vor dem großen Torbogen auf der Champs-Élysées. Da musste ich schon wieder an Alex denken und seufzte.

„Bist du oft in Paris?", fragte ich Marcel, als wir uns zum Hauptgang wieder im Wohnzimmer versammelten.

„Jeden Sommer", sagte Marcel. Seit das Projekt angefangen hatte, war er ziemlich nett zu mir. „Meine Tante lebt da mit meinem Cousin. Aber in Paris bleiben wir meist nur die erste Woche. Dann fahren wir in die Bretagne zum Surfen."

Damit hatte auch Alex in seinen letzten Frankreichferien angefangen. Ich musste zum dritten Mal seufzen. Um mich abzulenken, beugte ich mich über den Teller.

„Das Rezept habe ich aus einem Kochbuch", sagte Marcel. „Es kommt von einem echten Spitzenkoch."

Das Rezept hieß: *Makkaroni mit Bratkartoffeln und Mirabellen* – und genau daraus bestand es auch.

„Und was sind die schwarzen Dinger obendrauf?", fragte Annalisa.

„Croûtons", sagte Marcel, der mittlerweile reichlich verschwitzt aussah. „So nennt man geröstetes Toastbrot auf Französisch. Es ist leider ein wenig dunkel geraten."

Dunkel hieß in diesem Fall auf Deutsch *verbrannt*, denn das waren die Toastbrotwürfel. Oma hätte sie *gefährlich* genannt, weil sie sagt, von verbranntem Essen kann man Krebs bekommen. Die Makkaroni waren ein bisschen zu hart und die Bratkartoffeln zu fettig. Wie die Mischung geschmeckt hätte, wenn alle Lebensmittel richtig gekocht worden wären, konnte ich daher nicht feststellen. Höflich stocherte ich in meinem Essen herum und lobte den Speck, der wirklich sehr schön kross war.

„Danke", sagte Marcel erleichtert. „Moha und Sally haben gesagt, ich soll was kochen, das ich schon öfter ausprobiert habe. Aber ich wollte euch nicht Spaghetti mit Ketchup servieren. Die kann ich nämlich am besten. Ich hatte einfach Lust, ein bisschen zu experimentieren, versteht ihr?"

Enzo und ich nickten, während ich mit knurrendem Magen dachte, dass Spaghetti mit Ketchup eine großartige Idee gewesen wären.

Dalila nippte mit gespreiztem Finger an ihrer Fanta und Annalisa machte heute ausnahmsweise mal ein erleichtertes Gesicht.

Zum Nachtisch gab es für jeden einen Teller mit Toffifee. Das sind kleine Karamellbonbons mit Schokolade, die mir Oma früher oft aus dem Supermarkt mitgebracht hatte. Daher hatte sie auch Marcel.

„Eigentlich wollte ich Crème brûlée machen", sagte

er. „Das ist ein berühmter Nachtisch aus Frankreich. Leider ist er nichts geworden."

Darüber war ich ehrlich gesagt ziemlich froh, denn die Toffifee schmeckten vorzüglich. Selbst Dalila aß ihren Teller ratzeputz leer und am Ende des Abends konnte Marcel immerhin achtzehn Punkte verwerten.

Davon kamen drei von Annalisa, einer von Dalila, sechs von Enzo (der Marcels Experimentierfreudigkeit und die coole Tisch-Deko lobte, was ich ziemlich fair von ihm fand) und acht von mir. Marcel tat mir so leid, dass ich es nicht übers Herz brachte, ihm weniger Punkte zu geben. Außerdem fand ich seine Idee mit dem Fantasienamen für die Vorspeise wirklich genial. Ich überlegte, ob ich mir ebenfalls besondere Namen für meine Gerichte ausdenken sollte.

Als ich nach Hause kam, stürzte ich mich heißhungrig auf die Reste von Papais *Feijoada*, die er für Mama aus dem Restaurant mitgebracht hatte. Ich aß sie kalt aus dem Topf, dann legte ich mich ins Bett. Als ich gesättigt anfing zu pupsen, dachte ich, dass ich dieses Gericht leider nicht für meine Freunde kochen konnte, denn für Pupsen als Nebenwirkung gab es garantiert Minuspunkte.

Andererseits musste ich das ja auch nicht sofort entscheiden, denn jetzt war erst mal Ostern. Papai musste arbeiten, aber Mama, Tante Lisbeth und Leandro würden mit aufs Land fahren. Und als Papai später noch mal den Kopf in mein Zimmer steckte, sagte er, dass er Penelope für den Sonntag freigegeben hätte, damit sie mit Jeff, Flo und Enzo auch mitkommen könnte.

Das fand ich natürlich sehr, sehr schön.

Ich freute mich sogar, dass Enzo dabei war. Im Stillen musste ich mittlerweile zugeben, dass ich ihn irgendwie mochte. Nicht mit Verknalltheit oder so. Er war anders als alle Jungs, die ich bisher kennengelernt hatte. Seine Streiche waren zwar reichlich schräg, aber richtig gemein war er dabei nie und über seine Aktion mit dem Slimeball hatte selbst Flo kichern müssen. Vielleicht war ein gemeinsamer Ausflug aufs Land ja auch für sie eine gute Gelegenheit, Enzo von seiner anderen Seite kennenzulernen.

14.

EIN ÜBERRASCHUNGSEI
UND WILDE GESCHICHTEN
AUS ALLER WELT

Fast genau ein Jahr war es her, dass uns ein freundlicher Taxifahrer vom Bahnhof Uelzen in eine andere Welt gefahren hatte. Uns – das waren damals Flo, Sol, Alex und ich. Und meine kleine Ziege Schneeweißchen, die ihre Schnauze in die Butterbrottüte des Taxifahrers gesteckt hatte und dringend ein neues Zuhause brauchte, damit sie nicht ins Tierheim musste.

Jetzt war Schneeweißchen eine junge Mutter auf dem Gnadenhof von Vivian Balibars bester Freundin Liese Rosenthal und dorthin fuhr ich am Sonntag mit meiner Mama, Leandro und Tante Lisbeth. Auch heute blühte links und rechts neben der schmalen Landstraße der Frühling und die Sonne leuchtete uns von einem wolkenlos blauen Himmel den Weg. Der Geruch von saftigem Gras mischte sich in die warme Landluft und das Einzige, was meine strahlende Laune trübte, waren die Gedanken an Alex, der diesmal nicht bei uns sein würde.

Vivian Balibar war seit Freitag hier und Jeff war eine Stunde vor uns mit Penelope, Flo und Enzo in seinem großen Kombi losgefahren. Als Mama in die Einfahrt von Lieses großem Bauernhof einbog, entdeckte ich seinen Wagen sofort.

„Willkommen, ihr Lieben", rief Liese, die mit ihren roten Gummistiefeln und einem Gartenschlauch in der Hand in der Einfahrt stand. Auf ihrem runzeligen Pfannkuchengesicht tanzten die Lachfältchen und vor lauter Wiedersehensfreude kribbelte mir die ganze Kopfhaut. Ich schnallte meinen kleinen Bruder vom Babysitz ab und nahm ihn auf den Arm. Er trug einen weißen Strampelanzug mit einem rosa Puschelschwanz und an seinen Füßen hatte er braune Hasensöckchen.

„Das ist Leandro", sagte ich. „Und das ist Liese."

Ich drehte Leandros Gesicht zur ihr. Aber als Liese ihren Finger ausstreckte, boxte Leandro nach ihrer Hand und verbarg den Kopf an meiner Schulter.

„Nimm's nicht persönlich", sagte ich. „Mein kleiner Bruder ist gerade in der Fremdenphase."

„Es heißt Frem*del*phase", korrigierte mich meine kleine Tante, die jetzt auch aus dem Auto geklettert war. Sie trug eine grüne Latzhose und gelbe Tigerentengummistiefel. „Mein Noffe hat Angst vor dicken Seniorinnen", fügte sie hinzu. „Aber wenn er dich besser kennt, darfst du ihn bestimmt mal halten."

147

„Hey!" Ich zupfte meine Tante am Arm. Auch wenn sich Lisbeth mit Fremdwörtern auskannte – im höflichen Umgangston brauchte sie dringend Nachhilfe. Aber Liese lachte nur und beugte sich zu meiner Tante herunter. „Wenn du keine Angst vor mir hast, dann kann ich dir und Lola ja mal Schneeweißchens Ziegenbabys zeigen", sagte sie. „Habt ihr Lust?"

Ob wir Lust hatten? Na, und ob! Tante Lisbeth klatschte in die Hände und ich lief mit Leandro auf dem Arm neben Tante Lisbeth und Liese zu meinem Schützling. Auf der Weide grasten Lamas, Ponys und Esel und von dem großen Felsen der Ziegenkoppel blökte mir die cremefarbene Ziege entgegen, die mit Schneeweißchen und zwei schwarz-weißen Ziegen hier lebte. Eine von ihnen kam gerade hinter dem Steinhaufen hervor. Sie kaute an einem Löwenzahn und ich musste schon wieder an Alex denken. Zu meinem Einschulungstag auf der Löwenschule hatte er mir einen ganzen Strauß voller Löwenzahn geschenkt. An diesem

Tag hatte das Eifersuchtsdrama mit Fabio begonnen – und daran wollte ich jetzt auf keinen Fall denken.

„Schneeweißchen ist mit ihren Kindern im Unterstand", sagte Liese. Sie nahm Lisbeth an der Hand und führte uns zu dem Holzhäuschen, das neben dem umgekippten Baumstamm auf der Weide stand.

„Für dicke Seniorinnen ist hier drin kein Platz", sagte sie lächelnd. „Aber wenn ihr leise seid, könnt ihr rein."

Tante Lisbeth nickte begeistert. Sie presste die Hand vor den Mund und wir schlüpften hintereinander in das kleine Häuschen.

Ich hielt den Atem an, als ich meine Ziege sah. Sie lag in einem Bett aus Heu und klimperte mich aus ihren schwarzen Augen an. Ein winziges Zicklein trank an ihren Zitzen. Es war so weiß wie seine Mutter. Nur an seinem Öhrchen war ein hellbrauner Fleck. Das zweite, weißgrau gefleckte Zicklein hatte sich ein bisschen von seiner Mutter entfernt.

Genauer gesagt hockte es auf dem Schoß eines mutterlosen Jungen.

Ganz still saß Enzo in der Ecke des Häuschens. Er kraulte den wuscheligen Kopf des kleinen Ziegenbabys, und als er zu mir hochsah, funkelte in seinen braunen Augen das Glück.

„Bu", machte Leandro und dann gluckste er leise.

149

Ich hielt den Finger an seine Lippen. Vorsichtig ging ich in die Hocke und kniete mich vor Mama Schneeweißchen ins Heu.

„Hallo, Ziegenmama", wisperte ich. „Herzlichen Glückwunsch nachträglich. Ich habe dich vermisst."

Meine Ziege stupste mich mit ihrer feuchten Nasenspitze an. Es war ein wunderschöner Moment – und das fand Enzo offensichtlich auch.

„Hier will man ja gar nicht mehr weg", flüsterte er. Leandro streckte seine Finger nach dem Ziegenbaby auf seinem Schoß aus und Enzo nahm seine Hand weg, damit mein kleiner Bruder es streicheln konnte.

Nach einer Weile verließen wir das Ziegenparadies aber doch. Schließlich war heute Ostersonntag und nach dem Kaffeetrinken würde es bestimmt ein paar

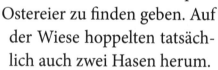

Ostereier zu finden geben. Auf der Wiese hoppelten tatsächlich auch zwei Hasen herum.

Enzo kam mir irgendwie verändert vor. Seine Augen waren größer als sonst und sie schimmerten, während er sich staunend umsah. „Hier gibt's ja sogar Lamas und Esel", sagte er, als wir zurück zum Bauernhof liefen. „Und Hühner", er grinste. „Die kannte ich bis jetzt nur aus dem Supermarkt. Wenn man sieht, was die hier für ein Leben haben, kann man Flo schon verstehen." Er hielt einem Lämmchen, an dem wir gerade vorbeiliefen, seinen Finger zum Schnuppern hin. „Gestern hat sie stundenlang mit ihrem Vater telefoniert", sagte er nachdenklich. „Kennst du Eric eigentlich?"

„Yep", sagte ich – und in meinem Kopf ploppten jetzt ebenfalls wieder die Fragen hoch. „Aber du kennst Eric doch auch", setzte ich an. „Seid ihr damals wirklich ein ganzes Jahr auf seinem Piratenschiff gereist?"

Enzo zuckte mit den Schultern. „Ich erinnere mich nicht an die Zeit. Ich war noch zu klein, aber Gudrun hat mir davon erzählt. Eric ist damals über den halben Erdball gesegelt. Und es war kein richtiges Piratenschiff, sondern eine Dschunke. Meine Mutter und ich waren auch dabei und Penelope mit Flo im Bauch."

„Aber vorher waren Gudrun und Penelope in Brasilien, oder?", fragte ich. „Diese wilde Zeit, von der deine Mutter gesprochen hat. Da kannten sich Eric und Penelope noch nicht, stimmt's?" Ich fühlte mich ein bisschen komisch, Enzo nach der Geschichte von Flos Eltern auszufragen. Aber was Gudrun bei Jeff erzählt hatte, war ziemlich verwirrend gewesen. Und aus Flo war nichts herauszubekommen.

Enzo blickte zu der großen Tafel hinüber, die im Garten vor dem Bauernhof gedeckt war. Tante Lisbeth war schon vorgelaufen. Mama hielt ihr Gesicht in den Himmel und ihre blonden Haare glänzten in der Sonne. Sie sah ziemlich glücklich aus. Flo nahm Tante Lisbeth auf den Schoß und winkte uns zu, dass wir uns beeilen sollten. Aber als Enzo zu einer Antwort ansetzte, verlangsamte ich meinen Schritt.

„Ja", sagte er. „Meine Mutter und Penelope haben Eric erst nach der wilden Zeit in Brasilien kennengelernt. Soweit ich weiß, ist Gudrun nach dem Abi zusammen mit Penelope durch Südamerika gereist. Brasilien war ihre letzte Station. Aber da ist dann irgendwas Seltsames passiert und sie sind zurück nach Deutschland. Sie landeten in Düsseldorf und wussten nicht, wohin. Zu der Zeit plante Eric schon seine Weltumseglung und wollte seine Wohnung untervermieten. So haben die beiden ihn überhaupt kennengelernt. Aber Eric fehlte dann doch die Kohle. Deswegen haben sie erst mal als WG zusammengelebt und ein Jahr später sind sie auf Schiffsreise gegangen."

„Moment mal, ich komme nicht mit." Mir schwirrte der Kopf und ich ärgerte mich, dass ich kein Notizbuch dabeihatte. Dann hätte ich alles aufschreiben können wie ein Detektiv. So einer musste man wahrscheinlich auch sein, um diesem Geheimnis auf die Spur zu kommen. Irgendwie ließ mich das Gefühl nicht los, dass Enzos Mutter Penelope erpresst hatte. Und wenn ich Gudrun an dem Abend bei Jeff richtig verstanden hatte, hing das mit der seltsamen Sache in Brasilien zusammen.

„Aber was genau ist nun in Brasilien passiert?", hakte ich noch einmal nach.

Enzo inspizierte einen Marienkäfer, der auf seinem Finger gelandet war. „Keine Ahnung. Meine Mutter hat mir nur gesagt, sie ist mit mir schwanger geworden, um Penelope in Brasilien den Hals zu retten." Er zuckte mit den Schultern. „Mehr weiß ich nicht."

Um Penelope den Hals zu retten? Jetzt war ich komplett verwirrt. Was sollte das nun wieder bedeuten?

Das sollte ich an diesem Tag nicht erfahren, denn Enzo brach ab, weil wir jetzt am Tisch angekommen waren. Auf dem bunten Tischtuch stand eine große *Tarte Tatin*. So heißt Vivians französischer Apfelkuchen, den sie für heute gebacken hatte. Ich starrte auf Penelopes Hals, den Jeff gerade mit seinen Fingern kraulte. Penelope kuschelte sich an seine Brust und sah mindestens so glücklich aus wie Mama. Sogar Flo schien gute Laune zu haben. Sie ließ Tante Lisbeth auf ihrem Schoß herumhopsen und Liese schnitt den Kuchen an.

153

„Ich freue mich, dass ihr alle da seid", sagte sie. „Wollen wir erst essen oder erst Ostereier suchen?"

„Oooo", machte Leandro, der auf dem Weg zum Tisch nach Enzos Finger gegriffen hatte. Offensichtlich schien er sich vor fremden Jungs nicht zu fürchten – zumindest nicht vor Enzo.

„O heißt Ostereier", übersetzte Tante Lisbeth. „Aber erst brauche ich meinen Korb." Sie rannte auf ihren kurzen Beinen zum Wagen und kam mit unserem riesigen Wäschekorb im Schlepptau zurück. Er war aus geflochtenem Rattan und fast so groß wie meine Tante. Sie hatte ihn vor der Abreise ausgekippt und Mama so lange angebettelt, bis sie ihn mitnehmen durfte.

„Das sieht ja aus, als würden heute ziemlich große Ostereier erwartet", sagte Jeff. Er zwinkerte Penelope und Mama zu. „Na, dann – viel Spaß beim Suchen. Soweit ich weiß, war Herr Osterhase heute hauptsächlich im hinteren Teil des Gartens aktiv."

Lisbeth hörte kaum noch hin. Sie zog Flo vom Stuhl und ich lief mit Leandro auf dem Arm und Enzo im Schlepptau hinterher – denn Leandro klammerte sich noch immer an Enzos Finger.

Außer Herrn Osterhase war hier wohl noch jemand aktiv gewesen, denn die erste Osterüberraschung, die mich unter einem umgestülpten Pflanzentopf anstarrte, war – AOOOOOOOOOOO-AAAAAAAAAHHHHHHH – eine Vogelspinne. Eigentlich habe ich keine Angst vor denen, aber diese hier hätte glatt in einem Horrorfilm auftreten können. Sie hatte acht behaarte Gummibeine und starrte mich aus ihren blutroten Augen so mordlüstern an, dass gegen sie sogar ein kleiner Frosch freundlich gewirkt hätte. Vor Fröschen habe ich nämlich wirklich eine Phobie und ich betete, dass Enzo nie etwas davon erfuhr.

Der filmte mich grinsend mit seiner Videokamera. „Du MIESER KOFFERFURZ", schrie ich ihn an.

„Na? Bist du neidisch, dass Enzo nicht dein Pflegebruder ist?", fragte Flo und knuffte mich in die Seite. „Bratet das Ding doch für euer nächstes Dinner in Slimeballsoße. Vielleicht wird Vogelspinnenfilet auf grüner Glibbermasse eine echte Delikatesse."

„Eins zu eins", brummte ich und stülpte den Topf zurück auf dieses Viech des Grauens. „Aber beim nächsten Scherz bist du wieder an der Reihe."

Flo musste lachen, aber zum Glück gab es ab jetzt nur noch süße Überraschungen.

Eine gute halbe Stunde später war unser Wäschekorb gefüllt mit Schokoladeneiern und bunten Schokohasen, die überall zwischen den Büschen und Gräsern hervorlugten. In einem Blumenbeet fand Tante Lisbeth ein paar rote Schokoladenherzen und Flo versuchte ihr Glück in einem alten Holzschuppen, aus dem sie gleich darauf wieder rauskam.

„Ich glaube, hier ist noch ein Osterei für dich", sagte sie und grinste mich an.

„Für mich?" Misstrauisch runzelte ich die Stirn.

„Ich habe nichts damit zu tun", sagte Enzo und hielt die Schwurfinger hoch. Er wechselte einen raschen Blick mit Flo, die ihren Finger an die Lippen legte.

„Das will ich auch schwer hoffen", sagte ich und wurde nun doch neugierig. „Hier, halt mal Leandro. Und lass ihn gefälligst nicht fallen."

Ich übergab meinen kleinen Bruder an Enzo. Leandro gluckste beglückt und riss Enzo an den Haaren, während ich in den Holzschuppen lief, mich nach links und rechts drehte – und dann vor Schreck zurücktaumelte. Auf dem Dach eines Traktors saß mit einer gepunkteten Schleife um den Hals meine Osterüberraschung. Sie hatte zwei Beine, war platonisch und stammte aus Paris.

„Alex?", brachte ich stammelnd hervor.

„Hallo, Lola Löwin", sagte Alex. Er stieg von dem Traktor runter und kam mir entgegen. In der Hand hielt er einen hellbraunen Kuschelhasen mit langen Schlappohren.

Er war größer geworden. Nicht der Kuschelhase natürlich, sondern Alex. Er sah aus wie ein richtiger Teenager, was er seit seinem dreizehnten Geburtstag im November ja auch war. Auf seinem blauen Sweatshirt stand *I* ♥ *London*, und als ich mich auf die Zehenspitzen stellte, um ihm zur Begrüßung einen Kuss – oder ein Küsschen? – zu geben, zitterten mir richtig die Knie.

Alex' grüne Augen funkelten mir entgegen und sein Leuchtesternlächeln machte mich ganz schwindelig. Doch als ich meine Lippen spitzte, zuckte er zurück und drehte sein Gesicht, sodass mein Küsschenkuss auf seiner Wange landete. Dann sah er mich wieder an und auf meinem Gesicht verrutschte das Lächeln.

„Für dich", sagte Alex und drückte mir den Kuschelhasen in die Hand. Der trug dasselbe Sweatshirt wie Alex, nur in klein natürlich.

„Hab ich dir aus London mitgebracht", sagte er.

„Danke", sagte ich und gab dem Kuschelhasen einen Kuss auf den Mund.

„Na, zufrieden mit dem Osterhasen?", fragte Jeff, als wir alle an der großen Tafel saßen.

Ich nickte. Enzo hielt Leandro auf dem Schoß und ließ ihn an seinem Schokoladenei lutschen. Leandro machte ein Gesicht, als hätte er soeben das schlaraffige Schlemmerland entdeckt. Ich hatte bis jetzt noch keinen Bissen herunterbekommen und konnte immer nur zu Alex rüberschielen, der grinsend neben mir saß. Auf der anderen Seite des Tisches hockten Tante Lisbeth und Pascal. Alex' kleiner Bruder war die zweite große Osterüberraschung an diesem Tag gewesen. Tante Lisbeth hatte ihn ganz am Schluss auf den Ästen eines Apfelbaums gefunden.

Deshalb war Jeff also früher losgefahren an diesem Tag. „Die Jungs sind gestern Abend angekommen und heute mit uns vorgefahren. Sie wollten euch überraschen."

„Ist gelungen", sagte ich. Eine Hälfte von mir war kribbelglücklich, die andere unsicher und ein bisschen bedrückt. Ich hätte Alex so gerne einen Kuss auf den Mund gegeben. So wie früher. Aber es war nicht wie früher und daran war ich selber schuld. *Ich will, dass wir wieder Freunde sind. Nicht weniger – aber vielleicht für die nächste Zeit auch erst mal nicht mehr.* Das waren meine Worte gewesen, als mich Alex im Dezember in Hamburg besucht hatte. Und offensichtlich waren diese Worte noch immer gültig.

Ich versuchte das unsicher-bedrückte Gefühl mit Vivians französischem Apfelkuchen runterzuschlucken und irgendwann gelang es mir auch. Nach dem Essen wollte Tante Lisbeth die gefundenen Ostereier verteilen. Wir setzten uns mit Enzo, Flo, Pascal und Alex unter die große Eiche in Lieses Garten.

„Ich bin Schatzmeisterin", sagte Tante Lisbeth und teilte jedem von uns einen Schokoladenhasen, fünf Eier und drei Marzipanküken zu.

„Die beiden Schokoherzen sind für Pascal und mich", informierte sie uns. „Weil Lola und Alex jetzt ja nur noch platonische Freunde sind. Oder nicht?"

„Was sind planotische Freunde?", fragte Pascal.

„Themawechsel", knurrte ich und vermied es, Alex anzusehen.

„Und was ist mit Flo und mir?" Enzo grinste, aber Flo warf ihm nur einen strengen Blick zu.

„Vergiss es. Ich habe einen Freund, auch wenn der gerade in verregneten Maisfeldern festsitzt. Und du", sagte Flo zu Enzo, „bist schon schlimm genug als Pflegebruder."

Aber so richtig schlimm schien meine beste Freundin Enzo heute gar nicht zu finden. Als wir später in dem kleinen Wäldchen hinter dem Gnadenhof Räuber und Gendarm spielten, löste sie Enzo zweimal aus seiner Gefangenschaft, und als über der Ziegenkoppel die Sonne unterging, saßen wir alle glücklich und verschwitzt auf Lieses Veranda und aßen unsere Osterschätze.

Alex und Pascal fragten Enzo aus, wie er nach Hamburg gekommen war. Enzo erzählte von Gudrun, den Teeblättern und Shrim Shrim, und Alex und Pascal starrten Enzo an, als käme er aus einem Film.

„Aber was ist mit deinem Pa?", fragte Pascal, der gerade seinem Schokoladenhasen ein Ohr abknabberte. „Kannst du nicht da wohnen?"

Ich hielt den Atem an und auch Flo hob jetzt neugierig die Augenbrauen.

„Ich kenne meinen Vater nicht", sagte Enzo. „Dafür hatte ich mehrere Stiefväter. Der letzte sitzt jetzt im Knast." Enzo blinzelte in die Runde. Diesmal hatte er kein verschmitztes Grinsen auf dem Gesicht. Er sah ziemlich bedrückt aus. Meine Güte, Enzo hatte wirklich eine wilde Geschichte – und seine Geburt musste irgendetwas mit Penelopes wilder Geschichte in Brasilien zu tun haben.

Ich kratzte mir den Kopf. Meine Neugier machte mich fast so kribbelig wie meine Osterüberraschung aus Paris.

„Boah", sagte Pascal, der ganz offensichtlich mehr an der wilden Geschichte von Enzos Stiefvater interessiert war. „Ist dein Stiefvater ein Mörder?"

„Nö", sagte Enzo. „Er war Drogenschmuggler. Meine Mutter hatte leider nie ein gutes Händchen, was Männer betrifft. Ich bin mal gespannt, ob sie sich in Indien den nächsten Idioten angelt."

Ich wechselte einen raschen Blick mit Flo. Ihr Gesicht sah plötzlich ziemlich mitfühlend aus.

Pascal hatte vor lauter Aufregung aufgehört zu kauen.

„Was ist ein Drogenschmuggler?", fragte er.

„Das ist ein Ganove, der sich zum Stehlen in eine Drogerie schleicht", erklärte Tante Lisbeth.

Pascal sah verwirrt aus und meine Tante war ziemlich beleidigt, als wir Großen anfingen zu lachen.

„Drogenschmuggler sind Leute, die Drogen über die Grenze in ein fremdes Land schmuggeln", erklärte ich den beiden Kleinen und schielte aus den Augenwinkeln zu Enzo. Er hatte wieder seine Kamera in der Hand und lief damit auf Schneeweißchen zu, die gerade ihren Kopf aus dem Ziegenhäuschen steckte. Pascal sah ihm ehrfürchtig hinterher. Aber meine Erklärung hatte ihn offensichtlich immer noch nicht zufriedengestellt.

„Und was sind Drogen?", fragte er.

Ich seufzte. „Das lernst du bestimmt noch in der Schule", sagte ich. „Und jetzt kau mal lieber deine Schokolade, bevor sie dir wegschmilzt."

Es war wirklich ein richtig sommerheißer Tag heute.

„Dein Herz ist auch schon ganz weich", sagte Tante Lisbeth und tippte auf das rote Schokoladenherz, das in Pascals Hand lag.

„Ich schenk es dir", sagte er. Sein Gesicht war voller Schokoladenflecken. Dann flüsterte er ihr etwas ins Ohr. Tante Lisbeth kicherte, und als sich Pascal von ihr abwandte, hatte sie ein geflecktes Schokoladenohr.

„Ich glaub, mein kleiner Bruder hat sich in deine Tante verliebt", sagte Alex leise und grinste mich an. „Ist sie denn überhaupt noch zu haben?"

„Sie ist frisch geschieden", gab ich zurück und versuchte ebenfalls zu grinsen. Aber es wollte mir nicht so richtig gelingen.

„Wie lange bleibt ihr in Hamburg?", fragte ich Alex.

„Zwei Wochen", sagte er. „Wir haben jetzt Ferien."

Alex sah mich aus seinen funkelgrünen Augen an. „Penelope hat erzählt, dass es in eurem Restaurant am 30. April einen Tanz in den Mai gibt. Wollen wir deinem Papai vorschlagen, ob er nicht vorher eine Kinderdisco machen kann? Das wäre doch cool, oder?"

Ich nickte und starrte auf den kleinen Schokoladenfleck an Alex' linkem Mundwinkel. Wieder hatte ich das Gefühl, dass Alex und ich noch viel mehr als „nur" Freunde waren, und ich nahm mir vor, ihm das auch zu sagen.

15.

SKATEBOARDISCH UND
EIN ACARAJÉ-VULKAN

Oma sagt, Liebe geht durch den Magen. Deshalb verwandelte ich mich in dieser Nacht wieder in die Sterneköchin Cocada Delicada und kochte für Alex ein Liebes-Menü mit den geheimen Gewürzen der Leidenschaft.

Dazu zählte auch meine Spezialmischung aus Chili, Gelbwurz und Ingwer, die ich für meine *Soupe Chérie* verwendete. Skorpione lieben nämlich scharfe Gerichte und eine heiße Suppe wärmt nicht nur den Magen, sondern auch das Herz. Als Dessert wählte ich ein brasilianisches *Beijinho de coco*, was auf Deutsch Kokosküsschen heißt. Neben dem geriebenen Kokosnussfleisch mischte ich auch eine winzige Prise Vanillepulver in den kleinen Kuchen und mein Menü brachte das heiße Herz von Alex zum Schmelzen. Er war im

siebten Liebeshimmel der Skorpione und hielt nach einem leidenschaftlichen Kuss auf meinen Mund um meine Hand an.

Mit den Erfolgen meiner nächtlichen Identität konnte es also besser gar nicht laufen. Was meine Vorsätze für die Wirklichkeit betraf, sah es wieder mal anders aus. Denn wie sagt Oma immer: Erstens kommt es anders und zweitens, als man denkt.

Am Montagmorgen weckte mich ein Klingelorkan, und als ich verschlafen aus dem Bett tapste, stand Fabio vor unserer Tür. Er trug ein blaues T-Shirt mit einem aufgedruckten Skateboard. An seiner Hand baumelte eine volle Einkaufstüte und unter seinem Arm klemmte das gelbe Kochbuch von Ofélia. Ich hielt Alex' Kuschelhasen im Arm und trug peinlicherweise noch mein Nachthemd.

„Fröhliche Ostern", sagte Fabio grinsend. „Bin ich zu früh?"

„Nein", sagte ich und warf einen Blick auf die Uhr. Es war schon fast elf und ich hatte unsere Verabredung total vergessen. „Ich hab verschlafen. Komm rein. Ich zieh mich nur kurz an."

„Sieht so aus, als hätten wir die Wohnung für uns", sagte Fabio, als ich nach einer Viertelstunde in die Küche kam.

Er zeigte auf den Zettel, den Mama mir auf den Küchentisch gelegt hatte. Darauf stand: *Bin mit Lean-*

164

dro im Stadtpark. Wenn du was brauchst, ruf Papai in der Perle *an. Küsschen von Mama und Leandro.*

„Wie alt ist dein kleiner Bruder jetzt eigentlich?", fragte Fabio.

„4,6", sagte ich.

„Hä?" Fabio runzelte die Stirn.

„Vier Monate und sechs Tage."

„Krass", sagte Fabio. „Ich weiß noch, wie du grad erfahren hast, dass du einen Bruder bekommst."

„Das weiß ich auch noch", murmelte ich. Die Feier des Sohnes hatte in der *Perle des Südens* stattgefunden und Fabio war uneingeladen mit Blumen im Restaurant aufgekreuzt, die ihm Alex vor lauter Eifersucht ins Maul stopfen wollte. Das war der Anfang vom Ende gewesen – und daran wurde ich gar nicht gern erinnert.

„Fangen wir an?", fragte Fabio. „Ich hab Zutaten für *Acarajé*-Bällchen mitgebracht. Die Bohnen hab ich letzte Nacht schon eingeweicht."

Er stellte eine große Tupperdose auf den Küchentisch. „Habt ihr eine große Pfanne? Und einen Mixer? Und Salz?"

„Klar", sagte ich und öffnete die Schranktüren.

Fabio packte die anderen Zutaten aus. Zwei Chilischoten, zwei Zwiebeln, eine Flasche Palmöl und eine Tüte getrocknete Shrimps.

Als Fabio die Tüte aufriss, hielt ich die Luft an. Dass

mir der süßsaure Fisch bei Jeff plötzlich geschmeckt hatte, war womöglich nur eine Ausnahme gewesen. Aber als ich vorsichtig an den kleinen Schalentierchen schnupperte, musste ich verblüfft feststellen, dass sich vielleicht auch in meiner Entwicklung etwas verändert hatte.

„Riecht okay", sagte ich unsicher.

„Und schmeckt fantástico", sagte Fabio. In Salvador hab ich mir jeden Tag eine Portion *Acarajé* gekauft. Janainas Vovó hatte einen Stand am Strand. Mal schauen, ob wir das auch so gut hinbekommen."

Fabio schlug das Kochbuch auf. „Als Erstes müssen wir die Zwiebeln klein hacken", sagte er. Dann pürieren wir die Bohnen im Mixer, würzen sie mit Salz, geben die Zwiebeln dazu, rühren das Ganze mit einem Holzlöffel glatt und stechen mit einem Esslöffel kleine Bällchen ab. Klingt simpel, oder? Hast du ein Messer für die Zwiebeln?"

Ich griff in die Küchenschublade. „Die Zwiebeln schneide ich. Du kannst die Bohnen in den Mixer füllen."

„Aye aye, Küchenchef", sagte Fabio.

Kochen zu zweit machte auch doppelten Spaß, wie ich fand, und irgendwann ertappte ich mich bei der Überlegung, dass Annalisas Frage bei unserem ersten Gruppentreffen gar nicht so blöd gewesen war. Jetzt gruselte es mir nur noch mehr, allein ein Dinner vorzubereiten, und ich hatte ziemlichen Bammel vor dem, was mich am Freitag, dem 13. Mai erwartete. Vor mir war jetzt nur noch Dalila an der Reihe. Ihr Dinner würde in elf Tagen stattfinden.

„Hat Graziella eigentlich mal was von unserem Projekt erzählt?", erkundigte ich mich. „Oder hast du von den anderen Dinners schon ein paar Filmaufnahmen gesehen?"

„Wo denkst du hin?", fragte Fabio, der gerade mit einer Schöpfkelle die aufgeweichten Schwarzaugenbohnen in den Mixer füllte. Ich überlegte, ob man davon auch pupsen musste. Schwarzaugenbohnen sind nicht rot wie die Bohnen, die Papai für *Feijoada* verwendet, sondern klein und weiß mit einem schwarzen Fleck. Deshalb heißen sie auch so, sie sehen aus wie winzige Augäpfel.

„Das Filmmaterial hält meine Schwester in der Garage unter Verschluss", verriet mir Fabio. „Alles streng geheim! Aber du kriegst das bestimmt locker hin." Er blinzelte mir aufmunternd zu. „Überleg dir doch eine coole Tanzeinlage zwischen den Gängen. Ein bisschen Samba oder so. Das hab ich neulich mal im perfekten Dinner im Fernsehen gesehen. Da hat auch eine Brasilianerin mitgemacht. Die Gäste waren ziemlich begeistert."

„Super Idee", sagte ich und wischte mir mit dem Ellenbogen die Tränen aus den Augen.

Die kamen von den Zwiebeln. Und gerade als ich weitersprechen wollte, klingelte es schon wieder an der Tür.

„Machst du auf?", fragte ich Fabio. „Das ist wahrscheinlich Tante Lisbeth."

„Klaro." Pfeifend ging Fabio in den Flur.

„Oh", hörte ich ihn sagen. „Hallo."

Und gleich darauf ertönte eine Stimme, die eindeutig nicht zu Tante Lisbeth gehörte: „Äh. Ist Lola da?"

Wer hinter Fabio in die Küche kam, könnt ihr euch sicher denken. Es war Alex. Er hielt sein Skateboard unter dem Arm.

Mir liefen die Zwiebeltränen jetzt die Wange runter und in meinem Kopf rotierten die schlimmsten Befürchtungen. Würde Alex Fabio die getrockneten Shrimps in den Mund stopfen? Oder ihm das T-Shirt vom Leib reißen? Oder ihm das Skateboard auf den Kopf hauen?

Er tat nichts von alledem.

Alex grinste mich mit der weltgrößten Selbstverständlichkeit an und fragte: „Stör ich?"

„Nein", riefen Fabio und ich wie aus einem Mund.

„Cool", sagte Alex. „Ich hab Pascal eben bei deiner Tante abgesetzt. Und was macht ihr?"

„Probekochen", sagte ich. „Für ein Projekt in der Schule. Ich muss ein perfektes Dinner machen und

Fabio will mir ein brasilianisches Rezept beibringen."

„*Acarajé*-Bällchen", erklärte Fabio. Dann zeigte er auf Alex' Skateboard. „Cooles Teil. Ist das ein Plan B Deck?"

Alex nickte. „Es hat Element Wheels und Tensor Trucks. Hab ich mir selbst zusammengebaut. Zum Pipe-Skaten ist es echt genial."

„Nicht schlecht", sagte Fabio fachmännisch. „Ich üb seit Wochen den Kickflip. Aber irgendwie krieg ich das Aufrichten nicht hin."

„Ich weiß, was du meinst", Alex grinste. „Das Ding ist, dass du den vorderen Fuß leicht abknicken musst. Du ziehst ihn zur Kante und machst den eigentlichen Kick ja nur mit dem äußeren Zeh der Fußspitze. Wollen wir kurz raus? Ich kann's dir zeigen."

„Äh", sagte ich. „Eigentlich ist Fabio zum Kochen hier. Ich habe nämlich zufällig keine perfekte Skateboardshow geplant!"

„Oh. Sorry!" Alex lehnte das Skateboard an die Wand. „Ich kann gern helfen", bot er sich an. „Und wenn du Lust hast, zeig ich dir morgen eine Crème brûlée. Die kann ich fast so gut wie Maman."

Das klang vielversprechend – damit konnte ich vielleicht gegen Marcels missglückten Nachtisch punkten.

Während ich Zwiebeln und Chilischoten klein

hackte und die restlichen Bohnen in den Mixer füllte, überlegte ich mir, ob französische Crème brûlée zu brasilianischen *Acarajé*-Bällchen passte – und ärgerte mich über Fabio und Alex.

Von wegen helfen! Stattdessen unterhielten sich die beiden am Tisch auf Skateboardisch über Ollis, Nollies, Kickflips und Nosegrinds.

Sie kamen mir vor wie zwei olle Kerle, die gerade ihre gemeinsame Liebe entdeckt hatten. Es war echt nicht zu fassen! Wütend pappte ich den Deckel auf den Mixer, drückte auf Stufe 3 – und dann ... tja.

Kleiner Kochtipp am Rande: Solltet ihr *jemals* einen Mixer benutzen, dann achtet unter *allen Umständen* darauf, dass der Deckel richtig fest verschlossen ist. Sonst habt ihr das, was am Ostermontag in unserer Küche passierte.

Die Bohnen-Zwiebel-Masse war mir innerhalb von Sekunden um die Ohren geflogen. Wie ein Vulkan hatte der Mixer alles ausgespuckt und unsere Küche in ein noch schlimmeres Schlachtfeld verwandelt als das von Penelope nach Enzos Dinner.

„Auweia", sagte Alex

und wischte eine Ladung Bohnen von seinem Skateboard. „Das könnte Ärger geben."

Den gab es auch.

„Bu", sagte Leandro, als er mit Mama von seinem Ausflug im Stadtpark zurückkam. Dann war er ausnahmsweise mal still, vielleicht weil Mama einen Schreikrampf vom Feinsten kriegte. Sie schmiss Alex und Fabio aus der Wohnung und verdonnerte mich für den Rest des Tages zum Putzen der Küche.

Und was taten die beiden Jungs?

Sie übten im schönsten Sonnenschein vor meiner Haustür den Kickflip, und als ich stinkig und verschwitzt aus dem Fenster sah, eröffnete mir Alex, dass wir Papai schnell wegen der Tanz-in-den-Mai-Kinderdisco fragen müssten, denn Fabio wollte am Samstag auch in die *Perle* kommen.

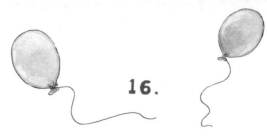

16.

TONANGEBENDE BUSTIERKLEIDER UND TANZENDE LIEBESPÄRCHEN

Was ich an der *Perle des Südens* liiiiiiiiiiiiiiiiiiiebe, sind die Feste. Denn erstens können wir Brasilianer richtig gut feiern und zweitens dürfen die Kinder bis in die späte Nacht wach bleiben – oder sie schlafen friedlich auf den Armen ihrer Eltern ein, während um sie herum getanzt wird. Und weil die *Perle des Südens* ein brasilianisches Restaurant ist, steckt in unseren Feiern auch immer ein bisschen der Geist Brasiliens.

Mittlerweile standen unsere Veranstaltungen auch in der *Hamburger Morgenpost* und der Tanz in den Mai war sogar als Tipp des Tages von einem berühmten Restaurantkritiker empfohlen worden. Was die befürchtete Gästekrise betraf, mussten sich Papai und Opa an diesem Abend also keine Sorgen machen.

Papai hatte unserer Idee mit der Kinderdisco zugestimmt und nach dem Tipp in der *Hamburger*

Morgenpost hatten sich zahlreiche große und kleine Gäste angemeldet.

„Ich danke dir", sagte Papai, als Jeff am frühen Abend ins Restaurant kam. „Dich als Freund zu haben, ist wirklich ein echtes Geschenk."

Penelope nickte und sah Jeff aus stolz verliebten Augen an. Ich dagegen konnte Penelope nicht mehr richtig ins Gesicht schauen, seit Enzo diese seltsame Andeutung auf dem Gnadenhof gemacht hatte. Warum hatte Gudrun ihren Hals gerettet? Sollte Penelope in Brasilien vielleicht geköpft werden? Und warum war Gudrun zur Rettung von Penelopes Hals mit Enzo schwanger geworden? Ohhhhhhhhh, wie verrückt mich diese geheimnisvolle Sache von damals machte! Aber ich traute mich nicht zu fragen.

Ich war schon seit dem frühen Nachmittag im Restaurant, hatte Opa beim Dekorieren geholfen und den Musikern beim Aufbau der Bühne. Und Zwerg und Berg hatte ich in der Küche sogar beim Zubereiten des Menüs assistieren dürfen.

Kokosküsschen gab es auch an diesem Abend – und Flo wünschte sich kleine Maisbrötchen, die ich nach Zwergs Anweisungen zu runden Teigbällchen formte. In Brasilien nennen wir sie *Pãezinhos de milho*. Ihr fluffig salziger Geschmack auf der Zunge ist sehr, sehr lecker, besonders dann, wenn die Brötchen frisch aus dem Ofen kommen. Ich überlegte, ob ich sie für mein perfektes Dinner zur Vorspeise machen sollte. Nach dem missglückten Probekochen war Mama nur schwer davon zu überzeugen gewesen, mich das Dinner überhaupt bei uns zu Hause veranstalten zu lassen. Ich musste ihr schwören, keine explosiven Gerichte auf die Speisekarte zu nehmen.

An diesem Abend kam ich allerdings selbst in die Gefahr zu explodieren. Schon bevor die Party losging, kriegte meine Sonnenlaune erste Flecken. Die Tipp-des-Tages-Anzeige hatte neben Sayuri, Frederike, Ansumana, Gloria und Marcel nämlich auch zwei Gäste angelockt, auf die ich ganz und gar keine Lust hatte. Um Punkt 18 Uhr stöckelten Annalisa und Dalila in unser Restaurant. Und weil Papai immer sagt, der Kunde ist König, egal was kommt, blieb mir nichts anderes übrig, als die beiden höflich zu begrüßen.

Wusstet ihr, dass schulterfreie Bustierkleider in Sachen Partymode momentan den Ton angeben? Annalisa erklärte es mir. Sie schrieb mir das Wort sogar auf eine Serviette. Und wenn ihr euch fragt, ob Bustierkleider eine spezielle Mode für Tiere in Bussen sind, kann ich euch dank meiner unfreiwilligen Nachhilfestunde belehren. Bustier wird *Büstjeh* ausgesprochen und bedeutet so viel wie enges Oberteil, das die Taille betont. Die schulterfreien Bus-Tier-Kleider von Annalisa und Dalila waren aus schimmernder Seide. Dalila gab den Ton mit *Sparkling Champagne* an und Annalisa mit *Toasted Walnut* – was auf Deutsch sprudelnder Champagner und getoastete Walnuss bedeutet.

„Dalilas Mutter hat die Kollektion aus ihrem letzten Shooting in Paris", sagte Annalisa.

„Und du trägst H&M?" Dalila musterte mein grünes Sommerkleid mit den Spaghettiträgern aus Pailletten, das mir Mama spendiert hatte, weil es meine grünen Augen so schön zum Leuchten brachte. Es hatte 19,90 Euro gekostet und für Mama war das eine Stange Geld.

Oma sagt immer, der Klügere schweigt, und ich beschloss, mir meine bissige Bemerkung zu verkneifen. Zumindest passte mein Kleid zu einem brasilianischen Tanz in den Mai. Und die beiden Bustiertussis mussten auf ihren dämlichen Hochhackschuhen aufpassen, dass sie sich beim Stöckeln nicht den Hals brachen.

„Wird das hier ein Kindergartenfest?", fragte Dalila und zeigte auf die gelben und grünen Gasluftballons. Opa und ich hatten sie am Nachmittag mit einer Maschine aufgeblasen, sodass sie jetzt zum Scheinwerferlicht unter der Decke schwebten. „Ihr solltet mal die Nachtklubs in New York sehen. Da geht richtig was ab."

„Du warst in einem *Nachtklub*?" Annalisa fielen

fast die Augen aus dem Kopf. Dalila nickte beiläufig, aber ich glaubte der blöden Kuh kein Wort und war froh, als sich das Restaurant endlich mit anderen Gästen füllte.

Zu den Kindergartenkindern gehörten an diesem Abend Tante Lisbeth und Pascal, die sich ebenfalls mächtig in Schale geworfen hatten. Tante Lisbeth trug wieder mein weißes Nacht-hemd, um das sie einen roten Lackledergürtel von Penelope geschlungen hatte. Pascal hatte ein schwarzes Jackett von Jeff an, das ihm fast bis zu den Füßen reichte.

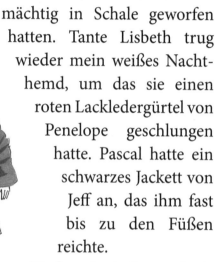

Und noch ein Paar gab es. Alex und Fabio! Sie kamen gemeinsam an und trugen zwillingsgleiche gelbe *Brazil*-T-Shirts.

„Das T-Shirt hat Fabio mir heute Nachmittag ge-liehen", sagte Alex. „Gefällt es dir?"

Das Nein ploppte so schnell in meinem Kopf, dass es mir fast aus dem Mund geschossen wäre. Ich musste an die Kinderdisco im letzten Mai denken. Damals waren Alex und ich ein Paar gewesen und an

diesem Abend hatte seine Eifersucht auf Fabio angefangen.

Jetzt hatte sich mein Wunsch,
dass wir alle Freunde sein
könnten, erfüllt. Alex erzählte
mir, dass er den ganzen Tag
mit Fabio skaten war. Und was
ich davon hielt, verkniff ich
mir jetzt ebenfalls.

Gloria kam mit Ansumana,
Flo und Enzo ins Restaurant. Enzo hatte eine riesige
Tasche über den Schultern, und als ich Flo fragend
ansah, zuckte sie mit den Schultern. „Ich warne dich",
sagte ich zu Enzo. „Wenn da die Mutter deiner Oster-
vogelspinne drin ist oder eine Mülltonnenladung
Slimebälle, kriegst du den Ärger deines Lebens,
capito?"

„Keine Sorge", sagte Enzo und nickte den Zehntklässlern aus unserer perfekten Dinnergruppe zu, die
zu meiner größten Freude auch kamen.

„Euer Restaurant sieht toll aus", sagte Sally und ich
warf ihr einen dankbaren Blick zu.

Fabio hatte Papai eine CD von Olodum mitgebracht, und als die wilden Trommelklänge aus den
Bässen der Lautsprecher ertönten, fing meine Kopfhaut wie verrückt an zu kribbeln. Ich liiiiiiiiiiiiiiiie-
be Musik, und wenn ich tanze, vergesse ich alles um

mich herum. Zu der Musik von Olodum tanzt man in Brasilien den Sambareggae, das ist eine Art brasilianischer Hip-Hop, den wir auch in unserem Tanzprojekt bei Herrn Demmon getanzt hatten.

Gloria, Fabio und ich machten die Schritte vor und die andern versuchten, es nachzumachen. Tante Lisbeth hopste mit Pascal an der Hand zwischen unseren Beinen hindurch. Nur Dalila und Annalisa saßen wie festgeklebt auf ihren Barstühlen, aber selbst sie wippten im Takt mit ihren Stöckelschuhen.

Als Frederike Annalisa auf die Tanzfläche ziehen wollte, schüttelte sie naserümpfend den Kopf.

„Seit sie mit dieser Dalila befreundet ist, kann man ja wirklich gar nichts mehr mit ihr anfangen", raunte mir Frederike ins Ohr. Dann stupste sie mich an und grinste zum Tresen. „Aber Dalila scheint sich in Flos Pflegebruder verknallt zu haben."

Ich drehte mich um. Tatsache. Dalila starrte wie gebannt auf Enzo, der mit Marcel auf der Tanzfläche rappte.

Am späteren Abend kamen die Erwachsenen dazu und auf der Bühne fingen die Musiker an, ihre Instrumente zu stimmen. Gleich begann die Livemusik. In Opas Büro machte sich Penelope für ihren Auftritt bereit. Wie immer würde sie heute mit einem Lied auftreten.

Aber bevor es dazu kam, stolzierte eine andere

Dame auf die Bühne. Es war eine eher kleine und sehr seltsame Dame in einem engen schwarzen Samtkleid und roten Stöckelschuhen. Ihr Busen war ungefähr dreimal so groß wie der von Mama. Es sah aus, als hätte die sonderbare Gestalt Melonen unter dem Kleid! Um den Kopf hatte sie sich wie ein Piratentuch die brasilianische Flagge geschlungen. Ihr Gesicht war grell geschminkt, aber hinter dem blutroten Lippenstift und den blau angemalten Augenlidern blitzte der schelmische Blick von Enzo hervor.

„Der Kerl macht mich fertig", sagte Flo. „Das sind die Klamotten von meiner Mutter! Jetzt weiß ich auch, warum er sie heute Morgen über ihren Auftritt ausgefragt hat."

Papai sah auch so aus, als ob er drauf und dran wäre, Enzo wieder aus dem Restaurant zu werfen. Aber die Gäste amüsierten sich wie die Könige und Jeff, der neben uns stand, unterdrückte ein Prusten.

„Meine hochverehrten Damen und Herren", rief Madame Enzo mit hoher Stimme. „Ich möchte Ihnen heute eine besondere Sängerin vorstellen, die mit deutscher Seele und brasilianischem Akzent ein Liebeslied aus dem heißen Süden vorträgt. Also wählen Sie einen Partner Ihres Herzens und tanzen Sie zu dem Gesang der weltberühmten Superwoman PENELOPE SOMMER! Applaus, meine Damen und Herren, Applaus!"

179

Madame Enzo verbeugte sich, dann stöckelte sie auf ihren hohen Absätzen Richtung Damentoilette. Unterwegs verlor sie tatsächlich eine gelbe Honigmelone. Die rollte Papai direkt vor die Füße. Flo und ich schnappten nach Luft. Wenn Enzo nicht Koch wird, dachte ich, dann hat er auf alle Fälle das Zeug für einen echt guten Comedian!

Das Restaurant tobte, Opa grinste über beide Backen und selbst um Papais Mundwinkel fing es an zu zucken. Auch Penelope, die jetzt auf die Bühne kam, nahm Enzos kleine Einlage mit Humor. Sie trug ein nachtblaues Kleid mit funkelnden Sternen und war wie immer wunderschön.

„Vielen Dank für die besondere Ansage meiner kleinen Managerin", sagte sie augenzwinkernd. Und dann wurde es *romântico*. Papai dimmte das Licht und begleitet von dem Gitarristen stimmte Penelope eines ihrer Lieder von Maria Bethânia an. Das ist die brasilianische Lieblingssängerin von Jeff.

Das Lied hieß *Tua*. Das heißt auf Deutsch *Deins* und ist ein wunderschönes Liebeslied, in dem auch ein sternenfunkelnder Nachthimmel vorkommt. Penelopes blaue Augen funkelten beim Singen immer nur Jeff an – der sich die größte Mühe gab, nicht in Tränen der Rührung auszubrechen. Graziella tanzte mit Moha, Gloria mit Ansumana und Sally mit einem jungen Brasilianer, der ihr schon den ganzen

Abend schöne Augen gemacht hatte. Papai tanzte mit Mama, weil Oma heute auf Leandro aufpasste. Marcel pirschte sich an Dalila heran, die sich gnädig von ihm auf die Tanzfläche ziehen ließ.

Pascal hatte sein Jackett geöffnet und Tante Lisbeth hineingeknöpft, sodass nur noch ihre blonden Löckchen herauslugten. Die beiden sahen so süß aus, dass sie sich glatt als jüngstes Liebespaar in Hollywood bewerben konnten. Sogar Flo war mit ihrem Liebsten vereint. Sie hatte sich im Restaurantbüro verschanzt und telefonierte mit Sol.

Und wenn ihr euch an dieser Stelle fragt, warum ich Zeit hatte, all diese großen und kleinen und allesamt glücklichen Pärchen zu beobachten, anstatt mich selbst auf der Tanzfläche zu drehen – dann gab es dafür einen triftigen Grund.

Ich stand wie ein verlassenes Mauerblümchen am Rand. Ich hatte darauf gewartet, dass Alex seine Hand nach mir ausstrecken würde und ich meine Nase in seinen geliebten Apfelshampoohaaren verbergen konnte. Aber genau das war nicht geschehen. Weil Alex nämlich – unfassbar! – schon einen anderen Tanzpartner hatte. Grinsend vollführte er mit Fabio einen langsamen Walzer. Die beiden sahen so bekloppt aus, dass ich sie am liebsten mit nassem Klopapier beworfen hätte.

Meine Festlaune hatte sich in ein endgültiges Pechschwarz verfärbt. Ich lief nach draußen und starrte in den Himmel. Der war ebenfalls schwarz. Dann ging auf dem Hamburger Dom das Feuerwerk los. Über den Dächern von Hamburg sprühten die Funken und in meiner Brust brodelten die dunkelsten Gefühle.

Tapp, tapp machte es. Auf meiner Schulter. Ich fuhr herum – und starrte in das Gesicht von Enzo, der jetzt wieder Jeans und T-Shirt trug.

„Alles klar?", fragte er.

Ich zuckte mit den Schultern.

Enzo legte den Kopf schief. „Bist du sauer wegen meiner Ansage eben oder eher wegen Alex?"

Ich knabberte an meiner Unterlippe. Zum Lachen war mir jetzt überhaupt nicht mehr, aber Enzo schien sich auch nicht über mich lustig machen zu wollen. Trotzdem hatte ich keine Lust, mit ihm zu reden.

„Was geht dich das an?", brummelte ich.

„Eigentlich nichts", sagte Enzo. „Aber wenn es wegen Alex ist, könnte ich dir vielleicht einen kleinen Tipp geben."

„Du?" Ich runzelte die Stirn. „Was willst du denn von Alex und mir wissen?"

Enzo grinste mich an. „Alex hat mich auf der Fahrt gestern ziemlich auffällig nach diesem Fabio ausgefragt."

„Er hat was?"

„Alex wollte wissen, ob ich ihn kenne", sagte Enzo. „Und ob Fabio eine Freundin hätte. Und ob ich zufällig mitbekommen hätte, dass ihr beiden euch öfter trefft. Als ich ihn gefragt hab, warum ihn das so brennend interessiert, hat er gemurmelt, das wäre eine längere Geschichte." Enzo legte den Kopf schief. „Ihr wart mal richtig zusammen, oder?"

Ich schluckte. Und nickte.

„Und dann gab es Ärger wegen Fabio?"

Ich schluckte. Und nickte wieder.

„Und jetzt habt ihr beschlossen, gute Freunde zu sein."

Ich nickte zum dritten Mal und diesmal fiel mir das Schlucken richtig schwer.

„Eigentlich war es eher mein Entschluss", murmelte ich. „Alex hat gesagt, es wäre für ihn okay. Und jetzt ist er offensichtlich ziemlich zufrieden damit."

Enzo sah zum Himmel, wo gerade rosarote Funken explodierten. „Ich sollte dir das vielleicht überhaupt nicht erzählen. Aber ich denke mal, dein Freund verfolgt eine ziemlich gute Taktik."

Ich verzog das Gesicht. „Was denn für eine Taktik, bitte schön?"

Enzo grinste. „Willst du gelten, mach dich selten. Das Sprichwort kenne ich von meiner Uroma und meine Mutter hat danach gelebt. Nach dem Motto hat sie sich jedenfalls all meine Stiefväter geangelt. Ist in ihrem Fall zwar immer in die Hose gegangen, aber dass was dran ist, lässt sich nicht leugnen. Dein Alex ist noch immer total in dich verknallt. Er will es dir nur nicht zeigen. Und deshalb geht er auf Abstand und freundet sich mit seinem Konkurrenten an."

„Red keinen Blödsinn", schnaubte ich.

Aber als Alex sich an diesem Abend von mir verabschiedete, schaute ich ihm tief in die Augen. Und als er mich mit seinem schiefen Lächeln ansah, hatte ich das Gefühl, dass Enzo vielleicht recht haben könnte.

Wer an diesem Abend Vollgas gab, war Pascal. Er wollte unbedingt bei Tante Lisbeth übernachten. Und als wir am späten Abend mit Mama nach Hause fuhren, hörte ich, wie er meiner Tante auf der Rückbank ins Ohr flüsterte: „Lisbeth? Willst du mich heiraten?"

17.

FÜNF FRAGEN UND
EINE FRAGLICHE PUNKTEZAHL

Die Hochzeit von Pascal und Tante Lisbeth sollte am nächsten Wochenende stattfinden. Das verkündete meine Tante, nachdem Pascal am Sonntag bei Opa um ihre Hand anhielt. Flo und ich saßen gerade bei Oma und Opa zum Frühstück, als Pascal mit einem großen Blumenstrauß vor der Tür stand.

„Ich nehme dich gern zum Schwiegersohn", willigte Opa ein und rieb sich kichernd seine Glatze. Wo hast du denn die schönen gelben Rosen her?"

„Die sind doch rot", korrigierte ihn Pascal. „Hast du Zitronen auf den Augen?"

„Mein Vater hat Achromatopsie", erklärte Tante Lisbeth gewichtig.

„Was ist das?" Pascal warf Opa einen ängstlichen Blick zu. „Ist das ansteckend?"

„Meine kluge Tochter will sagen, dass ich farbenblind bin", dolmetschte Opa. „Aber keine Sorge, es ist nicht ansteckend. Und geerbt hat sie es auch nicht."

Pascal war beruhigt und meine Tante fragte Flo, ob

sie Pastorin für die Hochzeit werden wollte. Als Trauzeugen wählte sie diesmal nicht den nass gepinkelten Teletubby aus – sondern mich. Und Pascal – fragte Alex.

Oje!

Aber ich beschloss, die Vorbereitungen für Tante Lisbeths dritte Hochzeit jetzt erst mal zu vergessen. Für mich stand in dieser Woche das nächste perfekte Dinner an. Ich war megagespannt, was auf Dalilas Menüplan stehen würde. Sie machte die ganze Woche über geheimnisvolle Andeutungen und Annalisa wurde von Tag zu Tag piepsiger. Am Mittwoch in der Pause nahm sie mich sogar beiseite.

„Weißt du, was ein Aperitif ist?", fragte sie mit zittriger Stimme.

„Klar", sagte ich. Das kannte ich aus der *Perle des Südens*. „Ein Aperitif ist ein Getränk, das man vor dem Essen serviert. Es soll den Appetit anregen. Meistens ist es was mit Alkohol – aber Papai sagt, es darf nicht zu viel drin sein."

„Oh", sagte Annalisa. „Und was ist ein Digestif?"

„Das trinkt man nach dem Essen", sagte ich. „Es regt die Verdauung an. „Deshalb bestellen sich die erwachsenen Gäste in der *Perle* meistens einen Schnaps."

Aber warum erklärte ich das Annalisa überhaupt? Sie war meine Konkurrentin – und freundlich war sie zu mir ganz bestimmt nicht gewesen in der letzten Zeit. Im Gegenteil. Trotzdem tat sie mir plötzlich irgendwie leid. Sie kämpfte so verzweifelt um die Aufmerksamkeit ihrer Göttin Dalila. Aber die schien sich nicht mal für das neue Liebesgedicht zu interessieren, das am Freitagmorgen in Annalisas Schultasche steckte.

„Liebe Annalisa,
wenn ich Dich sehe,
tanzt die Liebe in meinem Herzen,
doch wenn Du mich nicht willst,
leide ich Schmerzen.
Deshalb bleibe ich geheim
und wäre so gern Dein", las Annalisa vor.

„Geheim und Dein", sagte Dalila. „Dein anonymer Liebesdackel kann nicht mal anständig reimen. Langsam wird's echt langweilig. Hast du vor lauter Liebespost überhaupt schon an dein Menü gedacht?"

„Klar", sagte Annalisa und stopfte den Briefbogen zurück in den himmelblauen Herzchenumschlag. „Ich hab das ganze Essen schon geplant."

„Na", sagte Dalila. „Dann ist ja alles bestens. Wir sehen uns heute Abend bei meinem Dinner. Bringt Hunger mit und zieht euch was Passendes an."

Die letzten Worte waren an mich gerichtet.

„Ich nehme es mir zu Herzen", sagte ich.

„Schickes Outfit", sagte Graziella, als sie mir am Freitagabend die Tür öffnete. Das Kamerateam war natürlich schon vor Ort und Melissa zoomte mit der Kamera auf das Kakerlaken-T-Shirt, das ich mir zur Feier des Tages von Enzo geliehen hatte. Womöglich bekam ich dafür einen Punktabzug wegen Gastgeberbeleidigung, aber das nahm ich in Kauf.

„Das ist doch wohl die Höhe", zischte Dalilas Mutter, als sie in den Flur kam. „Wissen deine Eltern, dass du so rumläufst?"

„Natürlich", entgegnete ich und machte einen höflichen Knicks. „In Brasilien sind diese T-Shirts gerade sehr modern."

Enzo, der ebenfalls im Flur stand, zog eine Augenbraue hoch. „Gib's ihr, Schwester!", flüsterte er mir ins Ohr.

Dalila sah aus, als hätte sie mich am liebsten vor die Tür gesetzt. Sie trug mal wieder neuste Mode aus Paris, aber die beschreibe ich jetzt nicht – und das Dinner fasse ich am besten auch in kurzen Worten zusammen, sonst bekomme ich grässliche Kopfschmerzen.

Serviert wurde im Salon. Die goldgerahmten Spiegel und die Gemälde an den Wänden des riesigen Esszimmers kannte ich schon von Dalilas Geburtstagsparty. Aber heute war der große Esstisch von einem blassrosa Tuch aus Seide überzogen. Darauf standen silberne Kerzenleuchter. In einer verschnörkelten Porzellanschale auf der Tischmitte schwammen Seerosen. Und an dem schwarzen Flügel im Wintergarten saß – ehrlich, das ist jetzt nicht gelogen! – ein junger Mann im Frack und klimperte mit geschlossenen Augen auf den Tasten herum.

Gegen dieses Ambiente war Jeffs Luxuswohnung in der Speicherstadt die reinste Bretterbude.

Die Menüfolge hatte Dalila auf lilafarbenes Leinenpapier gedruckt. Enzo filmte sie heimlich ab.

Und damit ihr mir glaubt, bekommt ihr sie hier noch einmal schwarz auf weiß – obwohl sie in Wirklichkeit glitzergold auf lila geschrieben war, mit echten Silbersternchen zwischen den einzelnen Gängen:

Perfektes Dîner à la Dalila

Aperitif
Holunderblütenlimonade mit Limonenscheibchen

*****

Hors d'œuvre
Bruschetta mit weißen Trüffeln

*****

Vorspeise
Französische Spargelcremesuppe

*****

Zwischengang
Roquefortsalat mit warmen Croûtons und
pochiertem Wachtelei

*****

Hauptspeise
Crêpes à la Parisienne mit Räucherlachs und Dill

*****

Dessert
Erdbeertorte mit weißer Mousse au Chocolat

*****

Digestif
Alkoholfreier Kräuterlikör à la Grenoble

Noch Fragen?

Wir hatten jede Menge. Der Einfachheit halber liste ich hier nur die wichtigsten fünf auf:

„Sind die weißen Trüffel echt?"
„Hast du die Spargelsuppe selbst gemacht?"
„Ist dieser Käse aus Roquefort verschimmelt?"
„Sind das im Kräuterlikör aufgelöste Hustenbonbons?
„War dieses Essen nicht wahnsinnig teuer?"

Sollten bei euch noch Fragen übrig bleiben, könnt ihr bei Interesse gern im Feinschmeckerlexikon nachschlagen. Die Antworten auf die fünf ausschlaggebenden Fragen findet ihr hier:

Ja. (Trüffel sind die teuersten Pilze der Welt.)
Nein. (Das Beweismittel lag im Küchenmüll.)
Nein. (Schmeckte aber so.)
Nein. (Schmeckte leider noch ekliger.)
Ja. (Zum Beispiel weil – siehe Antwort auf Frage 1.)

Die letzte Frage hatte dummerweise Annalisa gestellt – und das führte zum bitteren Ende von Dalilas leider gar nicht perfektem Dinner. Es ging um die fragliche Punktzahl und die setzte sich an diesem Abend wie folgt zusammen:

Enzo gab sieben Punkte, was ich ziemlich großzügig fand. Die Frage, ob Dalila die Spargelsuppe
selbst gemacht hatte, kam nämlich von ihm.

„Irgendwie schmeckt sie nach der Lieblingsdosen-
suppe meines Stiefvaters", sagte er.

Dalila gab keine Auskunft. Dafür
warf sie ihm einen vernichtenden Blick
zu – aber beim Rundgang durch ihre
Wohnung entdeckte ich die Suppendo-
sen im Küchenmüll.

„Du hast sie auf jeden Fall sehr gut
aufgewärmt", sagte Marcel versöhnlich.
„Sie war genau richtig heiß."

Von ihm bekam Dalila neun Punkte,
was sich nur damit erklären ließ, dass Verknalltheit
offensichtlich auch geschmacksblind macht, denn der
alkoholfreie Kräuterlikör war das reinste Husten-
brechmittel. Doch Marcel hatte jeden Gang bis auf
den letzten Bissen verputzt. „Wenn du mal ein Restaurant eröffnest, werde ich dein Stammgast", sagte er.

„Spinnst du? Ich werde Modedesignerin", stellte
Dalila klar.

Enzo und ich wechselten einen Blick und verdrehten die Augen.

Ich gab – wenn auch widerwillig – sieben Punkte.
Bis auf den Schimmelkäse und den Hustensaftlikör
hatte das Essen wirklich lecker geschmeckt. Die

Mousse au Chocolat hätte Jeff wahrscheinlich als kulinarisches Gedicht bezeichnet. Außerdem fand ich die Idee mit dem ausgedruckten Menü gut und ärgerte mich, dass ich nicht selbst draufgekommen war.

Annalisa gab zehn Punkte. Zum einen lobte sie die Kochkunst ihrer Angebeteten über den grünen Klee. Dabei hatte ich genau gesehen, dass Annalisa die Roquefortkäsekrümel mit Perrier Sprudelwasser heruntergespült und beim Digestif einen Hustenanfall vorgetäuscht hatte. Zum anderen schwärmte sie für das *perfekte Ambiente,* wobei von mir aus der Klavierspieler seine Mondscheinsonaten dem König von Frankreich hätte vorklimpern können, aber nicht uns.

Den Rest der superteuren Wohnung hatten wir natürlich auch besichtigt. Das Dienstmädchen, das Dalilas Mutter zum Aufräumen der Küche angestellt hatte, sprach uns mit Madame und Monsieur an.

Hallo?

Geht's noch?

Als uns Dalilas Mutter beim Abschied fragte, ob alles zu unserer Zufriedenheit war, machte Enzo einen tiefen Diener.

„Es war ein Abend wie im Märchen, gnädige Frau Herrin", sagte er. „Hätten Sie in Ihrem Schloss vielleicht noch eine Stelle frei? Ich würde mich gerne als

Küchenjunge bewerben oder vielleicht auch als Kammerdiener des durchlauchten Fräulein Tochter. Darf ich Ihnen als Zeichen der Ehrehrbietung die gnädige Hand küssen?"

Enzo spitzte die Lippen, die er sich vorher an Dalilas Schminktisch mit purpurrotem Lippenstift angemalt hatte.

„Untersteh dich." Dalilas Mutter sah Enzo angewidert an.

Ich musste kichern. Wenn das ein Märchen sein sollte, waren die Rollen der bösen Königin plus gelackter Erbsenprinzessin schon mal klar.

Das fand auch Flo, der ich das Dinner am Telefon in allen Details noch einmal schildern musste.

Als ich fertig war, schwieg sie lange und dann sagte meine Freundin etwas Kluges: „Wenn Dalilas Dinner in einem Roman vorkäme, würden die Leser behaupten: ‚Da hat der Autor aber mehr als dick aufgetragen.'"

Aber Dalilas Dinner geschah in der Wirklichkeit und unsere zusammengezählte Punktzahl brachte sie auf denselben Stand wie Enzo.

„Damit teilen sich die beiden bis jetzt den ersten Platz", sagte ich zu Flo. „Und den will immer noch ich."

„Kannst ja deinen Papai fragen, ob er bei deinem Dinner den Haussklaven spielt", schlug meine Freundin vor. „Ich kann's echt nicht fassen, dass Dalilas Mutter ein Dienstmädchen angestellt hat! Dieses Dinner muss ein Vermögen gekostet haben. Ist das nicht gegen die Regeln?"

„Stimmt eigentlich", sagte ich. Die Frage nach den Kosten hatte wie gesagt ja schon Annalisa gestellt. Und Prinzessin Dalila von und zu Großkotz war so dämlich gewesen, sie zu beantworten.

„Einhundertfünfzig Euro und zwanzig Cent, wenn ihr es genau wissen wollt", sagte sie und posierte dazu vor der Kamera.

Tja. Und genau das war der Grund, warum Dalila am Montag in der Pause zu unseren Betreuern aus der zehnten Klasse gerufen wurde.

Als sie zurück ins Klassenzimmer kam, kochte sie vor Wut. „Das ist ja wohl die Höhe!", fauchte sie in derselben Tonlage wie ihre Mutter. „Diese unfairen Schweine haben mir die Hälfte der Punkte abgezogen."

„WAS?" Annalisa riss die Augen auf. „Aber warum denn das?"

„Weil ich die Kosten gesprengt habe. Pah." Dalila warf einen abfälligen Blick auf Enzo. „Nur weil unser kleiner Sozialfall nicht genug Geld hat, sich ein Dinner zu leisten, bei dem alle satt werden, müssen wir anderen jetzt sparen."

„Tickst du noch ganz sauber?" Ich sprang von meinem Stuhl auf. „Was heißt hier Sozialfall? Ist ja schön, wenn eurer Familie das Geld aus den Ohren rauskommt. Aber dass es bei deinem Dinner wie bei Gott in Frankreich zugegangen ist, finde ich absolut unfair, wenn du's genau wissen willst."

„Will ich aber nicht", schnaubte Dalila. „In eurer Läusebude reicht die Sozialhilfe wahrscheinlich auch nur für Tütensuppe von Maggi."

Am anderen Tisch sah Enzo jetzt von seinem Comicheft auf. Er zog eine Augenbraue hoch. Und ich beschloss, meine geballte Faust wieder in die Tasche zu stecken. An dieser versnobten Tussi würde ich mir nicht die Hände schmutzig machen. Was die Punkteliste betraf, war sie jetzt jedenfalls ganz unten auf der Skala. Die Hälfte von 33 macht nämlich faire 16,5 Punkte. Ha!

„Ich finde es auch unfair", sagte Annalisa und legte Dalila die Hand auf den Arm. „Von den Zehntklässlern, meine ich."

„Ach ja?" Dalila zog ihren Arm weg. „Und warum hast du dann nach den Kosten gefragt? Wolltest mich wohl reinreiten, was?"

„Nein!", rief Annalisa und schüttelte ihren Kopf so heftig, dass er ihr fast vom Hals fiel.

Aber Dalila war schon aus der Klasse gerauscht.

Am nächsten Tag kreuzte ihre Mutter in der Schule auf, um sich bei Herrn Demmon über das furchtbare

Unrecht zu beschweren, das ihrer Tochter widerfah-
ren war. Aber damit erreichte sie null Komma null
und das fand ich hundert Prozent fair.

Ende der Woche war ich mit Kochen an der Reihe.
Da war Alex schon wieder in Paris – aber nach Dalilas Dinner geschah noch etwas sehr Besonderes und
das erzähle ich euch zuerst.

18.

EINE DRITTE HOCHZEIT UND EINE ROMANTISCHE NACHT

In meiner früheren Identität sorgte ich als Lola Love-kiss dafür, dass die Bräute aller Welt eine glückliche Ehe antraten. In der Woche von Dalilas Dinner nahm mich meine Tante für ihre dritte Hochzeit in Be-schlag. Sie hatte mein geheimes Wissen als Hoch-zeitsplanerin auf das Gründlichste erforscht.

„Diesmal muss es perfekt werden", warnte sie mich, als wir am Dienstag unter dem Wörterbaum von Vivian Balibar im Garten saßen. Aus ihrer Nachbar-wohnung drang wieder der Lärm von den Bohr-maschinen und vor meinen Füßen jagte Schnee-wittchen nach Schmetterlingen.

„Wir heiraten natürlich nicht im Kindergarten. Sondern bei Jeff", legte Tante Lisbeth los. „Er hat ge-sagt, er schiebt den Billardtisch zur Seite. Dann kön-nen wir im Wohnzimmer Bänke aufstellen. Für die Gäste, verstehst du? Für Flo brauchen wir einen Al-tar. Und einen Pastorenumhang. Ich brauche ein brautiges Outfit. Und was Blaues. Und was Geliehe-

198

nes, damit ich Glück in der Ehe kriege. Vielleicht leiht mir Vivian ein magisches Wort oder eine Scherbe vom Wörterbaum.“

Tante Lisbeth zeigte auf die beschrifteten Scherben, die an Bindfäden an der kleinen Eiche über uns hingen.

„Zum Beispiel die *Schnuppersternstunde* oder das *Tautropfenherzklopfen* oder …“

„Halt mal für eine Sekunde die Luft an“, bat ich meine Tante. „Sonst krieg ich eine Nervenkrise, bevor die Hochzeit überhaupt anfängt.“

Artig stopfte sich meine Tante die Faust in den Mund. Sie war so aufgeregt, dass ich Angst hatte, sie würde platzen.

Pascal ging es nicht anders. Er bombardierte Alex mit Anweisungen – und das hatte den Vorteil, dass wir in dieser Woche in ständigem Kontakt waren.

„Hochzeitssekretariat Lola Lovekiss“, meldete ich mich, als an diesem Nachmittag zum zehnten Mal mein Handy klingelte.

„Hier spricht noch mal der Trauzeuge des Bräutigams", sagte Alex am anderen Ende. „Pascal behauptet, dass dein Papai das Hochzeitsmenü finanziert. Stimmt das?"

„Eher nicht", sagte ich. „Ehrlich gesagt weiß ich gar nichts von einem Menü."

„Din Papisch haft gschagt erf spendhischt unsch wusch dschzu", presste meine Tante hinter ihrer Faust im Mund hervor. Es war ein bisschen wie früher, als sie nicht richtig sprechen konnte – und plötzlich sehnte ich mich nach der guten alten Zeit. Aber hoffentlich ließ Papai ein bisschen Geld springen und die Idee mit dem Menü war eigentlich nicht schlecht.

„Ich könnte eine Hochzeitssuppe kochen", überlegte ich laut. „Und vielleicht hilft mir Papai, ein paar Kokosküsschen zu backen."

Tante Lisbeth hopste unter dem Baum auf und ab und klatschte in ihre heute mal wieder unfassbar schmutzigen Hände.

„Klingt lecker", sagte Alex. „Und stimmt es, dass die beiden ihre Hochzeitsnacht im Garten von Vivian Balibar verbringen wollen? Pascal behauptet, sie würden dort zelten und deine Oma hätte Ja gesagt."

„Das klären wir noch", sagte ich.

„Auf alle Fälle sollst du deinen Opa erinnern, dass er eine Rede auf das Brautpaar hält", sagte Alex. „Mein Pa sitzt schon seit heute Morgen an dem Entwurf für seine."

„Auch das noch", murmelte ich.

„AUCH *WAS* NOCH?" Tante Lisbeth titschte mittlerweile wie ein durchgeknallter Springball um mich herum und ich fragte mich, ob kleine Tanten auch einen an der Klatsche kriegen konnten.

„Die Braut ist ziemlich überdreht", sagte ich zu Alex.

„Ich weiß", seufzte er. „Pascal schnappt auch langsam über. Ich glaube, ich werde nie heiraten."

„Gut zu wissen", brummte ich und legte auf.

Am Mittwoch bettelte ich Papai so lange um Hilfe an, bis er sich bereit erklärte, mir beim Kochen und Backen zu helfen. Die *Bem-Casado*-Plätzchen hatte ich schon für die Hochzeit von Mama und Papai gebacken. *Bem Casado* heißt auf Deutsch gut verheiratet, aber ich wollte unbedingt die Kokosküsschen. Insgeheim hoffte ich, dass Alex ein paar davon essen und ihre magische Wirkung sich vielleicht auch in der Wirklichkeit entfalten würde.

„Als Hochzeitssuppe schlage ich eine *Sopa de feijão com legumes* vor", sagte Papai.

„Bohnensuppe mit Gemüse? Klingt lecker", sagte ich. „Dann beschwert sich auch Flo nicht. Die vegetarische Pastorin muss schließlich auch was essen."

Papai grinste. Und für mich war es das Größte, mit ihm in der Küche herumzuwerkeln. Endlich nahm er sich mal wieder richtig Zeit für mich. Er brachte mir sogar eine Kochmütze aus dem Restaurant mit und zeigte mir, wie ein echter Profi Gemüse klein schneidet.

„Achtung, scharf", sagte er und reichte mir ein langes Messer. „Nimm es in die rechte Hand. Und lass die Messerspitze konstant auf dem Schneidebrett. Auf und ab bewegst du das Messer am Griff."

„So?" Ich hebelte das Messer als Trockenübung hoch und runter.

„Muito bem, Cocada." Papai nickte zufrieden. „Die linke Hand führt das Gemüse. Warte, ich zeig's dir." Papai schälte eine Gemüsezwiebel, halbierte sie und legte die eine Hälfte vor meine Fingerspitzen.

„Drück die Fingernägel aufs Brett", erklärte er. „Und die Finger machst du leicht krumm. Gut. Jetzt schiebst du die Zwiebel mit den Fingerspitzen immer ein Stück nach vorn, während du mit der rechten Hand das Messer bewegst. Versuch's mal."

Ich gab mein Bestes. Aber entweder erwischte ich mit dem Messer die Luft oder schnippelte ein Riesenstück von der Zwiebel ab.

„Geht das nicht leichter?", ächzte ich.

„Doch", sagte Papai und nahm mir grinsend das Messer aus der Hand. „Ganz einfach. So."

In Fingerzauberturbogeschwindigkeit hatte Papai die zweite Zwiebelhälfte in perfekte Stückchen gehackt.

„Das lern ich nie!", jammerte ich.

Papai zwinkerte mir zu. „Du brauchst nur ein bisschen Geduld, Cocada. Glaubst du, ich hab das am ersten Tag hingekriegt? In meiner Lehre musste ich bis in die Nacht Zwiebeln schneiden. Und einmal hat mein Daumen fast dran glauben müssen. Siehst du?"

Papai hielt mir seine linke Hand hin. Eine Narbe kringelte sich um das Gelenk seines Daumens.

„Autsch", sagte ich. „Tat das weh?"

„Am schlimmsten war der Schreck", sagte Papai. „Ich habe geblutet wie ein kleines Ferkel. Aber wenn man es erst mal kann, macht Kochen riesigen Spaß. Vor allem, wenn man seine Gäste damit glücklich macht." Papai stupste mich an. „Ein gutes Essen kann sogar deinen größten Feind milde stimmen."

„Dann bin ich ja mal gespannt auf Dalila", sagte ich. Ich wünschte, Papai könnte mir an meinem Freitag auch beim Kochen helfen. Aber zumindest nahm er sich heute den ganzen Tag Zeit, um mit mir zu üben. Das Gemüseschneiden ging dann auch gar nicht so schlecht und Papai zeigte mir, mit welchen Gewürzen ich der Suppe ihren geheimnisvollen Geschmack geben konnte.

„Ich füge eine Prise Zimt und eine Nelke dazu", sagte er. „Diese Gewürze kommen auch in einem berühmten Buch vor. Es heißt *Gabriela wie Zimt und Nelken*."

„Und wovon handelt es?"

„Wovon wohl?" Papai lächelte. „Von dem Thema, von dem die meisten Geschichten und Lieder in Brasilien handeln. Der Liebe."

Er griff nach der Hand von Mama, die gerade in die Küche kam, und tanzte mit ihr einen kleinen romantischen Samba.

Ich seufzte. Manchmal will ich wieder klein sein – und manchmal plötzlich groß. Wie heute. Ich wollte groß und glücklich verheiratet sein. Und ich hätte so gerne einen Blick in meine Zukunft geworfen, um herauszufinden, ob Alex seine Meinung noch ändern würde.

Der wartete am Samstagnachmittag um vier Uhr mit uns anderen auf den Einzug der jungen Braut.

Jeffs Wohnung war die reinste Hochzeitskirche geworden. Was ich an unseren Familien am allermeisten liebe, ist, dass sie mit uns verrückte Sachen machen – und dabei mindestens so viel Spaß haben wie wir.

Als Altar hatte Jeff ein altes Stehpult aus dem Keller geholt und ein weißes Tuch darüber ausgebreitet.

Anstelle des Billardtisches lagen jetzt dicke Kissen auf den Boden. Darauf saßen die Hochzeitsgäste. Mama und Leandro, Papai, Oma, Jeff, Vivian Balibar und Enzo. Der trug wieder sein rotes Samtjackett. Auch wir anderen hatten uns fein gemacht. Flo, die

204

als Pastorin hinter dem Altar stand, trug ein weißes Gewand. Eigentlich war es nur ein Betttuch mit einem Loch in der Mitte. Und ihr Kreuz um den Hals war aus Pappe mit Silberfolie.

Aber das störte keinen großen Geist und schon gar nicht unsere Gäste! Schließlich waren wir hier nicht auf einem New Yorker Shooting, sondern auf einer Familienhochzeit. Die Einzige, die fehlte, war Penelope. Sie hielt für die Dauer der Hochzeit die Stellung in der *Perle des Südens*. Und ich war zusammen mit Alex eine Zeugin der Liebe. Wir standen rechts und links vor dem Altar. Alex trug seine Jeans und ein weißes Hemd, und als er mich ansah, ging auf seinem Gesicht das Leuchtesternlächeln an. Ohhhhhhhhhhhh, wie mir die Kopfhaut kribbelte! Dann aber rümpfte ich die Nase.

„Was riecht denn hier so nach Benzin?", flüsterte ich Alex zu.

„Pascal", murmelte er. „Enzo hat ihm die Haare mit Pas Motoröl gestylt."

„Cool, oder?" Pascal strich sich durch die glänzende Haartolle. Er trug Enzos schwarzen Frack und ich konnte nur hoffen, dass niemand ein Streichholz anzündete.

Opa war bei Tante Lisbeth oben in Jeffs Arbeitszimmer. Auf ein Zeichen von Flo legte Jeff jetzt den Hochzeitsmarsch auf.

Und dann kam die Braut die Treppe herunter.

Tante Lisbeth trug ein Hochzeitsgewand aus einer alten Spitzengardine von Oma. Die hatten wir irgendwie um sie herumgeschlungen, sodass die lange Schleppe hinter ihr her schleifte. Auf ihrem Kopf lag ein Kranz aus Gänseblumen, den ich geflochten hatte. Als Brautstrauß hatte ich bunte Wiesenblumen aus Vivian Balibars Garten gepflückt und sie mit einem blauen Band zusammengebunden. An Tante Lisbeths Handgelenk baumelte an einem feinen Faden die Scherbe mit dem Wort *Libellenliebeslied*. Und auf Lisbeths Gesicht lag der feierlichste Ernst, den die Welt je gesehen hat.

Ich kann euch sagen, als meine kleine Tante an Opas Hand auf den Altar zu schritt, schossen mir die Tränen in die Augen. Pascal glühte wie eine Dreimil-

lionenwattlampe und das Leuchtesternlächeln von Alex wurde immer breiter.

Flo räusperte sich. „Pascal Brücke", setzte sie an. „Willst du Lisbeth Jungherz als deine Ehefrau annehmen, sie lieben und ehren, Freude und Leid mit ihr teilen und ihr die Treue halten, bis dass der Tod euch scheidet? Dann antworte: Ja, ich will."

„Ja, ich will", krächzte Pascal.

Flo nickte und richtete ihre Frage jetzt an Tante Lisbeth.

„Jacks", gab meine Tante zur Antwort. Vor Aufregung hatte sie Schluckauf bekommen. „Ja-hacks, ich will!"

Wir lachten und Flo sagte zu Pascal: „Sie dürfen die Braut jetzt küssen." Pascal gab meiner Tante einen langen innigen (und ich glaube auch etwas feuchten) Schmatzer auf den Mund. Meine Tante hielt die Luft an, wahrscheinlich wegen des Benzingeruchs, aber sie hielt hicksend still und danach stürzten wir uns auf das Hochzeitsmenü.

Alle lobten die Hochzeitssuppe und die köstlichen Kokosküsschen, die ich nach Papais Anweisungen ganz alleine gemacht hatte.

„Die schmecken wie im Himmel", sagte Alex, als er sich das siebte Kokosküsschen in den Mund schob. „Solltest du für dein perfektes Dinner zum Nachtisch nehmen."

„Mhm", murmelte ich und sah auf Alex' Lippe, auf der ein Kokosnusskrümel klebte.

Die Reden auf das Brautpaar wurden natürlich auch gehalten. Opa sagte, dass er sich freue, eine so bunte und fröhliche Familie zu haben, und Jeff endete seine kleine Ansprache mit den Worten: „Ich bedanke mich auch bei den Trauzeugen, Alex und Lola. Ihr habt das alles ganz großartig hinbekommen."

Irgendwie hatte ich das Gefühl, dass Jeff damit nicht nur die Hochzeitsvorbereitungen meinte. Ich schielte zu Alex, der rot geworden war und mich schief angrinste. Und als ich am Ende des Tages den Brautstrauß von meiner Tante auffing, sah ich aus den Augenwinkeln, dass Alex den Atem anhielt.

19.

EIN NEUER DUFT UND EIN NÄCHTLICHES GESTÄNDNIS

In der Hochzeitsnacht durfte das junge Paar tatsächlich in Vivian Balibars Garten zelten. Das war die gute Nachricht – die sich mit einer traurigen verband. Vivian Balibar kündigte uns nach dem Hochzeitsfest an, dass sie vorhatte, bald ganz zu ihrer besten Freundin Liese auf den Gnadenhof zu ziehen. Ihre Wohnung hatte sie bereits gekündigt.

„Der Hausbesitzer hat sich entschlossen, einen Durchbruch zu der kleinen Wohnung nebenan zu machen. Damit wird es hier viel größer werden. Vielleicht zieht in die neue Wohnung ja eine nette Familie ein." Vivian Balibar zwinkerte mir zu. „Bei der Wahl der Nachmieter darf ich jedenfalls ein Wörtchen mitreden. Ich werde darauf achten, dass es Katzenliebhaber sind. Und bis zum Sommer bleibe ich auf alle Fälle noch hier. Also fangt bitte noch nicht an mit dem Traurigsein – und wenn ihr mich besuchen wollt, dann wisst ihr ja, wo ihr mich findet."

Das war zwar ein Trost, aber nur ein kleiner. Ich

konnte mir den Nachbargarten ohne Vivian Balibar gar nicht vorstellen. Und auch wenn ich mich für sie freute, weil sie jetzt ganz zu ihrer Freundin zog, wurde mein Herz ganz schwer.

Jeff und Opa halfen dem Hochzeitspaar, das Zelt aufzubauen. Alex und ich wurden als Nachtwächter gewählt. Das gehört sich für Trauzeugen von sehr jungen Paaren. Wir wachten unter dem Wörterbaum, während im Zelt geflüstert und gekichert und kein bisschen gestritten wurde. Vielleicht hatte meine Tante mit ihrer dritten Hochzeit ja wirklich endlich Glück – und vielleicht bekam auch ich ein bisschen davon ab.

Es war soooo magisch, mit Alex im stillen Garten zu sitzen. Neben uns im Gras schnurrte Schneewittchen und Alex und ich unterhielten uns. Wir redeten gar nicht über uns und das war vielleicht genau richtig. Alex erzählte von seiner Klassenreise, ich von dem grottigen Dinner bei Dalila und von der geheimnisvollen Sache, die Penelope in Brasilien passiert war.

„Es hat irgendwas mit Enzos Geburt zu tun", sagte ich. „Hat Jeff vielleicht irgendwas davon erwähnt?"

Alex schüttelte den Kopf. „Wenn es ein Geheimnis ist, weiß er sicher auch nichts davon. Hat sich Enzos komische Mutter eigentlich mal gemeldet?"

„Nicht dass ich wüsste", sagte ich.

„Das muss ganz schön hart sein", sagte Alex. Ich könnte meine Maman manchmal zum Mond schießen, aber dass sie einfach abhauen würde und mich alleinlässt, kann ich mir überhaupt nicht vorstellen."

„Ich auch nicht", sagte ich. „Aber ich bin froh, dass Enzo sich jetzt besser mit Penelope und Flo versteht."

Alex strich Schneewittchen über den Kopf und nickte. „Enzo ist echt in Ordnung."

Als die Kleinen im Zelt eingeschlafen waren, kuschelten Alex und ich uns dazu. Das Zelt war nicht viel größer als mein Superweltallexpressraumschiff, aber für junge Liebende war es genau richtig.

Alex legte seinen Arm um mich – und ich vergrub endlich, endlich meinen Kopf in seinen … Moment mal!

Ich schnupperte an seinen dunklen Haaren. Seit wir uns kannten, hatten sie immer denselben Geruch nach Apfelshampoo gehabt. Jetzt rochen sie nach frischer Kokosnuss. „Hast du dir meine Kokosküsschen ins Haar geschmiert", fragte ich ungläubig.

„Nein." Alex räusperte sich. „Ich hab das Shampoo von Fabio benutzt. Hat er aus Brasilien mitgebracht."

„Brasilianisches Shampoo von Fabio?" Ungläubig rutschte ich von ihm weg. Es war so dunkel, dass ich sein Gesicht nicht sehen konnte. „Wie kommst du denn daran?"

„Ich hab gestern bei ihm übernachtet", murmelte Alex. „Mit Pascal. Er wollte, dass wir einen Junggesellenabend veranstalten, und Fabio hat uns zu sich eingeladen. Gefällt es dir nicht?"

„Fabios Shampoo?" Was ich davon hielt, dass Alex bei Fabio übernachtet hatte, ließ ich außen vor. Aber ich musste wieder daran denken, was Enzo mir erzählt hatte. Vielleicht hatte er ja recht. Vielleicht hatte sich Alex wirklich mit Fabio angefreundet, weil er ihn als Konkurrenten fürchtete.

„Das Shampoo ist okay", sagte ich schließlich. „Aber dein Apfelshampoo mag ich lieber." Ich holte tief Luft. „Und dich übrigens auch, Alex. Ich hab immer nur dich am liebsten gehabt."

Alex schwieg. Neben uns schmatzte Tante Lisbeth im Schlaf und vor dem Zelt maunzte meine Katze.

„Alex?" Ich holte noch einmal Luft.

„Mhm", machte Alex.

Ich legte meinen Mund so dicht an sein Ohr, dass meine Lippen die weiche Haut an seinen Ohrläppchen berührten. „Vielleicht sind wir ja wirklich noch

212

ein bisschen mehr als Freunde", flüsterte ich. Mein Herz wummerte wie ein brasilianisches Trommel-orchester. Und als Alex erwiderte: „Das wäre viel-leicht sehr schön", klingelte es mit den Wörterscher-ben an Vivian Balibars Baum um die Wette.

ICH HABE EINE ENTSCHEIDUNGSKRISE UND KAKU HAT EINE MAGISCHE IDEE

Im Frühling die Grippe zu kriegen, kann eine lästige Angelegenheit sein. Besonders, wenn draußen die Sonne scheint und auf der Alster die Kanus herumschippern.

Aber eine Grippe in den Frühlingsferien kann auch ein echtes Geschenk werden, weil man mit 40 Grad Fieber nicht ins Flugzeug steigen kann. Das hätten Alex und Pascal am Sonntagabend gemusst, weil für Alex am Montag wieder die Schule begann. Jetzt hatte Jeff die Flüge wegen Alex' Grippe umgebucht.

„Ich find's toll, dass du krank bist", sagte Tante Lisbeth am Sonntagnachmittag zu Alex. Ich gab ihr insgeheim recht.

Nachts im Zelt hatte Alex Fieber bekommen und geglüht wie ein gebratenes Backhuhn. Aber wir waren wieder mehr als Freunde, und dass er noch nicht abreisen musste, machte mich unendlich glücklich.

Auch wenn Alex mir leidtat, weil er wie ein mat-

214

schiger Cornflake im Bett lag, während Tante Lisbeth und Pascal in dessen Zimmerhälfte *Benjamin Blümchens Lieder zum Liebhaben* hörten.

„Kannst du bitte diesen Elefantenscheiß abstellen?", stöhnte Alex. „Wenn ich das dämliche Törööö noch länger hören muss, sterbe ich an Verzweiflung."

„Raus mit euch", befahl ich den beiden. Und Alex fragte ich: „Wie wär's mit einem leckeren Anti-Grippe-Menü?"

„Danke, nein", sagte Alex. „Ich hab keinen Appetit."

„Aber ich brauche Übung!" Schließlich war ich am Freitag mit Kochen dran und es wurde höchste Zeit, dass ich mein Menü für das perfekte Dinner plante.

Als Aufwärmübung versuchte ich nach Mamas Anweisungen ein Kartoffel-Möhren-Püree herzustellen. Das ist mein Lieblingskrankenessen und eigentlich kann man damit auch nicht viel falsch machen. Man schnippelt die geschälten Möhren und Kartoffeln, kocht sie in Brühe weich und zerstampft sie dann mit Butter zu Brei.

„Zum Würzen nimmst du Salz, Pfeffer und Muskatnuss", sagte Mama. Was sie mir nicht verriet, war, dass man die Muskatnuss reiben musste und eigentlich nur sehr sparsam verwenden soll. In dem Buch der Gewürze hatte ich gelesen, dass Muskatnuss hei-

lend bei Hustenkrankheiten wirkt. Deshalb teilte ich sieben Nüsse mit einem Hackmesser von Jeff in jeweils vier Teile, mischte sie in das Püree – und nachdem Alex ein Muskatnussviertel zwischen den Zähnen zerknackt und runtergewürgt hatte, musste er sich übergeben.

„Willst du mich vergiften?", ächzte er.

Oje! Als ich abends im Bett lag, schnappte ich mir noch einmal das Buch – und entdeckte zu meinem größten Entsetzen neben den Heilkräften der Muskatnuss die Warnung: *Übermäßiger Genuss kann tödlich sein.*

Panisch rief ich bei Jeff an, um mich zu vergewissern, dass Alex noch lebte.

„Dein Freund schläft friedlich in seinem Bett", sagte Jeff. „Und das solltest du jetzt lieber auch, Lola."

„Ich will ja schlafen!", jammerte ich. „Aber ich muss die ganze Zeit an mein Menü für das perfekte Dinner denken. Ich glaube, ich habe eine Entscheidungskrise!"

In meinem Kopf hatten sich mittlerweile so viele Rezeptideen angesammelt, dass ich ein Buffet für die Kinder aus aller Welt hätte herstellen können. Mein Problem war nur die Qual der Wahl.

„Mach doch Spaghetti mit Tomatensoße", schlug Sally am Montag in der ersten Pause vor.

Moha nickte. „Spaghetti sind günstig und leicht zu kochen. Wenn du dir dann noch eine gute Vorspeise und einen leckeren Nachtisch suchst, kann nichts schiefgehen."

„Ich brauche keine einfachen Rezeptideen", sagte ich. „Erstens will ich was Brasilianisches kochen und zweitens brauche ich ein Motto. Ein magisches Motto."

„Vielleicht findest du ja hier drin was", sagte Enzo in der zweiten Pause. Er hielt mir ein kleines braunes Buch unter die Nase. „Hab ich mir aus dem Laden deiner Oma geliehen", sagte er grinsend.

Ich starrte auf den Titel. „Das Ding heißt *Kochbuch des Todes*. Willst du mich verarschen?"

„Ich fand's lustig", sagte Enzo. „Lies mal die Einleitung."

Guten Tag, mein Name ist Tod, las ich. *Sie kennen mich vielleicht von Verkehrsunfällen auf der Autobahn oder von Ihrer Oma. Aber es gibt einen Ort, von dem Sie mich wahrscheinlich noch nicht kennen: Ihrer Küche.*

„Ich lach mich tot", sagte ich und blätterte durch die Seiten, auf denen es auch ein Rezept für Affenpopcorn gab. „Und was heißt überhaupt geliehen? Meine Oma verleiht keine Bücher."

„Ich hab's ja auch nur heimlich geliehen", sagte Enzo. „Ich war am Samstag mit Flo im Buchladen wegen Erics Lesung. Die soll im Juni steigen. Und seine Bücher sind echt cool. Davon hab ich mir auch eins ausgeliehen."

„Du meinst – du hast sie geklaut?" Ich riss Enzo das Buch wieder aus der Hand. „Hast du sie noch alle?"

„Reg dich ab", sagte Enzo. „Ich pass gut auf die Bücher auf und leg sie ordentlich zurück."

Das tat er dann auch gleich am nächsten Tag. Flo und ich begleiteten ihn.

Flo hielt ihm eine ordentliche Standpauke und befahl, dass sich Enzo bei meiner Oma entschuldigte. In der Bilderbuchecke suchte gerade eine ältere Dame nach einem Buch für ihre Enkeltochter.

„Tut mir leid, Frau Jungherz", sagte Enzo. „Kommt nicht wieder vor."

„*Was* kommt nicht wieder vor?", zischte Oma und sah aus, als ob sie Enzo am liebsten durchschütteln wollte. „Dass du fremde Bücher aus meinem Laden stiehlst oder dass du fremde Bücher in meinem Laden signierst?"

Enzo zog den Kopf zwischen die Schultern. „Ich weiß nicht, was Sie meinen", sagte er unschuldig.

„Ich meine, dass ich eben gerade …"

Oma kam nicht dazu, ihren Gedanken weiter auszuführen, denn in diesem Moment machte auch die ältere Dame in der Bilderbuchecke eine Entdeckung: „Wie reizend! Schau mal, Laura-Marie, das Buch hat sogar eine Unterschrift von der Autorin."

Sie hielt ein Exemplar des Bilderbuches *Gutes Benehmen ist hopsileicht* in der Hand.

Ihre Enkelin schien sich mehr für ein slimeball-grünes Monsterbuch zu interessieren, aber die ältere Dame schnappte sich gleich einen ganzen Stapel der Benimmbilderbücher.

„Ich nehme sieben Stück", sagte sie. „Mit der originellen Signatur der Autorin geben sie ja wirklich ein besonders wertvolles Geschenk ab."

Mit verkniffenem Mund kassierte Oma das Geld, während Flo und ich in der Bilderbuchecke nachsahen, was Enzo in die Bücher geschrieben hatte:

Immer schön artig sein!

Mit hopsigen Grüßen von Deiner Bestseller-Autorin.

Ich prustete los und selbst Flo bemühte sich vergebens, ein ernstes Gesicht aufzusetzen.

„Sehen Sie", sagte Enzo, als die Kundin mit ihrer Enkeltochter den Laden verlassen hatte. Ich wollte nur etwas gegen Ihre Bücherkrise tun."

Oma schnaubte. „Ich könnte wegen so etwas die Polizei rufen, das ist dir hoffentlich klar, oder?"

„Ja, Frau Jungherz. Aber das würden Sie mir nicht

antun, oder?" Enzo klimperte Oma aus seinen hellbraunen Augen an. Flo und ich stießen uns grinsend in die Seite.

Oma rief nicht die Polizei und ließ sich von Flo breitschlagen, auch Penelope nichts davon zu erzählen. Ich war so erleichtert, dass Flo Enzo jetzt offensichtlich auch zu mögen schien.

„Du kannst froh sein, dass ich Flo einen Gefallen schulde", sagte Oma und ihr Gesicht hellte sich wieder deutlich auf. „Eric Sommer hat uns seine Lesung im Buchladen geschenkt. Er ist wirklich ein Schatz! Ich habe kräftig Werbung gemacht. Und einige Anmeldungen habe ich auch schon."

„Wenn Sie wollen, setze ich einen kleinen Film über Ihren Laden auf Youtube", schlug Enzo vor. Er hatte wieder seine Kamera dabei und zoomte auf das Schaufenster, in dem Oma ein großes Plakat für die Lesung aufgehängt hatte.

„Oder ich poste es auf Facebook."

„Untersteh dich!" Oma drohte ihm mit dem Zeigefinger.

„Hast du etwa auch ein Facebook-Profil?", fragte ich.

„Klar", sagte Enzo. „Und auf Youtube hab ich schon öfter Filme gepostet. Wollt ihr mal einen sehen?"

In Omas Buchladenbüro setzte er sich an den Computer und gab die Youtube-Seite ein. Zu einem

Lied von Sido, das *Straßenjunge* hieß, hatte Enzo einen total coolen Clip geschnitten. Er bestand aus lauter lustigen Momentaufnahmen. Einem skateboardfahrenden Hund, einer Ratte, die mit rosa Bonbonpapier zwischen den Zähnen hinter einer Mülltonne hervorhuschte, einem Obdachlosen, der unter einer Brücke Kopfstand auf seinem Schlafsack machte, einem Affen im Zoo, der einer alten Dame die Handtasche aus der Hand riss – und vielen anderen Szenen.

„Wo hast du das alles aufgenommen?", fragte Flo.

„In München", sagte Enzo. „Aber die Äffchen aus eurem Hotel in Brasilien sind auch cool."

„Woher kennst du die denn?", fragte ich.

„Von eurer Website. Penelope hat sie mir gezeigt."

„Wir haben eine Website?" Ich stieß Enzo in die Seite. „Zeig her."

Er tippte den Namen *Pérola du Sul* bei Google ein und Sekunden später blitzte das kleine Hotel meiner Tia Moema auf dem Bildschirm auf. Ich sah den Swimmingpool mit Blick aufs Meer, die kleinen Äffchen auf dem Strohdach des Restaurants und die bunten Hängematten zwischen den Palmen. Sogar ein Bild von den Pferden gab es.

„Das ist Amigo", kreischte ich und zeigte auf ein braun-weiß geflecktes Pony mit einer langen Mähne.

„Das gehört unserem Freund Kaku", erklärte ich

221

Enzo. „Seine Mutter arbeitet bei meiner Tante im Hotel und Kaku kümmert sich um die Pferde. Wir waren da, als Amigo geboren wurde. Weißt du noch, Flo?"

Meine Freundin nickte und mich überkam wieder eine riesige Sehnsucht nach meiner zweiten Heimat. Noch am selben Abend rief ich bei Tia Moema an – und als ich nach Kaku fragte, wollte das Glück, dass er gerade da war.

„Oi Kaku", begrüßte ich ihn. „Wie geht's dir? Wie geht es Amigo? Und deinem Baumhaus? Und deiner Mutter? Sie hat sich doch hoffentlich keinen neuen Stinkaffen angelacht?"

Damit meinte ich den furzkackblöden Dieter aus Deutschland. Er war ein echtes Rassistenschwein und wir hatten damals gerade noch verhindern können, dass Kakus Mutter ihn heiratete.

„Keine Sorge." Kaku lachte am anderen Ende. „Mamai hat von deutschen Stinkaffen die Nase voll. Es geht ihr gut und den Pferden auch. Auf Amigo kann ich schon richtig reiten und mein Baumhaus steht auch noch. Ich vermisse euch, Lola. Wie geht es Flo? Und deinen Eltern? Wann kommt ihr endlich wieder nach Brasilien?"

„Nächsten Sommer", sagte ich. Dann erzählte ich Kaku von unserem Dinnerprojekt und meiner Entscheidungskrise.

„Die Speisen der Götter", sagte Kaku, als ich mit Jammern fertig war.

„Hä?"

„Das Motto für dein Menü", sagte Kaku. „Nenn es doch die Speisen der Götter. Oder die Speisen der Göttin Oxum. Magischer geht's gar nicht. In Brasilien hast du sogar für Oxum gebacken. Erinnerst du dich nicht mehr?"

Doch! Natürlich erinnerte ich mich! Vor lauter Begeisterung schrie ich so laut ins Telefon, dass mein kleiner Bruder im Wohnzimmer zu brüllen anfing.

Oxum ist eine Schutzgöttin aus dem afrobrasilianischen Candomblé. Sie wird *Oschuhn* ausgesprochen und in Brasilien war mir oft gesagt worden, dass ich eine *Filha de Oxum* war. Das heißt auf Deutsch: Tochter von Oxum.

Mittlerweile wusste ich ganz viel über sie und kannte auch ihre liebsten Speisen.

Ich dachte an den kleinen Wasserfall auf Morro de São Paulo. Dort hatte ich Oxum um Hilfe bitten wollen, damit sich meine Eltern gut verheiraten würden. Als Opfergabe hatte ich für sie die *Bem-Casado*-Plätzchen gebacken.

„Wie fändest du Kokosküsschen als Nachspeise?",

223

fragte ich Kaku aufgeregt. „Die hab ich nämlich schon geübt."

„Gostoso", sagte Kaku, was auf Deutsch *köstlich* heißt.

Als Vorspeise schlug er mir eine *Torrada com Banana* vor. „Das schmeckt saulecker und ist total einfach. Du nimmst einfach eine Scheibe Toastbrot, legst Bananenstücke drauf, eine Scheibe Käse drüber und dann schiebst du es in den Ofen, bis der Käse geschmolzen ist."

„Du bist genial", jubelte ich. Bananen waren die Lieblingsfrucht von Oxum, und solange die Magie stimmte, war ein einfaches Rezept natürlich wunderbar.

„Jetzt fehlt mir nur noch das Hauptgericht."

„Da kannst du zwischen *Omolucum* oder *Xinxim de galinha* wählen", sagte Kaku.

„Das kenn ich beides nicht", gestand ich.

„*Omolcum* ist eine Schwarzbohnenaugenpaste mit gekochten Eiern", informierte mich Kaku. „Und *Xinxim de galinha* ist brasilianisches Hühnerragout. Das Huhn gehört auch zu den Opfergaben, die man Oxum bringt."

„Dann nehm ich auf alle Fälle *Xinxim de galinha*", sagte ich. Nach der Küchenexplosion von neulich wollte ich an Schwarzaugenbohnen erst mal nicht mehr denken.

„Ich wünsch dir axé beim Kochen", sagte Kaku zum Abschied. „Und deinen Gästen bom apetite."

Bom apetite heißt auf Deutsch *guten Appetit*.

Axé heißt *Glück*.

Und das wünschte ich mir jetzt auch!

21.

DIE SPEISEN DER GÖTTIN UND EINE ÜBERRASCHENDE EINLAGE

Oxum gibt den Menschen Honignektar zu trinken.
Sie beschützt die, die Kinder haben, sie lässt sie nicht im Stich.
Wohin sie kommt, da fliehen die Sorgen.
Einem leuchtenden Vogel gleich, eine schillernde Feder im Haar, klimpert sie mit ihren Armreifen, sie, die zum Tanze geht.
Erhobenen Kopfes kommt sie daher, erhabenen, stolzen Ganges.

Das erzählen die Trommeln von Oxum – und ich hatte mir überlegt, meine Gäste nach der Hauptspeise mit einer kleinen Überraschungseinlage zu verzaubern.

Das Rezept für *Xinxim de galinha* fand ich in Ofélias Kochbuch und Zwerg erklärte sich bereit, mir am Mittwoch in der *Perle* beim Probekochen zu helfen.

„Eigentlich benutzt man für das Rezept ein ganzes Huhn", erklärte er. „Aber Hühnerbrust geht auch.

226

Die brauchst du nur in kleine Stücke schneiden, dann kannst du sie auch leichter anbraten. Versuch's mal."

Nicht nur das Schneiden und Anbraten der Hühnerbrüste, sondern das ganze Probekochen lief richtig gut. Diesmal hatte ich auch ein Notizbuch dabei, um mir alle wichtigen Schritte zu notieren.

Das Einkaufen für das richtige Dinner erledigte ich am Donnerstag nach einem Krankenbesuch bei Alex. Und am Donnerstagabend deckte ich schon mal den Tisch.

Am Freitag musste ich also „nur" noch Kochen. Trotzdem. Als Graziella und Melissa nachmittags mit ihrer Kamera in meiner Küche standen, tanzten die Ameisen auf meiner Kopfhaut einen wilden Samba. Schließlich war heute Freitag, der 13. Und in meiner Fantasie geisterten die schlimmstmöglichen Unglückskatastrophen herum.

Der Backofen könnte explodieren.

Ich könnte mir beim Schneiden der Hühnerbrüste den Finger abhacken.

Ich könnte mit dem Wasserkocher über Leandro stolpern und meinen kleinen Bruder verbrühen.

Ich könnte vergessen, die Hitze beim Köcheln der Soße herunterzuschalten, und statt Hühnchenragout verbrutzeltes Höllenhuhn servieren.

Ich könnte beim Umrühren in den Topf niesen

und Hühnerragout mit Nasenschleimsoße servieren.

Meine Haare könnten am Gasherd Feuer fangen und ich würde mitsamt meinem perfekten Dinner und der Bismarckstraße 44 in Flammen aufgehen.

Einige dieser möglichen Katastrophen spukten auch in den Köpfen meiner Eltern herum. Papai rief sogar noch Herrn Demmon an, um sich zu erkundigen, ob das begleitende Filmteam auch ein Auge auf die „kleine Katastrophenköchin" (wie er mich wortwörtlich am Telefon nannte!!!) werfen würde.

Herr Demmon beruhigte ihn. „Die beiden Großen werden gut aufpassen", sagte er.

Ich hatte es tatsächlich durchgesetzt, dass meine Familie mich an diesem Abend in Ruhe lassen würde. Papai musste arbeiten und Mama würde mit Leandro nach oben zu Oma gehen. Somit war ich die Sorge, dass etwas mit meinem kleinen Bruder passieren könnte, schon mal los. Und meine anderen Sorgen erwiesen sich ebenfalls als unbegründet.

Es lief geradezu beängstigend gut.

„Zuerst mache ich den Nachtisch", sagte ich, als Melissa die Kamera auf meinen Teig für die Kokosküsschen richtete. Papai hatte mir gezeigt, wie ich die Zutaten auf kleiner Flamme unter ständigem Rühren vermischen musste, und als ich den abgekühlten Teig

228

zu kleinen Bällchen formte, sagte Graziella: „Die sehen gut aus."

Als Nächstes machte ich mich an den Hauptgang.

„Den muss ich später nur noch aufwärmen", erklärte ich. Beim Kochen eines Menüs kommt es nämlich auch auf die richtige Reihenfolge an, hatte Zwerg mir eingeschärft. Und die war in diesem Fall: von hinten nach vorn.

Melissa filmte mich beim Hacken der Zwiebel, der gemischten Kräuter und der Chilischoten. Ich schaffte es zwar nicht wie Papai und die Zwiebelstücke wurden auch ein bisschen größer, aber dafür blieben alle Finger dran.

Eine Fastpanne gab es bei den Knoblauchzehen.

„Die musst du schälen, bevor du sie zerdrückst", flüsterte Graziella mir auf Brasilianisch ins Ohr.

„Obrigada", flüsterte ich zurück. Das heißt auf Deutsch *Danke*.

Melissa zoomte auf die Pfanne, in der ich die Hühnerstücke anbriet. Sie wurden zwar nicht so goldbraun wie beim Probekochen mit Zwerg, aber sie brutzelten auch nicht an. Ich fügte die geschnittenen Zutaten, einen Esslöffel Ingwer und eine Prise Salz dazu und drehte die Flamme herunter.

„Jetzt kommt das Dendê-Öl", sagte ich.

„Sieht fremd aus", sagte Melissa, als ich die orangefarbene Paste aus dem Glas unter die Soße mischte.

229

„Schmeckt aber bestimmt köstlich", sagte Graziella und zwinkerte mir zu.

Melissa richtete die Kamera auf die Küchenuhr. „Viertel nach fünf. Noch eine Dreiviertelstunde, bis die Gäste kommen. Die junge Köchin hat sich bis jetzt perfekt gehalten. Wie fühlst du dich, Lola?"

Ich sterbe vor Aufregung, dachte ich, während ich locker „danke, sehr gut" in die Kamera sagte.

Für Gäste kochen ist eine Sache. Für ein perfektes Dinner vor laufender Kamera am Freitag, dem 13. – eine ganz andere!

„Jetzt muss ich nur noch den Reis machen, die Käsetoasts vorbereiten und ... äh ... die Küche aufräumen."

Wir hatten nämlich keinen Palastsalon als Esszimmer und Mama hatte sich geweigert, unser Wohnzimmer freizuräumen. In Rekordgeschwindigkeit warf ich das schmutzige Kochgeschirr in einen Eimer und stellte ihn ins Kämmerchen. Dass mich Melissa dabei filmte, musste ich in Kauf nehmen. Reis kochen übernahm ich auch sonst ziemlich oft und die Käsetoasts ließen sich einfach vorbereiten.

„Fertig", schnaufte ich, als ich um fünf vor sechs den Backofen vorheizte.

Melissa hielt die Kamera auf mich und grinste.

„Willst du dich nicht umziehen?", fragte Graziella.

Oje! Daran hatte ich gar nicht gedacht! Ich trug

noch immer meine schlabbrige Jogginghose und ein altes T-Shirt, auf dem jetzt alle möglichen Zutaten klebten! Meine Achseln rochen nach schweißigem Käse, die Locken klebten mir an der Stirn und mein Gesicht fühlte sich an, als wäre es bei tausend Grad im Backofen gewesen.

Es klingelte. Nicht mein Gesicht natürlich, sondern an der Tür.

„Tut mir leid", sagte Melissa, als ich sie panisch anstarrte. „Du musst aufmachen."

Mit der Kamera lief sie hinter mir her – und wer mein Gast war, brauche ich wohl nicht extra zu erwähnen.

„Hübsch", sagte Da-
lila, die einen flieder-
farbenen Hosenanzug
trug und wie ein gan-
zer Parfümladen roch.
„Du überraschst mich
wirklich immer wie-
der mit deinen Styling-
Ideen."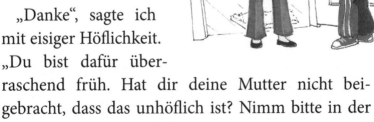

„Danke", sagte ich
mit eisiger Höflichkeit.
„Du bist dafür über-
raschend früh. Hat dir deine Mutter nicht bei-
gebracht, dass das unhöflich ist? Nimm bitte in der

Küche Platz, damit ich noch an meinem Styling arbeiten kann."

Dalila stolzierte an mir vorbei in die Küche. Ich rauschte ins Bad. Ans Duschen oder Haarewaschen war nicht mehr zu denken. Deshalb wusch ich mir nur kurz die Hände, sprühte mir Mamas Deo unter die Achseln und zog mir in Turbogeschwindigkeit das gelbe Kleid an, das ich mir für die Hochzeit von Mama und Papai gekauft hatte.

In meine Locken steckte ich eine schillernde Feder, die mir Flo geliehen hatte. Armreifen hatte ich selbst. Sie waren zwar nicht aus echtem Gold, aber das würde höchstens Dalila auffallen, und was die dachte, interessierte mich nicht die Bohne.

Als es um 18:01 wieder an der Tür klingelte, war auch ich fertig. Erhobenen (wenn auch leicht nach Bratfett müffelnden) Kopfes kam ich daher – erhabenen, stolzen Ganges. Wie meine Schutzgöttin Oxum.

„Wow", sagte Enzo, als ich ihm die Tür öffnete. „Du siehst cool aus."

Das fand auch Marcel, der um 18:02 kam. Was Annalisa fand, erfuhr ich nicht. Sie kam um 18:45 und sah aus, als hätte sie gerade geheult.

„Ist alles okay?", fragte ich.

„Danke", piepste sie und schob sich an mir vorbei in die Küche. Deshalb war ihr *Torrada com Banana* auch schon kalt.

Den anderen hatte ich meine Vorspeise schon serviert, nachdem Annalisa nicht gekommen war. Ich hatte sie beim Essen die ganze Zeit beobachtet. Dalila tat so, als kaute sie auf einem geschmacklosen Gummitoast herum. Marcel fand ihn „total lecker" und Enzo hatte seinen nicht angerührt.

„Tut mir leid, Lola, es liegt nicht an dir", sagte er. „Ich ekle mich leider vor Bananen. Aber die Musik gefällt mir und die Deko ist der Hammer."

Damit hatte ich mir auch hammerviel Mühe gegeben. Auf unserem CD-Player hatte ich leise brasilianische Hintergrundmusik aufgelegt. Die Tischdecke war aus einem goldglitzernden Stoff, den Papai manchmal für die Deko in der *Perle des Südens* benutzte.

Perlen des Südens hatte ich auch aus dem Restaurant bekommen. Sie waren aus Plastik, schillerten aber richtig magisch. Ich hatte sie überall auf der Tischdecke verteilt und dazu ein Dutzend Teelichter angezündet. Außerdem hatte ich eine Blumengirlande aufgeschnitten und sie zu einem langen Blütenstreifen über die Tischmitte gelegt. Und die gelben Papierservietten hatte ich am Vorabend zu kleinen Schiffchen gefaltet. Den Trick hatte mir Penelope mal gezeigt.

„Und was soll dieses komische Püppchen sein?" Dalila zeigte auf die Tischmitte. Dort klemmte zwischen zwei gelben Blüten eine Postkarte von Oxum. Die hatte ich letzten Sommer von Kaku bekommen.

„Das ist die Göttin des heutigen Abends", sagte ich. „Ihr Name ist Oxum. Sie wohnt in süßen Gewässern, und wenn sie tanzt, sind ihre Bewegungen so fließend wie das Wasser."

Wieder zupfte mir die Sehnsucht am Herzen. Ich dachte an die Nacht in Brasilien, als mir meine Cousine Gabriella gesagt hatte, dass ich Oxums Bewegungen in meinem Blut hätte.

„Eine tanzende Göttin aus Brasilien", sagte Enzo und prostete mir mit seiner Honiglimonade zu. „Klingt magisch."

Ich nickte. „Die Brasilianer verehren Oxum als Göttin der Schönheit und des Reichtums", sagte ich. „Deshalb trägt sie am liebsten Kleider aus Gold. Sie ist aber auch eine Göttin der Liebe und eine Beschützerin der Kinder. Und ihre liebsten Speisen habe ich heute für euch zubereitet."

Ich ignorierte das abfällige Gesicht von Dalila und lächelte in die Kamera. Melissa hatte alles gefilmt und Graziella hob anerkennend den Daumen.

Aber so richtig gut fühlte ich mich nicht. Ich kam mir plötzlich vor wie bei einer Prüfung. Es wurmte mich, dass Enzo Bananen eklig fand. Und dass Annalisa ihren Toast kalt essen musste, wirkte sich womöglich auch nicht gut auf meine Punktzahl aus.

Zum ersten Mal beschlich mich das Gefühl, dass ich es eigentlich ganz schön blöd fand, für ein Essen benotet zu werden.

Zu Hause bedankt sich Papai immer, wenn Mama kocht, selbst wenn es mal nicht so gut schmeckt. Ich fand es schrecklich, dass ich jetzt nur an meine Punkte denken konnte.

„Was ist das für ein komischer Geruch?", fragte Annalisa, als ich den Hauptgang servierte.

„Das ist kein komischer Geruch, sondern Dendê-Öl", sagte ich. „Es ist ein Palmöl aus Bahia. Viele Gerichte dort stammen eigentlich aus Afrika. Sie wurden von den Sklaven mitgebracht." Davon hatte mir Papai ganz viel erzählt, denn schließlich waren die Sklaven unsere Vorfahren.

„Du servierst uns also Sklavenessen?" Dalila rümpfte die Nase und ich sprang so heftig vom Tisch auf, dass die Palmölsoße über meinen Tellerrand schwappte.

„Pass auf, was du sagst", kam es von Graziella, die jetzt die Kamera in der Hand hielt. Ihre Haut ist fast so dunkel wie die von Papai. „Wir haben das hier alles auf Video und du willst doch sicher nicht, dass sich die Zuschauer später über rassistische Gäste beschweren, oder?"

Enzo grinste. Dalila kniff beleidigt die Lippen zusammen. Und Annalisa pflichtete mal ausnahmsweise ihrer Freundin nicht bei, sondern hielt den Mund. „Schmeckt fremd", sagte Marcel, als er einen Löffel der Soße gekostet hatte. „Aber geil."

Da hatte er recht. Das *Xinxim de galinha* war mir so gut gelungen, dass ich mir am liebsten selbst ein Kompliment gemacht hätte. Oma sagt immer, man soll den Tag nicht vor dem Abend loben. Aber den hatten wir inzwischen.

Und das Beste – kam jetzt.

„Wer ist das?", fragte Dalila mit gerunzelter Stirn, als es pünktlich um halb acht an der Tür klingelte.

„Das werdet ihr gleich sehen", sagte ich. „Ihr könnt gerne schon mal ins Wohnzimmer gehen und Platz nehmen."

Vor der Tür standen Fabio und Gloria.

Fabio hatte eine Trommel vor der Brust und Gloria trug das goldene Gewand von Oxum. Fabios Mutter, die brasilianische Tänze unterrichtet, hatte es ihr geliehen. Selbst zu tanzen, wäre mir heute peinlich gewesen, aber Glorias Papai kam genau wie meiner aus Brasilien und sie kannte die Bewegungen von Oxum mindestens so gut wie ich. Stolz führte ich meine beiden Überraschungsgäste ins Wohnzimmer, wo die anderen schon auf dem Sofa saßen. Nur Dalila war stehen geblieben. Wahrscheinlich ekelte sie sich vor den Pipiflecken auf der Sklavencouch.

Doch dann fing Gloria an, sich zu Fabios Trommelmusik im Kreis zu drehen, und dabei sah sie wirklich wie die Göttin der Schönheit aus. In der Hand hielt sie einen Spiegel und mit der anderen Hand tat sie so, als würde sie das rauschende Wasser eines Wasserfalls schöpfen, um sich darunter zu baden.

Die Einlage dauerte nur ein paar Minuten, dann verbeugten sich die beiden und verschwanden wieder. Alle klatschten.

Enzo hatte auch wieder seine Videokamera gezückt und selbst Dalila konnte nicht verbergen, dass meine Einlage sie beeindruckt hatte.

„Seid ihr bereit für den Nachtisch?", fragte ich.

„Zuerst würde ich gern den Rest der Wohnung sehen", sagte Dalila. „Annalisa hat mir schon viel davon erzählt."

Sie stieß Annalisa in die Seite, aber die lächelte nur gequält. Sie war überhaupt sehr still an diesem Abend und ich fragte mich, was sie bedrückte.

Mein Zimmer hatte ich natürlich aufgeräumt, aber trotzdem machte Dalila ein Gesicht, als stünde sie in der Kammer einer Dienstmagd.

„Ist das eure Waschkammer?", fragte sie, als sie ihren Kopf durch den Vorhang im Kämmerchen steckte. „Nett. Ein Putzeimer als Spülmaschine."

Ich hätte ihr am liebsten unseren Putzlappen ins Maul gestopft. Wieder kroch dieses komische Gefühl in mir hoch. Ich hatte gern Besuch und auch Mama und Papai freuten sich immer, wenn Gäste kamen. Aber dass die mit einer Filmkamera durch die Wohnung liefen und hinterher womöglich über die Einrichtung lästerten, das war irgendwie ... gruselig.

„Wo schläft denn dein kleiner Bruder?", fragte Marcel.

„Im Schlafzimmer", sagte ich.

„Er hat kein eigenes Zimmer?" Dalila hob eine Augenbraue.

„Wenn Leandro groß ist, bekommt er die Hundehütte im Hintergarten", sagte ich patzig. „Und bis dahin schläft er im Wäschekorb vor dem Bett meiner Eltern."

„Genau wie Mogli", sagte Enzo und zwinkerte mir zu. Dalila marschierte Richtung Schlafzimmer. Eigentlich hatte Papai verboten, dass wir dort reingingen, aber es war schon zu spät. Alle schoben sich hinter Dalila her, die wie üblich ihr kackiges iPhone in der Hand hielt. Vor dem Bett meiner Eltern stand zwar kein Wäschekorb – denn Leandro schläft entweder in seinem Gitterbettchen am Fenster oder an

Mamas Brust –, aber auf dem Boden lag ein Haufen Klamotten.

„Und hier ist das Bad?" Dalila zeigte auf die Tür, die hinten vom Schlafzimmer abgeht. „Hat es von innen mittlerweile eine Klinke?"

Jetzt kicherte auch Annalisa und ich war froh, dass Papai nicht zu Hause war.

„Du kannst gerne nachschauen", sagte ich. Dalila öffnete die Tür, trat einen Schritt nach vorn – und taumelte so erschrocken zurück, als hätte sie ein Monster gesehen.

„AAAAAAAAAAAAAAAAAH", schrie sie.

Melissa rückte mit der Kamera vor, als wäre sie ein Journalist auf der Jagd. Ich sah, wie sie zusammenzuckte, ebenfalls zurücktaumelte und in der nächsten Sekunde stand Papai in der offenen Badezimmertür.

Hattet ihr schon mal das Gefühl, euch steckt eine Ananas in der Kehle? Oder etwas ähnlich Großes? Dieses Gefühl hatte ich jedenfalls und ich fragte mich, ob ich jemals wieder würde schlucken können. Warum war Papai hier?

Und warum war Papai – nackt?

Okay, er war nicht ganz nackt, denn vor seinen … äh … ihr-wisst-schon-wen hielt er sich eine von Leandros Windeln, die wir im Badezimmer lagern. Und in seinem Gesicht lag ein Ausdruck, den man als Löwe-mit-gefletschten-Zähnen-kurz-vor-dem-Angriff bezeichnen könnte. Ich war so schockiert, dass ich mich nicht bewegen konnte. Sagen konnte ich auch nichts und das ging offensichtlich den anderen genauso.

Grauenhafte Millisekunden standen wir da und starrten Papai an. Melissa hielt immer noch ihre Kamera in der Hand, bis Papai mit dem nackten Finger seiner freien Hand auf die Tür zeigte. „SAI FORA DAQUI! MERDA!"

„Merda heißt Scheiße", piepste Annalisa, als wir alle wieder in der Küche saßen. „Das hat Lolas Papai schon mal gesagt, als wir ihn …"

„Halt die Klappe oder ich bring dich um", schnauzte ich. Marcel und Enzo kriegten sich überhaupt nicht mehr ein. Sie lachten so sehr, dass ich sie fragte, ob ich ihnen eine Windel bringen sollte, falls sie sich in die Hosen machten.

„Wie du gekreischt hast, Dalila", prustete Enzo. „Hast du noch nie einen nackten Mann gesehen?"

Dalila sagte nichts. Sie machte ein Gesicht, als hätte sie wirklich ein Monster gesehen, und das brachte mich noch mehr auf die Palme.

Graziella sagte „Me desculpa senhor", als Papai jetzt angezogen in der Küche stand. Das heißt auf Deutsch: *Entschuldigung, mein Herr.*

Die Kamera lag auf Melissas Schoß. Sie war ausgeschaltet.

„Her mit dem Ding", befahl Papai. „Euer Lehrer kann sie am Wochenende wieder bei mir abholen. Und zwar, nachdem ich die Aufnahmen von eben gelöscht habe."

Er warf mir einen seiner düstersten Blicke zu. „Hab ich nicht gesagt, das Badezimmer ist tabu?"

„Ich konnte doch nicht wissen, dass du da bist", krächzte ich. „Ich dachte, du bist in der *Perle*."

„Da wäre ich auch jetzt noch, wenn mir Zwerg nicht einem Topf *Feijoada* über die Hose gekippt hätte", knurrte Papai. „Ich bin nach Hause gekommen, um zu duschen. Und ich möchte mit eurem Lehrer sprechen. So geht das nicht, Lola!"

Mit diesen Worten schnappte er sich die Kamera und verschwand aus dem Haus.

„Ich serviere dann mal den Nachtisch", fiepte ich.

Die Punktzahl musste das Filmteam an diesem Abend auf einen Zettel notieren.

Ich bekam:

Neun Punkte von Marcel.

Neun Punkte von Enzo.

Acht Punkte von Annalisa.

Und sagenhafte sieben Punkte von Dalila.

Damit war ich mit Enzo auf Platz 1.

Aber freuen konnte ich mich darüber nicht.

Ich war völlig erledigt und die Sache mit Papai war mir so peinlich, dass ich sie am liebsten aus meinem

Gedächtnis gelöscht hätte. Ich konnte nur hoffen, dass am Montag nicht die ganze Schule davon sprach.

Am nächsten Morgen sprachen erst mal die Mütter von Dalila und Annalisa mit meinem Papai. Sie riefen kurz hintereinander an. Und wenn ihr glaubt, sie beschwerten sich über seine Überraschungseinlage in unserem Badezimmer mit Klinke, dann irrt ihr euch.

Sie schimpften, weil ihre Töchter krank im Bett lagen – oder besser gesagt: auf dem Klo hockten.

Kleiner Tipp am Rand: Brasilianisches Dendê-Öl ist vitaminreich und gesund. Aber wer es nicht gewohnt ist, kann als unerwünschte Nebenwirkung Durchfall kriegen.

22.

EIN ABSCHIEDSWOCHENENDE
UND EINE DOPPELTE GEBURT

Den Rest des Wochenendes sorgte Alex für Trost.

Er war wieder gesund und wollte mit mir etwas unternehmen, bevor er wieder nach Paris musste. Er schlug vor, auf der Alster ein Kanu zu mieten. Aber ich fühlte mich so matschig, dass ich gar nicht raus wollte. Das Dinner hatte mir echt den Rest gegeben und ich war heilfroh, dass ich es hinter mir hatte.

Alex war ein perfekter Gentleman.

Statt des Alsterausflugs machte er uns ein Fußbodenpicknick aus Minipizzas, Tiefkühlpommes mit Ketchup und Cola, für das ich ihm volle zehn Punkte gab. Wir lagen den ganzen Sonntag in Jeffs Wohnzimmer auf den Lederkissen und schauten James-Bond-Filme. Alex' Haare rochen wieder nach Apfelshampoo, auf meiner Kopfhaut kribbelte das Glück und meine Tante Lisbeth bekam gerade in Pascals Zimmerhälfte Presswehen. Seit einer Woche lief sie mit einem riesigen Trommelbauch herum und sah aus wie ein ausgebeultes Miniwalross. Ich war ge-

spannt, welches ihrer Stofftiere sich meine Tante unter ihr rotes Ringelkleid geschoben hatte.

„Es sind Zwillinge", krähte Pascal, als er mit zwei
Wolldecken aus Tante Lisbeths Zimmer kam. In der
rosafarbenen steckte ihr Stoffelefant, in der blauen
ihr graues Schwein. „Wir nennen sie Benjamin und
Babette Brücke", erklärte er stolz.

Aber für die nächsten Monate würde Tante Lisbeth
alleinerziehend sein, denn am Sonntagabend fuhren
wir mit Jeff, den beiden Jungs und den neugeborenen
Zwillingen zum Flughafen. Als wir uns verabschie-
den mussten, schluchzten Tante Lisbeth und Pascal
herzzerreißend. Die Zwillinge lagen im Kinder-

wagen, den Jeff im Kofferraum seines Kombis trans-
portiert hatte.

Auch ich kämpfte mit den Tränen. Das Schöne war,
dass Alex mir zum Abschied wieder einen Kuss auf
den Mund gab. Das Traurige war: Es würde bis zu
den Sommerferien dauern, bis wir uns wiedersahen.

„Ich schreib dir", sagte Alex zu mir.

„Ich schreibe dir auch", sagte Pascal zu Tante Lisbeth. „Und pass gut auf Benjamin und Babette auf."

Die schliefen zur Verhinderung der Einsamkeit an
diesem Abend mit Tante Lisbeth und mir im Bett.

 **23.**

WEISSE MÖBEL, HIMMELBLAUE
FUNDSTÜCKE UND ROTE FLECKEN

Wer schon länger keinen Brief mehr bekommen hatte, war Annalisa. Am Montag waren sie und Dalila wieder in der Schule. Beide sahen blass aus und Dalila beschwerte sich bei den Zehntklässlern, dass ich keinen Punktabzug bekam. „Meine Mutter sagt, du hättest mich vergiftet", schimpfte sie. „Ich könnte euch anzeigen."

„Kannst du nicht", entgegnete ich. Marcel und Enzo hatten das Dendê-Öl offenbar genauso gut vertragen wie ich. Aber die Überraschungseinlage von meinem nackten Papai machte natürlich doch die Runde.

Asra und Luna kicherten sich halb tot. „Wie peiiiiiiiiinlich", kreischten sie. „Kommt das auch in euren Film?"

„Bestimmt nicht", fauchte ich. Jetzt war ich doch dankbar, dass Papai die Kamera eingefordert hatte. Nachdem sein unfreiwilliger Nacktauftritt gelöscht war, gab Herr Demmon Melissa die Kamera zurück.

„Elternschlafzimmer und andere private Aufnahmen sind tabu", sagte er, als wir uns in der letzten Stunde mit den Zehntklässlern trafen. „Und wenn ich noch einmal mitbekomme, dass irgendjemand ausgelacht wird, dann ist euer Projekt gestrichen. Hab ich mich klar ausgedrückt?" Der Blick, den er Dalila zuwarf, sah so eisig aus, dass ein Eskimo am Nordpol Schüttelfrost davon bekommen hätte.

Selbst Dalilas Stimme zitterte als sie „ja" und „tut mir leid" sagte.

„Das will ich auch schwer hoffen", sagte Herr Demmon. Irgendwie hatte ich das Gefühl, dass mein Lehrer am liebsten jetzt schon das Projekt abgebrochen hätte.

Annalisa wurde mit jedem Tag stiller, und als sie mir am Freitag, dem 20. Mai, die Tür öffnete, sah sie aus, als wäre heute der Termin ihrer Hinrichtung. Ihr Gesicht war fast so weiß wie ihr Kleid und auf ihrem Hals hatten sich rote Flecken gebildet.

Im Flur filmte Melissa meine Ankunft und hinter Annalisa stand ihre Mutter. „Nimm deinem Gast die Jacke ab", zischte sie Annalisa ins Ohr und bleckte mich mit ihren perlweißen Zähnen an. Ich trug ordentliche Jeans und eine gebügelte Bluse mit Blumen.

Am Esstisch saßen schon die anderen. Wir aßen im Wohnzimmer und ich sah mich neugierig um. Der Tisch war perfekt gedeckt, mit einer weißen

Spitzendecke, weißen Stoffservietten und einer Vase mit weißen Rosen. Die Stühle hatten auch weiße Kissen, die Regale und der Teppich waren ebenfalls weiß. Das einzig Farbige war ein künstliches Kaminfeuer, das an der weißen Wand in einem riesigen Flachbildschirm flackerte.

Obwohl heute ein warmer Tag war, fröstelte ich plötzlich ein bisschen. Dieses Ambiente war irgendwie schrecklich ungemütlich. Selbst die Stimmung wirkte eingefroren. Marcel und Enzo rutschten mit schiefem Grinsen auf ihren Stühlen herum und Dalila tippte mal wieder gelangweilt auf ihrem weißen iPhone herum.

„Ich serviere jetzt die Vorspeise", sagte Annalisa. Ihre Stimme bebte, und als sie mit einem weißen Tablett zurückkam, zitterten ihre Hände. Es gab Tomaten mit Mozzarella, das ist ein weißer Käse, den ich eigentlich nicht mag, aber Annalisa musterte uns so ängstlich, dass ich mir ein großes Stück mit Tomate in den Mund schob.

„Gibt es auch etwas zu trinken?", fragte Dalila und hielt ihr leeres Glas hoch.

„Oh, natürlich. Verzeihung!" Annalisa sprang auf und rannte zur Tür.

Ein perfekter Gastgeber muss auch dafür sorgen, dass er seine Gäste gut unterhält. Aber dazu war Annalisa gar nicht in der Lage. Als sie mit einer Flasche

Rhabarberschorle zurück an den Tisch kam, schien sie Schwierigkeiten zu haben, auch nur einen einzigen Ton hervorzubringen.

„Die Tomaten sind lecker", sagte ich, weil sonst niemand sprach.

Kennt ihr das, wenn ihr euch für jemand anderen mitschämt? Es ist ein sehr, sehr unangenehmes Gefühl und es wurde mit jedem Gang schlimmer.

Zur Hauptspeise gab es Kräutergnocchi mit Salbei und Zitronensoße. Gnocchi sind italienische Kartoffelklößchen, die auch Mama manchmal kocht. Sie werden aus Kartoffeln, Mehl und Grieß gemacht und schmecken eigentlich fluffig weich. Ich mag sie am liebsten mit Tomaten-Sahne-Soße.

Die Gnocchi von Annalisa waren leider eine klumpige Pampe. Sie schmeckten hauptsächlich nach Mehl und die Zitronensoße war zu sauer.

„Ich weiß noch, als ich zum ersten Mal Gnocchi gekocht habe", sagte Enzo und grinste Annalisa freundlich an. „Die Dinger waren so klebrig, dass ich sie an die Wand werfen konnte. Dagegen sind deine der Hit und die Soße ist gut. Hast du das Rezept aus dem Kochbuch von Sam Stern?"

Annalisa brachte nur ein schwaches Nicken zustande. In ihren Augen glitzerten Tränen.

Dalila schob ihren vollen Teller zur Seite. „Dürfen wir uns vor dem Dessert noch umsehen?"

Annalisa nickte. Dann verschwand sie in der Küche und hinter der Tür hörten wir die Stimme ihrer Mutter.

„Hab ich dir nicht gezeigt, wie du die Gnocchi kochen sollst? Jetzt reiß dich zusammen und streng dich ein bisschen an!"

„Nette Mutti", wisperte Enzo mir ins Ohr. „Da hab ich mit meiner ja noch richtig Glück." Als Graziella und Melissa nicht hinschauten, zog er wieder die Videokamera aus seiner Jacketttasche und zoomte auf die geschlossene Küchentür.

„Lass das", sagte ich. „Ich hab keine Lust, dass wir Ärger kriegen."

In Annalisas Zimmer sah es aus wie im Haus von Barbie. Die Wände hatten rosafarbene Tapeten mit Blümchenmuster. Vor dem Schminktisch stand ein weißer Plastikhocker mit einem pinkfarbenen Plüschkissen. Und in den Regalen reihten sich dieselben Modebücher aneinander, die ich auch schon bei Dalila entdeckt hatte.

Während Marcel auf Annalisas Himmelbett Probe hopste und Dalila die Lippenstifte inspizierte, stieß ich gegen ein Glas mit Stiften, das auf dem Schreibtisch stand.

Enzo half mir, die Stifte vom Boden aufzusammeln. Ein rosa Glitzerkuli war unter das Bett gerollt.

Ich hob die lila Überdecke hoch, und als ich nach

250

dem Stift angelte, stießen meine Finger an etwas
Hartes.

Ich legte mich platt auf den Boden und entdeckte
im Halbdunkel unter dem Bett eine Schreibmaschine.

Sie war schwarz und sah ziemlich alt aus.

Auf meinen Armen breitete sich ein Gänsehautkribbeln aus. Hastig blickte ich mich um, aber Marcel
und Dalila waren schon mit Melissa nach draußen
gegangen, um den Rest der Wohnung zu besichtigen.
Nur Enzo war noch im Zimmer, und ehe ich es verhindern konnte, kniete er neben mir auf dem Fuß-
boden. Er zog die Maschine hervor. Eine Buchsta-
bentaste war etwas tiefer gedrückt als die anderen.

„Das G", sagte Enzo.

Ich sagte nichts. Ich hatte auf dem staubigen Boden unter dem Bett noch etwas anderes entdeckt. Eine Packung Briefumschläge. Sie waren himmelblau und hatten rote Herzchen.

Enzo sah mich mit hochgezogenen Augenbrauen an. „Der geheime Liebesdichter", flüsterte er. „Ich hab das Gefühl, dass du das Geheimnis gerade gelüftet hast."

Ich konnte nur stumm mit dem Kopf nicken.

Der anonyme Verfasser der Liebesbriefe, über den mittlerweile die ganze Klasse rätselte, war Annalisa selbst. Das Gänsehautkribbeln hatte sich auf meinem ganzen Körper ausgebreitet und auf meiner Kopfhaut war die Hölle los. Ich schob die Schreibmaschine und die Briefumschläge tief unter das Bett.

„Wehe", sagte ich zu Enzo und schielte auf die Kamera in seiner Hand. „Wehe, du verrätst etwas."

Enzo hob die Schwurfinger. „Lass uns lieber zurück, bevor die anderen was mitkriegen", sagte er.

Als ich wieder im Wohnzimmer am Esstisch saß, war mir richtig schlecht. Und wenn ihr glaubt, dass der heutige Tag gar nicht mehr peinlicher werden konnte, dann habt ihr euch leider geirrt. Das dicke Ende kam diesmal nach dem Nachtisch.

Annalisa servierte Vanilleeis mit warmer Heidelbeersoße.

„Einfach, aber gut", sagte Dalila gnädig und Anna-

lisa setzte zum ersten Mal an diesem Abend ein erleichtertes Lächeln auf.

„Kann ich noch 'ne Portion?", fragte Marcel.

Annalisa nickte und ging durch das weiße Wohnzimmer zur weißen Tür. Aber ihr weißes Kleid hatte
jetzt hinten einen Fleck. Er war ziemlich groß, ziemlich nass und leuchtend rot.

„Äh, Annalisa?" Marcel räusperte sich. „Du …
äh … hast Heidelbeersoße am äh … Hintern."

Annalisa fuhr herum. Ich sah, dass ihr Kleid auch
vorne einen roten Fleck hatte. Heidelbeersoße konnte es nicht sein. Die war nämlich lilablau. Annalisa
sah an sich herunter. Sie öffnete den Mund, aber es
kam kein Ton heraus. Dalila entfuhr ein überraschtes
Prusten und durch meine schockgefrorenen Adern
strömte jetzt so etwas wie glühend heiße Lava.

„Oh Gott." Melissa ließ die Kamera sinken.

Annalisas Gesicht war totenbleich.

Sie schwankte.

Graziella stürmte zu ihr und hielt sie am Arm.

„Komm, Süße", sagte sie mit einer ganz lieben und
weichen Stimme. „Das ist doch gar nicht schlimm.
Ich bring dich ins Bad."

Im Flur hörten wir, wie Annalisa in ein heftiges
Schluchzen ausbrach. Dann klackerten die Absätze
ihrer Mutter über den Dielenboden.

„Die Ärmste", sagte Dalila, die schon wieder ihr

dämliches iPhone in der Hand hielt. Sie stieß einen tiefen Seufzer aus, als wollte sie die klirrende Stille mit ihrem Mitgefühl zum Schmelzen bringen.

Marcel schüttelte verwirrt den Kopf. „Hat sich Annalisa verletzt?"

„Alter." Enzo stieß Marcel in die Seite. „Halt die Klappe und stell keine blöden Fragen."

„Wieso blöde Fragen?" Marcel starrte auf den Stuhl, auf dem Annalisa gesessen hatte. Auch der hatte jetzt ein leuchtend rotes Fleckenmuster. „Ich kapier nicht …"

„Annalisa ist ein Mädchen", informierte ihn Dalila. „Und jedes Mädchen bekommt früher oder später ihre …"

„HALT DIE FRESSE!", fiel ich ihr ins Wort.

Aber es war zu spät. Selbst Marcel hatte jetzt begriffen, was der Fleck auf Annalisas weißem Kleid zu bedeuten hatte. Darüber, dass wir irgendwann unsere Periode kriegen würden, hatte ich natürlich auch schon mal nachgedacht. Aber bis jetzt hatte ich immer geglaubt, das käme frühestens in der siebten Klasse. Und nicht in meinen schlimmsten Albträumen wäre mir in den Sinn gekommen, dass andere es auf diese Weise mitkriegen konnten.

254

„Ich denke, es ist besser, wir brechen das Dinner hier ab", sagte Melissa. Die Kamera hatte sie ausgestellt. „Und untersteht euch, irgendjemandem auch nur ein Wörtchen hiervon zu erzählen."

Mit gesenkten Köpfen verließen wir die Wohnung. Annalisas Weinen hallte durch den langen weißen Flur.

Als ich an diesem Abend in meinem Bett lag, hatte ich so großes Mitleid wie noch nie in meinem Leben. Hätte ich Annalisa damit helfen können, ich hätte Papai gebeten, splitternackt auf unserem Küchentisch den Samba zu tanzen.

Und Annalisas Mutter fand ich plötzlich noch schlimmer als die von Dalila. Kein Wunder, dass sich Annalisa solchen Druck gemacht hatte. Neben ihren Gästen musste sie sich auch noch vor den ekelhaften Bemerkungen ihrer Mutter fürchten.

Und dass ein Mädchen in seinem Herzen so einsam war, dass es Liebesbriefe an sich selbst schrieb, das trieb mir die Tränen in die Augen.

24.

KEIN STERBENSWÖRTCHEN
UND EIN SCHRECKLICHES
LAUFFEUER

Erinnert ihr euch noch an den Krisenherd, den ich am Anfang meiner Geschichte angedeutet habe? Der war jetzt so nah, dass wir uns bald die Nase daran stoßen sollten. In der Woche nach Annalisas ganz und gar nicht perfektem Dinner passierten so viele Dinge, dass ich gar nicht weiß, wo ich anfangen soll.

Wir kamen nicht mal dazu, die Punkte zu verteilen, denn am Montag war Annalisas Platz in der Klasse leer. Dafür fiel mir in der ersten Pause auf, dass sich Schüler aus anderen Klassen vor unserem Klassenzimmer herumdrückten. Sie tuschelten und kicherten und steckten ihre Nasen durch die Tür, als ob sie nach jemandem suchten. Nach wem – das wollte ich mir nicht vorstellen. Getuschelt und gekichert wurde auch in unserer Klasse. Vor allem Luna, Asra und Deborah klebten wie siamesische Drillinge aneinander. Ich schnappte Worte wie *eklig* und *todes-*

peinlich auf und Sayuri fragte mich, was sie meinten. Aber ich wollte einfach nicht daran glauben, dass es irgendetwas mit Annalisa zu tun hatte.

Die kam am Dienstag wieder zur Schule. Sie trug eine schwarze Cordhose und ein graues Sweatshirt. Ihr Gesicht war beige-gelb wie bei jemandem, der nach einer tödlichen Grippe aus dem Krankenhaus entlassen worden war.

Ich hatte mehrmals bei ihr angerufen und ihrer Mutter viele Grüße ausgerichtet, weil Annalisa nicht ans Telefon kam. Als sie im Klassenzimmer erschien, schickte ich ihr mein sonnigstes Lächeln. Ich wollte sie aufmuntern und ihr zeigen, dass sie keinen Grund hatte, sich zu schämen. Aber sie hielt ihren Kopf gesenkt und sprach nicht mal mit ihrer angebeteten Dalila.

„Lass mich in Ruhe", fauchte sie, als ich nach dem Unterricht auf sie zuging. In der Pause setzte sie sich auf eine entlegene Bank auf dem Schulhof und hielt ihren Blick starr auf den Boden gerichtet. Deshalb merkte sie auch nicht, dass jetzt alle möglichen Schüler aus allen möglichen Klassen in ihrer Nähe herumscharwenzelten. Als ich sah, wie ein Mädchen aus der Achten auf Annalisas Hose zeigte, wurde mir klar, dass

Wunschdenken jetzt nicht mehr weiterhalf. Und genauso wenig konnte ich dem Gedanken aus dem Weg gehen, dass jemand aus meiner Gruppe gepetzt hatte.

„Ich nicht", sagte Marcel und hob die Schwurfinger. Auch Enzo schüttelte den Kopf. Dalila machte mit ihren Fingern eine Bewegung, als ob sie ihre Lippen wie einen Reißverschluss versiegeln würde. „Kein Sterbenswörtchen", sagte sie.

In der letzten Stunde hatten wir Computerkurs bei Frau Kronberg. Ich teilte mir einen Computer mit Sayuri. Dalila saß neben Luna und Annalisa hockte in der letzten Reihe.

„Geh weg", hatte sie gesagt, als ich sie fragte, ob ich mich neben sie setzen dürfte. Frau Kronberg zeigte uns, wie man im Internet nach Bildern sucht. Zur Übung gab sie uns das Stichwort *Magma* vor. So nennt man die glühend heiße Masse aus geschmolzenem Gestein, die in einem Vulkan ist. Aber was in dieser Stunde explodierte, war etwas anderes.

Ein Zettel flog auf meinen Schoß.

Google mal „Lady in Red bei peinlichem Dinner", stand darauf.

Lady in Red heißt auf Deutsch *Frau in Rot* und in meiner Brust brodelte eine furchtbare Ahnung.

Ich sah mich um. Alle beugten sich über ihre Computer und schienen mit der Suche nach Magma-Bildern beschäftigt zu sein.

„Was ist?", flüsterte Sayuri. „Was stand auf dem Zettel?"

Bitte nicht das, was ich denke, dachte ich.

Als Frau Kronberg nicht hinsah, tippte ich den Satz bei Google ein.

Klick.

Ganz am Anfang einer Liste erschien das Standbild eines Youtube-Films. Und als ich es mit zitternder Hand anklickte, lief ein grauenhafter Stummfilm ab.

Er zeigte ein schneeweißes Wohnzimmer mit einem kalkweißen Mädchen, das auf seinem blütenweißen Kleid einen riesigen Blutfleck hatte. Der Mund des Mädchens öffnete sich zu einem stummen Schrei. Damit endete das Video.

„Oh mein Gott", flüsterte Sayuri geschockt. „Was ist das? Wer war das?"

Das Mädchen im Stummfilm war Annalisa – und das war mehr als deutlich zu sehen. Aber was Sayuri meinte, war natürlich: Wer hatte diesen widerlichen Film gedreht? Und ihn anschließend auf YOUTUBE GEPOSTET???

In meinem Kopf explodierten die Bilder. Eins nach dem anderen schoss an die Oberfläche.

Melissa mit der abgestellten Kamera bei Annalisas Dinner. Sie konnte es nicht gewesen sein.

Aber dann: Enzo mit seiner kleinen Videokamera, die er ständig mit sich herumtrug.

Damals bei Jeff.

In der *Perle des Südens.*

Bei allen Dinnern. Auch bei Annalisa.

Enzo, der bei Marcels Dinner gesagt hatte, er filmte nur so zum Spaß.

Enzo, in der Buchhandlung von meiner Oma. Der ein Facebook-Profil hatte und Filme auf Youtube postete.

Enzo, der jetzt hinten im Klassenzimmer grinsend auf seinen Computerbildschirm zeigte.

Ich drehte mich zu ihm um und in meinem Kopf spulte sich ein Enzofilm ab. In den letzten Monaten hatte er uns immer wieder überrascht. Er hatte Flo zur Weißglut getrieben, Penelope den letzten Nerv geraubt und die Erwachsenen mit seinen Streichen auf die Palme gebracht. Aber dann hatte ich seine andere Seite kennengelernt. Wie er mich wegen Alex getröstet und mir guten Rat gegeben hatte. Wie er Schneeweißchens Baby auf dem Schoß hielt, uns bekochte wie ein indischer Prinz und wie er manchmal aussah wie ein ausgesetztes Waisenküken. Wir hatten viel Spaß zusammen gehabt und ich hatte gedacht, wir wären jetzt so was wie Freunde. Aber das hier – das war kein Spaß. Und ein echter Freund würde so was niemals tun. Jedenfalls nicht in meiner Welt. Klappe zu, Film aus. Was Enzo sich jetzt geleistet hatte, fand ich so widerlich, dass mir richtig schlecht wurde.

Ich ließ Sayuris Hand los. Ich stand vom Stuhl auf. Ich marschierte zum Computertisch von Enzo und Marcel, die mich beide erstaunt ansahen. Ich holte mit der Hand aus. Ich holte weit aus. Und WAMM landete meine flache Hand auf Enzos Wange.

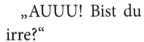
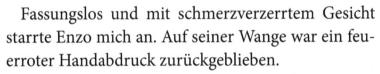

„AUUU! Bist du irre?"

Fassungslos und mit schmerzverzerrtem Gesicht starrte Enzo mich an. Auf seiner Wange war ein feuerroter Handabdruck zurückgeblieben.

Absätze klackerten hinter meinem Rücken.

Eine Hand packte mich im Nacken.

Eine wütende Frauenstimme schrillte in mein Ohr.

„Lola! Was ist in dich gefahren? Sofort raus mit dir!"

Frau Kronberg schleifte mich zur Tür und bombardierte mich mit Fragen. Aber ich sagte kein Sterbenswörtchen. Ganz bestimmt würde ich ihr nicht erzählen, was ich gerade gesehen hatte.

Den Rest der Stunde verbrachte ich im Flur. In meinem Kopf tobten flammende Rachegedanken.

Als sich die Klassenzimmertür nach dem Unterricht wieder öffnete, kam Enzo auf mich zu. Er hatte noch immer meine fünf Finger auf der Wange.

„Kannst du mir verraten, warum du mir wie eine Furie ins Gesicht schlägst?", fragte er mit bebender Stimme. Auch in seinen Augen flackerte es und für einen Augenblick glaubte ich, Tränen darin schimmern zu sehen. Aber wenn er glaubte, einen auf ahnungsloses Opfer machen zu können, dann hatte er sich geschnitten.

„Das willst du wirklich wissen?" Ich glühte vor Wut wie ein Höllenfeuer. „Du mieses Schwein. Das hätte ich nie von dir gedacht."

„Was?" Enzo spielte den Ahnungslosen perfekt. „Was meinst du, verdammt?"

„Tu doch nicht so", zischte ich. „Du weißt genau, was ich meine. Du hast diesen miesen Film gepostet."

Aus Enzos Augen sprühten mir jetzt ebenfalls Wutfunken entgegen. Er ballte seine Fäuste und kam ganz dicht an mich heran. „Ich weiß *überhaupt* nichts", zischte er zurück. „Du ... du ... verdammt, hat dir eigentlich schon mal jemand gesagt, dass du echt einen an der Klatsche hast?"

Nein. Aber dafür hätte ich gerne das Skalpmesser des durchgeknallten Erdkundelehrers gehabt. Und wenn Enzo glaubte, mich mit seinem Theater durcheinanderbringen zu können, dann würde ich ihm eben auf die Sprünge helfen.

„Lady in Red", sagte ich. „Bei peinlichem Dinner. Du hast Annalisa mit ihrem Fleck auf dem Kleid gefilmt. Du hast es auf Youtube gepostet. Und an alle möglichen Leute aus unserer Schule geschickt. Ist das deutlich genug, du Mistkerl?"

Enzo wich einen Schritt zurück. Seine Augen wurden sehr groß und seine Stimme sehr leise, als er jetzt zu mir sagte: „So was denkst du von mir? Du glaubst, das könnte ich tun? Wenn du kein Mädchen wärst, würde ich dir jetzt eins auf die Fresse geben."

Mit diesen Worten schob er sich an den anderen Schülern vorbei, die jetzt auch in den Flur gekommen waren, und ließ mich zurück. Verwirrt und mit einem plötzlich sehr schlechten Gewissen.

Am Schultor wurde ich noch einmal am Kragen gepackt. Diesmal von Melissa. Neben ihr stand Graziella und beide machten ein todernstes Gesicht.

„Wir suchen Enzo", sagte Graziella.

„Der ist weg", sagte ich.

„Hast du schon den Film auf Youtube gesehen?", fragte Melissa.

Ich nickte stumm.

„Er breitet sich aus wie ein Lauffeuer", sagte Graziella. „Facebook, Schüler VZ. Er ist überall."

Ich schloss die Augen. Das war einfach zu schrecklich. Alle konnten es sehen. Einfach alle! Selbst mit geschlossenen Augen flimmerten die Bilder an mir vorbei. Und ich sah Enzos Gesicht. Seine großen Augen und seine leise ungläubige Stimme. Er hatte recht. Ich hatte echt einen an der Klatsche! Wie konnte ich nur glauben, dass er etwas damit zu tun hatte? Wütend drückte ich meine Tränen weg.

„Enzo war es nicht", presste ich hervor. „Das hab ich auch erst gedacht, aber er hat nichts damit zu tun."

„Wer dann?", fragten Graziella und Melissa wie aus einem Mund.

„Ich weiß es nicht", sagte ich.

Aber ich würde es rausfinden. So viel war sicher.

25.

ACHT RELATIVSÄTZE UND
EIN ENTSCHULDIGUNGS-HAGEL

„Bist du wegen dem Youtubefilm hier?", fragte Flo, als ich eine Dreiviertelstunde später an ihrer Tür Sturm klingelte. „Frederike hat ihn mir auf ihrem Handy gezeigt. Aber was hat Enzo damit zu tun? Er kam eben hier rein. Er war total komisch, als hätte er geheult oder so. Ich hab ihn gefragt, was los ist, aber er hat gesagt, ich soll die Fresse halten und meine Scheißfreundin fragen."

Flo legte den Kopf schief. „Hast du ihm das etwa angedichtet?"

Ich schluckte schwer. Mein Herz fühlte sich an, als ob es fünfzigtausend Zentner wog.

„Oha", sagte Flo, die mir wohl ansah, dass sie richtiglag.

Ich schob mich an ihr vorbei. „Ich muss mit Enzo reden. Sofort."

Flo zuckte mit den Schultern. „Viel Glück. Er hat sich in Penelopes Zimmer eingeschlossen."

Ich klopfte ungefähr dreihundert Mal und wiederholte dabei wie ein aufgezogener Papagei: „Bitte, Enzo. Mach auf. Es tut mir wirklich schrecklich leid. Bitte! MACH AUF!"

Als Enzo endlich die Tür öffnete, war mir so klar wie Kloßbrühe, dass ich den Irrtum meines Lebens begangen hatte. Und eine halbe Stunde später sah ich mit eigenen Augen, wer das miese Youtube-Schwein gewesen war.

Flo und ich saßen mit Enzo auf Penelopes Bett und schauten uns das Filmmaterial auf seiner kleinen Videokamera an.

„Hier", sagte er und stoppte eine Aufnahme, die er bei Marcels Dinner gemacht hatte. Es zeigte Dalila, die ihr iPhone in der Hand hielt. In dem winzigen Bildschirm erkannte ich die Umrisse von Marcels Zimmer.

„Man kann mit einem iPhone filmen?", fragte ich fassungslos.

„Du bist ganz schön von gestern, weißt du das?", brummte Enzo düster. „Ein iPhone hat eine der besten Kameras, die du dir denken kannst. Schön unauffällig ist es außerdem. Hier …" Er spulte vor. Stoppte wieder auf einer Einstellung, die Dalila zeigte. Diesmal hielt sie das iPhone in meiner Wohnung hoch.

„Und hier", Enzo zeigte auf eine nächste Aufnahme. „Die Wohnung von Annalisa. Die versteckte Kamera war die ganze Zeit dabei. Ich kann's immer noch nicht glauben, dass du denken konntest, ich würde so was verbreiten."

„Es tut mir wirklich schrecklich leid", sagte ich zerknirscht. „Wenn ich du wäre, ich würde kein Wort mehr mit mir sprechen."

Enzo legte seine Hand auf die Wange, die auch jetzt noch gerötet war. Dann zuckte er die Schultern und grinste schief. „Zu deinem Glück bin ich nicht du", sagte er. „Aber das nächste Mal schalte gefälligst dein Hirn ein, bevor du abfeuerst. Okay?"

„Versprochen!", sagte ich aus tiefster Erleichterung.

„Mein Hirn braucht leider auch Nachhilfe." Flo starrte immer noch fassungslos auf Enzos Aufnahmen. „Ich meine, ist Dalila nicht Annalisas *Freundin*?"

„Pah", schnaubte ich. „Für Dalila ist Annalisa eher so was wie ein kleiner Dackel. Ich glaub nicht, dass Dalila überhaupt mit jemandem befreundet sein kann."

„Außerdem war sie total sauer auf Annalisa", sagte Enzo. „Bei Marcel und mir hat sie voll abgelästert. Weißt du nicht mehr? Der Punktabzug bei Dalilas Dinner. Sie meinte, das wäre alles Annalisas Schuld gewesen. Wahrscheinlich wollte sie ihr deswegen eins auswischen."

„Das ist echt der Oberhammer", zischte Flo. „Was wollt ihr jetzt machen? Geht ihr zu Herrn Demmon?"

Nein. Das taten wir nicht.

Am Mittwochmorgen hatten wir unseren Lehrer in der ersten Stunde in Deutsch. Wir nahmen gerade Relativsätze durch. Das sind Sätze, die sich auf einen Gegenstand oder einen Menschen beziehen und wie alle Nebensätze mit einem Komma abgetrennt werden. Wir sollten uns Beispielsätze ausdenken und dreizehn Minuten später schoss mein Finger in die Höhe.

„Hast du eine Frage?" Herr Demmon sah von seinem Pult hoch.

„Nein", sagte ich. „Ich habe acht Relativsätze."

Herr Demmon lächelte. „Na dann, schieß los."

Ich griff nach meinem Blatt, stand auf und holte Luft. „Kennen Sie das perfekte Dinner, das in unserer Projektgruppe durchgenommen wird? In dieser Gruppe gibt es eine feige Ratte, die ich Ihnen gerne vorstellen möchte. Sie hat etwas gefilmt, das niemals irgendjemandem unter die Augen kommen sollte. Aber den Film, den sie dann im Internet gepostet hat, konnten alle sehen. Zum Filmen hat die feige Ratte ihr iPhone benutzt, das sie immer bei sich hat. Vielleicht steckt das iPhone in der silbernen Tasche, die jetzt unter ihrem Tisch steht. Und sonst können wir Ihnen auch ein paar Beweisaufnahmen zeigen, die jemand anders aus der Gruppe gemacht hat. Da kann man die feige Ratte erkennen, die ich meine."

In der Klasse war es still geworden.

Herrn Demmons Lächeln war eingefroren.

Er erhob sich von seinem Pult.

Unser Lehrer ist groß, aber jetzt wirkte er plötzlich wie ein Riese.

Er sah von mir zu Dalila.

Alle sahen zu Dalila.

Die griff zitternd nach ihrer Tasche. Sie war noch bleicher als Annalisa, die beide Hände vor ihr Gesicht geschlagen hatte.

Herr Demmon streckte seine Hand aus.

„Rück es raus", sagte er und seine Stimme klirrte vor Kälte. „Rück das verdammte Handy raus."

Es war jetzt so still in der Klasse, dass man die Stecknadel einer nähenden Laus hätte fallen hören

können. An Dalilas Hals krochen feuerrote Flecken empor und ich wünschte mir, dass Scham und Schande sie von innen verbrennen würden.

Das geschah zwar nicht, aber am Donnerstag fehlte Dalila in der Schule. Ihr Handy blieb im Besitz von Herrn Demmon und in der dritten Stunde hatten wir unsere letzte Sitzung mit der Projektgruppe.

„Das perfekte Dinner ist beendet", verkündete Herr Demmon, der jetzt am Pult stand. Die Zehntklässler saßen stumm an einem Fünfertisch. Wir anderen saßen auch an einem Tisch. Ich griff nach Annalisas Hand und diesmal wies sie mich nicht ab. Sie war noch immer sehr still und traute sich kaum, den Blick zu heben. Mittlerweile war der schreckliche Film aus dem Internet verschwunden. Aber gesehen hatten ihn fast alle.

Auch Annalisa. Ausgelacht wurde sie nicht mehr.

Seit gestern Mittag wurde sie von Entschuldigungen geradezu überschüttet. Es hagelte Postkarten mit bedröppelten Dackelköpfen und *Bitte-verzeih-mir*-Aufschriften.

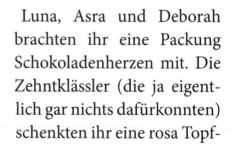

Luna, Asra und Deborah brachten ihr eine Packung Schokoladenherzen mit. Die Zehntklässler (die ja eigentlich gar nichts dafürkonnten) schenkten ihr eine rosa Topfpflanze und Marcel legte ihr eine weiße Rose auf den Tisch.

„Es gibt verschiedene Beispiele für Mobbing", sagte Herr Demmon jetzt. „Und was hier passiert ist, gehört zu den schlimmsten. Dalila ist nicht allein die Täterin. Alle, die dafür gesorgt haben, dass dieser Film in Umlauf geraten ist, sind mitschuldig. Heute Abend gibt es mit den Lehrern und dem Elternrat eine Sondersitzung. Wir werden euch über die Konsequenzen informieren."

26.

EIN MOBBING-WORKSHOP
UND EINE IDEE FÜR
EIN VERRÜCKTES DINNER

Die Konsequenzen kamen in der nächsten Woche.

An dieser Stelle spule ich in meiner Erzählung mal ein bisschen vor – und zwar zum Freitag, dem 10. Juni.

Das war der letzte Tag eines Mobbingworkshops. Alle fünften Klassen unserer Schule nahmen daran teil und er fand an den schulfreien Nachmittagen statt. Nach der Krisensitzung unserer Lehrer und einem anschließenden Krisen-Elternabend hatten sich alle Eltern damit einverstanden erklärt.

Keiner von uns widersprach. Wir wurden in einzelne Gruppen aufgeteilt. Unsere Projektleiter waren vier Erwachsene, die sich mit dem Thema Mobbing beschäftigten. Und der Workshop war spannender als jeder Unterricht, auch wenn wir viele traurige Wahrheiten lernten.

Wusstet ihr, dass Mobbing an Schulen dazu führen kann, dass die Opfer psychische Störungen bekom-

272

men? So nennt man das, wenn jemand einen an der Klatsche kriegt – und lustig ist das kein bisschen.

Manche Mobbingopfer bringen sich sogar um oder laufen Amok. So nennt man Schüler, die mit einer Waffe in die Schule kommen und auf andere schießen.

Die Mobbing-Täter werden in vielen Fällen gar nicht erwischt, weil sich niemand traut, gegen sie vorzugehen. Stattdessen sind alle feige Ratten und halten die Klappe. Oder, noch schlimmer, sie machen mit, wie die Schüler bei uns, die Annalisas Video auf ihren Handys oder über Facebook und Schüler-VZ weitergeleitet hatten. Dalila hatte sogar einen falschen Namen benutzt, als sie das Video zum ersten Mal an eine ausgewählte Gruppe sendete. Das erfuhr ich von Luna und Asra, die erst jetzt richtig zu begreifen schienen, dass sie mitschuldig an der ganzen Sache waren.

Dalila drohte ein Ordnungsverfahren und eine Versetzung in die Parallelklasse. Als sie wieder in die Schule kam, drückte sie Annalisa ein silbernes Päckchen mit einer roten Schleife in die Hand, aber Annalisa ließ es fallen, als wäre es giftig.

Dalila sah aus wie eine Wachsfigur. Sie schaute niemanden an, blickte immer nur starr geradeaus und saß allein an ihrem Tisch. Niemand sprach mit ihr. Unsere Projektleiter warnten uns zwar davor, Dalila mit einer Gegenmobbingaktion zu bestrafen – aber freundlich würde ich zu ihr ganz bestimmt nicht sein. Und Annalisa mied sie wie der Vampir das Tageslicht.

In der Schule saß Annalisa jetzt zwischen Sayuri und mir und bei dem Mobbing-Workshop sagte sie etwas, das mich zum Heulen brachte.

Wir machten kleine Rollenspiele und einen Stuhlkreis, in dem wir darüber redeten, was uns traurig oder wütend machte oder was wir sonst auf dem Herzen hatten. Dazu gab es einen roten Schaumstoffball, der von Schüler zu Schüler geworfen wurde. Sprechen durfte immer nur der, der den Ball in der Hand hielt. Irgendwie fand ich das zwar ein bisschen ballaballa – ich meine, wir sind doch keine hopsigen Kindergartenkinder. Aber dass man Schaumstoffbälle auch gut abfeuern konnte, zeigte Enzo. Sein Ball landete nämlich an meinem Kopf und das hatte ich mir nach der Ohrfeige auch wirklich verdient.

„Botschaft angekommen. Fünf Sterne für perfekte Werfkunst", sagte ich. Und dann beschloss ich doch, zu erzählen, wie viel Druck ich mir mit dem ganzen Dinnerprojekt gemacht hatte. Ich beschrieb, wie beim Probekochen mit Fabio der Mixer in unserer Küche explodiert war und wie ich meinen Freund fast mit einer Überdosis Muskatnüssen ermordet hätte.

Alle lachten. Sogar Annalisa kicherte ein bisschen.

274

„Und dass ich bei meinem Dinner nur an diese dämlichen Punkte denken konnte, fand ich ehrlich gesagt auch total bescheuert", schloss ich. „Es hätte viel mehr Spaß gemacht, wenn wir einfach zusammen gekocht hätten."

Marcel, der auch in meiner Gruppe war, nickte jetzt. Aber ich warf den Ball zu Annalisa, die ihre Hand hochhielt.

„Ich kann abends nicht mehr einschlafen", sagte sie. „Ich sehe immer wieder diesen schrecklichen Film vor meinen Augen. Ich hatte solche Angst, zur Schule zu gehen. Aber ich bin froh, dass es auch welche gab, die zu mir gehalten haben. Ich wollte mich bei dir bedanken, Lola. Und ich wollte mich dafür entschuldigen, dass ich manchmal gemein zu dir war und fiese Sachen über dich erzählt habe. Ich weiß jetzt, wie sich das anfühlt."

Da musste ich schon wieder heulen.

Ich hab keine Ahnung, ob ich je mit Annalisa befreundet sein kann. Trotzdem – in diesem Moment fand ich sie irre mutig und ihre Entschuldigung nahm ich an.

Annalisa warf den Ball zu Flo, die auch in unserer Gruppe war.

„Warum macht ihr nicht wirklich noch ein gemeinsames Dinner?", schlug Flo vor. „Fragt doch Herrn Demmon, ob ihr als Gruppe zusammen kochen könnt. Wir haben das auch gemacht. Wir haben für unsere Zehntklässler ein vegetarisches Menü gekocht und dazu haben wir einen selbst gedrehten Film mit Interviews und Berichten zum Thema Tierschutz gezeigt."

Den Film hatte Flo mir sogar gezeigt. Ich war total beeindruckt von dem Projekt gewesen, das ihre Gruppe auf die Beine gestellt hatte. Und Flos Idee für ein gemeinsames Dinner mit unserer Gruppe fand ich einfach genial. Ich musste unbedingt mit Annalisa, Enzo und Marcel darüber sprechen.

Der Workshop war fast zu Ende und als letzter Punkt stand am Freitag die Wahl von Konfliktschlichtern auf dem Programm.

Aus jeder Klasse wurden ein Schüler und eine Schülerin gewählt, die in schlimmen Konflikten wie Mobbing dabei helfen sollten, eine friedliche Lösung zu finden. Flo und Ansumana gewannen die Wahl in der 5a. Enzo und ich wurden die Konfliktschlichter aus der 5b.

„Ich verspreche, dass ich auf Lola aufpasse", sagte er. „Falls sie mal wieder handgreiflich werden sollte."

Alle lachten. „Und ich passe auf, dass deine Pflegefamilie es noch eine Weile mit dir aushält", konterte ich, musste selbst aber auch lachen.

Am späten Nachmittag setzten wir uns mit Annalisa und Marcel zu einer geheimen Krisensitzung in meinem Zimmer zusammen. Ich servierte eine Runde Fanta und eine Schale mit Schokoladeneiern, die noch von Ostern übrig waren. Zucker regt nämlich die Gehirnzellen an – und die brauchten wir jetzt.

„Ich erkläre die Krisensitzung für eröffnet", sagte ich, als wir alle gemeinsam anstießen. Wir saßen bis zum späten Abend. Unsere Köpfe rauchten und unsere Herzen brannten – für einen Plan, den wir am Montag unserem Klassenlehrer Herrn Demmon und den Zehntklässlern vorstellen würden.

In der ersten Pause trommelten wir alle zusammen und klopften an die Tür von Herrn Demmons Sprechzimmer.

„Wir haben eine Idee", sagte Annalisa.

„Für ein gemeinsames Überraschungsmenü", sagte Marcel.

„Mit einem verrückten Motto", ergänzte Enzo.

„In einem brasilianischen Restaurant", schloss ich.

Graziella, Sally, Melissa, Moha und Marius glotzten uns verständnislos an.

Herr Demmon runzelte die Stirn. „Und was genau soll das werden, wenn ich fragen darf?"

Tja. Das würde ich auch noch meinem Papai erklären müssen. Aber der hatte sich so sehr über die ganze Dinnerkrise aufgeregt, dass ich ihn mit unserer Idee bestimmt überzeugen würde.

27.

VIER STERNEKÖCHE
IN DER PERLE DES SÜDENS

Yep! Mein Papai ließ sich überzeugen.

Und ich erzähle euch jetzt von dem lustigsten Dinner, das die Welt je gesehen hat. Punkte werden dabei nicht verteilt und eine schicke Wohnung braucht man auch nicht. Es reichen bunte Stifte, ein paar Bögen Papier, einfache Rezepte, eine Küche, ein perfektes Koch-Team – und zu guter Letzt: gut gelaunte Gäste, die Lust auf ein echtes Überraschungsmenü haben.

Die Küche gehörte in unserem Fall zur *Perle des Südens*. Dort sollte am 18. Juni unser Überraschungsmenü stattfinden.

Es war ein Sonntag, und weil an diesem Tag die meisten Gäste erst ab 18 Uhr kamen, hatte sich Papai bereit erklärt, das Restaurant tagsüber für einen guten Zweck zu schließen.

„Ich finde eure Idee wunderschön, Cocada", sagte er. „Und nach dieser schrecklichen Sache mit Annalisa ist ein gemeinsames Dinner die beste Medizin."

Das fanden wir natürlich auch. Diesmal war niemand von uns ängstlich, sondern wir freuten uns wie die wilden Affen auf das Kochen.

Zwerg und Berg hatten sich als unsere ehrenamtlichen Hilfsköche zur Verfügung gestellt. Die Chefköche waren Annalisa, Enzo, Marcel und ich.

Als Überraschungsmenü hatten wir uns eine lange Liste von Rezepten überlegt. Die Bedingungen lauteten:

Die Zutaten müssen günstig sein.

Die Gerichte müssen sich einfach zubereiten lassen.

Die Rezepte müssen lustige Fantasienamen bekommen.

„Wie seid ihr nur auf die Idee gekommen?", fragte Zwerg, als Enzo, Marcel, Annalisa und ich ihm um acht Uhr morgens in der Restaurantküche die Menüliste vorlegten. Die Einkäufe hatten wir mit Bergs Hilfe schon am Vortag erledigt.

„Durch Marcels schlaraffigen Schlemmerspieß", sagte Enzo, der Zwerg um fast einen halben Kopf überragte. Aber auch als Hilfskoch machte sich Zwerg mindestens so gut wie der dicke Berg. Der musste an diesem Vormittag mächtig den Bauch einziehen, damit wir alle in der kleinen Küche Platz hatten.

Aber: Es fielen keine Tomaten zu Boden, es brann-

280

te nichts an, niemand schnitt sich in den Finger und als wichtigster Pluspunkt: Wir hatten den perfekten Spaß.

Ich stelle euch jetzt die Speisekarte vor, die rechtzeitig fertig geworden war und mittags auf jedem Tisch bereitlag. Enzo und Annalisa hatten sie im Restaurantbüro mit bunten Stiften auf weiße Papierbögen geschrieben,

während Marcel und ich die lange Gästetafel dekorierten. Auf einer leuchtend roten Tischdecke lagen zwischen Perlen des Südens, bunten Frühlingsblüten und frischen Gräsern aus Vivian Balibars Garten die Speisekarten für unser Menü:

Fantastisches Restaurant

Bestellen Sie nach Herzenslust und
lassen Sie sich überraschen
von einer kulinarischen Auswahl
magischer Speisen:

*****

Teuflische Devilsticks à la Marcel

*****

Indisches Piratenschiff à la Enzo

*****

Pikante Kopfhautkribbelei à la Lola

*****

Feine Handtäschchen à la Annalisa

*****

Teleskop für Sternenkundler

*****

Salziges Schultäfelchen

*****

Der schiefe Turm von Pisa

*****

Floras grünes Sommerglück

*****

Schneewittchens süßer Traum

*****

Oxums goldener Spiegel

*****

*Die Küchenchefs wünschen ihren Gästen
eine spannende Auswahl und einen guten Appetit.*

Die Gäste waren wirklich sehr gespannt. Neben den fünf Zehntklässlern und Herrn Demmon hatten wir auch unsere Eltern eingeladen. Als Pflegemutter und Pflegeschwester von Enzo kamen Penelope und Flo, die heute auch ein glühendes Glückslächeln auf den Lippen hatte.

„Sol hat mir eben gemailt", flüsterte sie mir ins Ohr. „Seine Eltern bleiben noch bis zum Herbst in Quito, aber seine Oma und er kommen im Juli zurück!"

Das freute mich natürlich riesig.

Im Juli würden auch Alex und Pascal wieder da sein. Und heute hatte sich als berühmter Restaurantkritiker ihr Vater Jeff angemeldet.

283

Damit wir das Essen finanzieren konnten, hatten sich alle bereit erklärt, einen Beitrag in unseren Sonderspendentopf zu werfen. Und der größte Anteil war von Jeff gekommen.

Annalisa und ich nahmen die Bestellung der Gäste entgegen. Wir hatten uns weiße Schürzen umgebunden. Marcel und Enzo, die in der Küche mit Zwerg und Berg das Essen anrichteten, trugen Kochmützen. Und damit ihr eine Vorstellung bekommt, was sich hinter den Fantasienamen unseres verdrehten Restaurants verbarg, sind hier die echten Gerichte:

Herr und Frau Duprais bestellten natürlich die *Devilsticks à la Marcel*. Es waren Spieße aus roter Paprika, scharfer Salami, Oliven und gewürfeltem Chilikäse. Die Reihenfolge war perfekt und Marcels Eltern lobten die verschärften Kochkünste ihres Sohnes.

Penelope bestellte das *Piratenschiff à la Enzo*. Es waren kleine Schiffchen aus halbierten Zucchini, die Enzo mit Tomaten, Schinken und Curry-Frischkäse gefüllt hatte. In jedem Schiffchen steckte eine winzige Piratenflagge.

Die *Pikante Kopfhautkribbelei à la Lola* bestellten Mama und Papai. Sie bestand aus feinen Engelshaarnudeln, die ich zu kleinen Nestern geformt hatte. Gekrönt waren sie von einer Tomatensoße und Parmesanraspeln.

Herr und Frau Bachmann bestellten die *Feinen*

Handtäschchen à la Annalisa. Es waren Käseravioli mit Salbeibutter. Feine Streifen Lachs waren die dekorativen Henkel, und als sich Annalisas Mutter eine zweite Portion bestellte, strahlte Annalisa über das ganze Gesicht.

„Ich probiere das *Salzige Schultäfelchen*", sagte Herr Demmon und knabberte begeistert an den Crackern, die Annalisa und ich mit gesalzener Butter und gebratenen Sardellen belegt hatten.

Graziella und Sally wählten *Oxums Spiegel*: ein rund ausgeschnittenes Stück Toastbrot mit dem golden Eigelb des Spiegeleis.

Schneewittchens süßer Traum war der Menüwunsch von Melissa. Es bestand aus Naturjoghurt, roten Erdbeeren und schwarzen Schokoladenstückchen.

Moha und Marius staunten über den *Schiefen Turm von Pisa*: ein Wiener Würstchen, das von sieben ausgehöhlten und gestapelten Brotscheiben in einem Kreis aus Ketchup-Klecksen gehalten wurde.

Floras fleischloses Sommerglück war ein Gemüsetörtchen aus Erbsen, Zucchini und Champignons und meine beste Freundin hob anerkennend ihren Daumen.

Das *Teleskop für Sternenkundler* bestellte Jeff. Es war eine Cannelloni, die wir mit Hackfleisch gefüllt hatten. Die Sterne drum herum waren aus ausgestanzten gelben Zucchini.

285

Nachdem die Gäste kreuz und quer auch noch ein paar andere kulinarische Speisen gekostet hatten, bat mich Jeff, das gesamte Kochteam an den Tisch zu holen.

Als alle versammelt waren, stand er auf. „Ich habe in meiner Laufbahn unzählige Menüs getestet", sagte er. „Aber was heute aufgetischt wurde, gehört zu dem kreativsten Essen, das ich je genießen durfte. Am liebsten würde ich einen Artikel für die Zeitung schreiben. Dass in einem Restaurant auch mal die Kinder für die Gäste kochen dürfen, ist wirklich beispielhaft. Besonders wenn ein Fünfsternemenü wie dieses dabei herauskommt. Ein Prost auf die Sterneköche des heutigen Abends."

„Auf die Sterneköche", riefen jetzt auch die anderen Gäste, die sich mit ihren Gläsern erhoben hatten und uns zuprosteten. Herr Demmon gratulierte uns zum perfektesten Dinner des ganzen Projektes und die Zehntklässler versprachen, einen erstklassigen Film davon zu schneiden. Gefilmt wurde nämlich auch diesmal. Graziella und Melissa hatten abwechselnd die Kamera bedient und Sally fragte uns im Anschluss, ob wir ihr ein Interview geben könnten.

„Ich bin einverstanden", sagte ich und warf einen fragenden Blick auf Annalisa.

„Ich auch", sagte sie – und dann mussten wir beide furchtbar kichern. Annalisa drückte meine Hand. Sie glühte vor Stolz und ich musste plötzlich an meinen Opa denken.

„Im Schlechten muss man immer das Gute sehen." Diesen Satz hat er schon oft zu mir gesagt.

Was mit unserem perfekten Dinner passiert war, gehörte zum Schlechtesten, was ich je erlebt hatte. Aber was am Ende dabei herausgekommen war, würden wir alle bestimmt nicht vergessen.

Und was meine Geschichte betrifft – tja.

Auch da bin ich dem guten Ende ziemlich nahe.

 **28.**

DIE DESSERTLISTE

Ihr wisst vielleicht, dass meine beste Freundin die Schluss-Liste erfunden hat. Diesmal gehören noch drei kurze und ein langes Ereignis zu meiner Geschichte.

Die drei kurzen Ereignisse serviere ich euch diesmal auf meiner Dessertliste:

Am Pfingstsonntag tauchte der Diamantring von Bastian-Ramons Mutter auf. Wo? Das erratet ihr nie. Es könnte eine von Mamas unglaublichen Geschichten sein, aber sie war bestimmt nicht erfunden: Liese Rosenthal fand den Ring in Leandros rot-gelb geringelter Socke, die unter einem Baum im Hintergarten ihres Gnadenhofes vor sich hin schimmelte.

„Wie seltsam", sagte Liese, als sie uns am Telefon von ihrem Fund erzählte. „Ich könnte schwören, dass Leandro an diesem Tag braune Hasensöckchen anhatte."

Hatte er auch!

„Wie im Himmel landet ein verlorener Ring aus

Hamburg in einer Socke unter einem Baum auf einem Gnadenhof bei Uelzen?", fragte Mama.

Tja. Dieses Geheimnis kriegt ihr vielleicht auch selbst raus. ☺

Am Mittwoch nach Pfingsten landete ein letzter Liebesbrief in der Tasche von Annalisa – und wie er dahin kam, wusste ich sehr genau. Die Idee stammte von Enzo und ich wurde seine Komplizin. In der großen Pause hängte ich mich an Luna, Asra und Deborah.

„Mir ist schlecht", sagte ich mit einer piepsigen Stimme. „Geht ihr mit mir in die Klasse? Ich fühle mich total wackelig auf den Beinen."

Weil es ein verregneter Tag war, ließen sich die drei nicht lange bitten. Und als wir die Tür zum Klassenzimmer aufstießen, überraschten wir Enzo in flagranti. Das ist Tante Lisbeths neues Fremdwort und heißt *auf frischer Tat*. Enzo hockte vor Annalisas Tasche und war gerade dabei, einen himmelblauen Briefumschlag darin zu versenken.

„Huch", sagte ich und gab mir die größte Mühe, ein erstauntes Gesicht zu machen.

„ERWISCHT!", kreischte Luna.

„DU bist das?", krächzte Deborah.

„Wie romantisch!", hauchte Asra und warf einen neidischen Blick auf den Umschlag.

Enzo war in der letzten Zeit ziemlich beliebt geworden. Mädchen stehen nämlich auf schlecht erzogene Revoluzzer, das weiß ich mittlerweile aus Erfahrung.

„Dürfen wir es Annalisa verraten?", fragte ich.

„Wenn's sein muss", sagte Enzo und setzte ein perfekt zerknirschtes Theatergesicht auf. „Ich hätte es eh nicht mehr lange geheim halten können."

Annalisa las ihren letzten Brief nicht vor den anderen vor. Sie wurde nur sehr rot und verzog sich damit auf die Mädchentoilette. Aber als sie zur nächsten Stunde wieder in die Klasse kam, warf sie Enzo ein scheues Lächeln zu und er lächelte ganz lieb zurück.

Was Enzo geschrieben oder vielleicht auch gedichtet hatte, erzählte er mir nicht. Annalisa auch nicht. Aber es musste etwas Gutes gewesen sein, denn sie ging den Rest des Tages wie auf Wolken.

Von Enzos Mutter kam auch ein Brief. Er war lila und die guten Dinge, die sie schrieb, handelten eigentlich nur von ihr selbst. Sie war auf dem besten Wege zu innerem Frieden und Reichtum, aber es standen noch zwei Atemkurse bei Vollmond aus und deshalb würde sie frühestens nach den Sommerferien aus Indien zurückkehren. Sie hoffte, dass es Enzo auch gut ging, und bestellte friedvolle Grüße an uns alle.

Was Enzo von seiner lieblosen Mutter dachte, die ihn einfach so zurückließ, behielt er ebenfalls für sich. Aber was seine Pflegefamilie betraf, schien er sich ziemlich wohl zu fühlen. Und Flo beschwerte sich auch nicht mehr über ihn, sondern nur darüber, dass die Wohnung einfach zu klein für drei Leute war.

An einem Samstag in der dritten Juniwoche öffnete ich die Büchse der Pandora. Das ist der letzte und längste Punkt meiner Geschichte und ich erkläre ihn daher zum Digestif.

29.

DER DIGESTIF – ODER:
DIE BÜCHSE DER PANDORA

Am Samstag in der dritten Juniwoche kam Flos Vater Eric nach Hamburg und diesmal brummte es in Omas Buchladen.

Bestimmt siebzig Zuhörer drängten sich auf den langen Bänken, die Oma im Laden aufgestellt hatte. Flo und ich saßen ganz vorn in der ersten Reihe. Eric las ein Kapitel vor, in dem zwei männliche Pinguine abwechselnd ein verwaistes Ei ausbrüteten. Ich schielte zu Enzo, der ganz außen saß und die Lesung filmte. An der Stelle, an der Eric beschrieb, wie liebevoll die beiden Pinguinmänner den elternlosen Babypinguin aufzogen, tauchte Enzos Blick in eine Richtung ab, die bis zum Ende der sieben Weltmeere zu reichen schien.

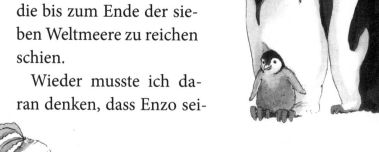

Wieder musste ich daran denken, dass Enzo seinen Vater nicht kannte und dass das Geheimnis von Penelope etwas mit seiner Geburt zu tun hatte.

Flo hatte ihre Hände im Schoß gefaltet. Kerzengerade saß sie da, und als Eric nach der Lesung die Dias von seinen Segelreisen zeigte, schien sie neben mir vor Stolz zu beben. Wir sahen auch ein paar Fotos von Erics alter Dschunke. Die hatte wirklich etwas von einem Piratenschiff und Eric erzählte von der Reise, die er damals zusammen mit seinen Freunden um die halbe Welt gemacht hatte.

Am meisten schwärmte er von den griechischen Inseln und von einer stürmischen Nacht auf hoher See. Das musste die Nacht von Flos Geburt gewesen sein. Sie hatte ihm ausdrücklich verboten, diesen Punkt zu erwähnen. Aber als Eric ein Dia von einem sternenklaren Himmel über dem nachtschwarzen Meer zeigte, strahlten Flos Augen heller als die Venus. Auch Enzo schaute jetzt zu uns herüber. Sein Gesicht sah halb glücklich und halb traurig aus.

„Sind Sie schon als Kind gerne gesegelt?", fragte eine junge Frau in der zweiten Reihe.

„Ja", sagte Eric lächelnd. „Schiffe waren immer mein Traum. Zu meinem siebten Geburtstag hab ich ein Schlauchboot geschenkt bekommen. Darin habe ich bestimmt einen Monat lang geschlafen."

„Davon hab ich sogar ein Foto", flüsterte Flo mir ins Ohr. „Ich hab es damals aus Düsseldorf mit-

293

gebracht, als ich ihn nach dem Unfall besucht hatte. Weißt du noch?"

Ich nickte. Das war die Zeit gewesen, in der Flo die Wachstumsfuge aus der Hüfte geknallt war. Dass Eric mal ein Alkoholiker gewesen war und Flo in einer stinkigen Kneipe auf der Reeperbahn vergessen hatte, konnte ich mir überhaupt nicht mehr vorstellen. Aber Flo dachte gerade offensichtlich dasselbe.

„Ich vergesse dir nie, was du damals für mich getan hast", flüsterte sie. „Wenn du Eric nicht die SMS geschickt hättest, wäre er nicht nach Köln ins Krankenhaus gekommen. Und dann würde ich heute vielleicht immer noch meinen Vater für tot erklären."

Immer wieder glitt Erics Blick zu Flo und ein paar Mal lächelte er in die Richtung von Penelope, die neben Jeff in der letzten Reihe saß. Der zog ein Gesicht wie ein eifersüchtiger Karpfen und ich fragte mich, ob er Eric gerne eine Feuerqualle in den Mund gestopft hätte. Nach der Diashow fing Jeff jedenfalls etwas unhöflich an zu gähnen und wich nicht eine Sekunde von Penelopes Seite.

Die anderen Gäste standen Schlange vor Omas Tresen, auf dem dicke Bücherstapel von Eric lagen. Diesmal signierte sie der Autor auch persönlich. Oma verkaufte fast sechzig Bücher und ich fing an zu überlegen, ob ich in meiner zukünftigen Identität vielleicht eine berühmte Schriftstellerin werden sollte.

Oma war jedenfalls restlos begeistert und fragte Eric, ob sie ihn zum Essen in die *Perle des Südens* einladen durfte.

„Gern ein andermal", sagte er höflich. „Ich bleibe noch ein paar Tage. Aber heute hat meine Tochter für mich zu Hause gekocht."

Das stimmte. Flo hatte den ganzen Vormittag in der Küche gestanden und ein vegetarisches Menü gezaubert. Enzo hatte ihr geholfen. Ich war natürlich auch zum Essen eingeladen, aber Jeff kam nicht mit.

„Ich überlasse dem Piratenvater heute das Feld", sagte er großzügig und drohte Penelope augenzwinkernd mit dem Finger. „Aber wenn er mir meine Braut raubt, zücke ich mein Schwert, verstanden?"

„Ich passe gut auf sie auf", flüsterte ich und knuffte Jeff in die Seite. Ich fand es cool, dass er keinen ernsthaften Ärger machte, und Penelope schien auch dankbar zu sein.

Es war trotzdem eine seltsame kleine Runde. Geschiedene Eltern, eine gemeinsame Tochter und ein mutterseelenalleiner, vaterloser Pflegesohn, der scheinbar nur auf der Welt war, damit Flos Mutter ihren Hals behalten durfte.

Darüber ließe sich ein echtes Buch schreiben – und ich war fest entschlossen, an diesem Abend etwas über die geheimnisvolle Sache von damals herauszubekommen.

Auf dem vegetarischen Menüplan standen heute unter anderem Kolokythokeftedakia. Übt mal, das auszusprechen. Ich hab es erst nach einer halben Stunde gekonnt. Es klingt wie ein ziemlich kompliziertes magisches Wort, ist aber griechisch und heißt auf Deutsch Zucchinibällchen. Aber sie schmecken wie eine griechische Götterspeise!

Nach dem Essen setzte sich Flo auf Erics Schoß. Die beiden sahen sich total ähnlich und Flo war so glücklich wie schon lange nicht mehr.

„Hast du eigentlich auch noch Fotos von uns?", fragte sie. „Ich meine, von dem Schiff? Als wir klein waren?"

„Nicht dabei", sagte Eric.

„Enzo hat doch eins", sagte ich. „Zeig es Eric mal."

Enzo ging in Penelopes Schlafzimmer und holte das Bild, das ich beim perfekten Dinner auf dem Nachttisch neben seinem Bett entdeckt hatte.

Als Eric das Bild ansah, schmolz sein Lächeln wie griechische Butter in der Sonne. „Das war wirklich eine magische Nacht", sagte er.

„Erzähl", sagte ich aufgeregt. „Bitte erzähl uns davon. Enzos Mutter hat gesagt, ihr hattet eine Hebamme an Bord?"

Eric nickte. „Sie war eine Schwedin. Wie hieß sie noch gleich?" Er runzelte die Stirn und sah Penelope an.

„Freja", sagte sie. „Es war wirklich ein heftiger Sturm und die halbe Besatzung war seekrank. Aber Freja hat einen klaren Kopf behalten und nach neun Stunden Wehen hatten sich beide Stürme gelegt. Der Himmel war sternklar, das Wasser war wieder ruhig und du kamst ohne Komplikationen zur Welt."

„Und unser kleinster Pirat an Bord", Penelope strich Enzo über das dunkle Haar, „war damals total verrückt nach Flo. Er wollte jede Nacht zu uns ins Bett, und wenn ich Flo gestillt habe, lag Enzo an meiner anderen Brust."

„Ähm, Themawechsel?", fragte Enzo, dem das Ganze plötzlich etwas peinlich zu werden schien.

Für mich war es das Stichwort! Ich holte einen tiefen, Shrim-Shrim-reifen Atemzug und setzte an:

„Oma sagt immer, wer nicht fragt, bleibt dumm. Und ich hätte da mal eine Frage."

Ich kratzte mir den kribbelnden Kopf und schaute Penelope an. „Was ist damals mit Gudrun in Brasilien passiert? Enzo hat gesagt, seine Mutter ist schwanger geworden, um dir den Hals zu retten!"

KAWUMM! Am Tisch wurde es jetzt so still, als hätte ich gerade die Büchse der Pandora geöffnet.

Die Büchse der Pandora kommt auch aus dem Griechischen, und zwar aus den Sagen. Pandora war eine Frau und der Göttervater Zeus gab ihr eine Büchse. Die sollte Pandora den Menschen schenken.

Das Öffnen der Büchse war strengs-
tens verboten, doch daran haben sich
die Menschen nicht gehalten. Wahrscheinlich waren sie genauso neugierig wie ich – und dann hatten sie
den Salat.

Aus Pandoras geöffneter
Büchse kamen nämlich lau-
ter Laster und Untugenden
rausgequollen. So nannte man
damals schlechte Eigenschaften
und die führten dann zu einem griechischen Krisenherd vom Feinsten.

Ich kannte die Sage aus einem Buch von Oma und
plötzlich beschlich mich das Gefühl, ich hätte meinen Büchsenöffner lieber stecken lassen.

Hatte ich aber nicht. Die Büchse war offen und Penelope wurde so rot wie die griechischen Strauchto-
maten, die Flo und Enzo als Salat serviert hatten.

„Ehrlich gesagt würde mich das auch brennend
interessieren", pflichtete Flo mir bei und ich war erleichtert, dass sie mir die Frage nicht übel nahm.
„Hat Gudrun dich damals mit irgendwas erpresst?"

„So etwas würde meine Mutter doch nie tun", sagte
Enzo – und klang dabei mindestens so ironisch wie
Papai. „Oder was sagst du, Pflegemutti?"

Penelope hob ihren strauchtomatenroten Kopf und

wechselte einen hilflosen Blick mit Eric. Aber der zuckte nur mit den Schultern.

Penelope atmete tief ein und wieder aus und ich hatte das Gefühl, sie füllte die Luft mit drohendem Unheil. „Hat dir deine Mutter wirklich nie etwas davon erzählt?", fragte sie Enzo leise.

Der schüttelte den Kopf und sah plötzlich so aus, als ob er auf einem schaukelnden Boot im offenen Meer saß. Kein Wunder. Schließlich ging es hier nicht zuletzt um das Geheimnis seiner Geburt.

Penelope trank einen Schluck Wasser.

Und dann ließ sie die Bombe platzen.

„Ich hab in Brasilien eine Segeljacht geentert", sagte sie.

„Du hast WAS?" Flo war aufgesprungen und mein Mund wurde vor Aufregung so trocken, dass ich nicht mal mehr schlucken konnte.

„Das ist jetzt ein Witz, oder?" Enzo ließ den Kolokythokeftedakia sinken, den er in der Hand hielt.

„Nicht ganz", half Eric aus. „Penelope übertreibt ein bisschen. Sie wollte sagen, dass sie in eine Segeljacht eingebrochen ist."

Flo schüttelte den Kopf. „Das stimmt nicht", widersprach sie. „So was tut meine Mutter nicht. Mama! Sag doch, dass das totaler Schwachsinn ist."

Penelope sagte gar nichts, sondern stieß einen lastervollen Seufzer aus.

299

Sie sah Flo an, als stünde sie vor dem Scharfrichter. „Ich und Gudrun", Penelope schielte jetzt zu Enzo, „sind damals mit unseren Rucksäcken durch Brasilien gereist. Bevor wir Eric kennenlernten. Drei Monate haben wir uns mit kleinen Jobs durchgeschlagen. Wir haben in Bars gearbeitet, am Strand gebratenen Fisch verkauft oder einfach von der Hand in den Mund gelebt, wie man so schön sagt. Aber zum Schluss ist uns das Geld ausgegangen. Wir waren in Rio de Janeiro, an einem Hafen, wo die Schiffe der Reichen ankerten. Eins davon hatte eine deutsche Flagge. Es hieß *Gudrun*, wie deine Mutter." Wieder warf Penelope einen zerknirschten Blick auf Enzo. „Wir haben uns über den Namen kaputtgelacht. Immer wieder kamen wir daran vorbei und kein Mensch schien an Bord zu sein. Also überredete ich Gudrun, auf die Jacht zu klettern. Es war eine ziemlich kalte Nacht, wir waren pleite und völlig verfroren. Und wie es der Zufall wollte, hatte der Besitzer vergessen, die Jacht abzuschließen. Die Tür stand offen. Also sind wir eingestiegen."

Flos Mund stand vor Verblüffung so weit offen, dass in ihn auch ein kleiner Pirat hätte einsteigen können.

„Geht es noch weiter?", fragte Enzo.

Penelope schob ihre Tomate von rechts nach links über den Teller.

„Es war das reinste Sesam, öffne dich", beichtete sie. „Riesige Kajüten mit weichen Kojen und Bettwäsche aus reiner Seide. Wir waren so müde, dass wir uns einfach ins Bett gekuschelt haben und prompt eingeschlafen sind. Dummerweise wurden wir am nächsten Morgen von dem Besitzer der Jacht geweckt. Es war ein Deutscher und das Schiff trug den Namen seiner verstorbenen Frau. Er wollte uns anzeigen. Wir wären im brasilianischen Knast gelandet, wenn Gudrun ihn nicht bezirzt hätte."

Sie warf Enzo ein schiefes Grinsen zu.

„Was heißt bezirzt?", fragte ich.

„Bezaubert", sagte Enzo düster. „Oder betört. Oder verführt. Oder geködert. Such dir was aus. Meine Mutter ist darin eine Meisterin. Wenn es stimmt, was sie sagt, war ja sogar Eric mal in sie verknallt."

Flo warf einen entgeisterten Blick auf ihren Vater, der jetzt auch ein bisschen rot geworden war.

„Gudrun war wirklich eine bezaubernde Frau", sagte er vorsichtig. „Aber *ver*zaubert hat mich dann doch eher deine Mutter."

„Hmpf", machte Flo.

Enzo schob sich den Rest seines Kolokythokeftedakias in den Mund.

Ich schluckte, auch ohne was im Mund zu haben. Bis jetzt hatte ich immer gedacht, ich hätte eine ungewöhnliche Familie mit meiner dreifach verheirateten kleinen Tante und meinem rucksackreisenden Papai aus Brasilien, der Mama auf einer deutschen Zugtoilette kennengelernt hatte. Aber Flo und Enzo toppten mich mittlerweile um die Länge einer ausgewachsenen Segeljacht.

Plötzlich war ich mir gar nicht mehr sicher, dass ich die Sache von damals wirklich hören wollte. Aber ich hatte die Büchse der Pandora geöffnet und jetzt kamen die Laster der Mütter ans Licht.

„Okay, du warst bei dem bezirzten Witwer der Segeljacht stehen geblieben", sagte Enzo zu Penelope. „Wie ging es weiter?"

„Deine Mutter erzählte ihm, dass sie auch Gudrun hieß", nahm Penelope den Faden wieder auf. „Und offensichtlich muss sie seiner verstorbenen Frau ziemlich ähnlich gesehen haben. Was soll ich sagen?" Penelope spießte ihre Gabel in die Tomate. „Deine Mutter hat sein Herz erobert. Der Typ war ein stinkreicher Millionär und er hätte Gudrun, die Zweite, vom Fleck weg geheiratet. Aber deine Mutter war nicht in ihn verliebt. Sie wollte zurück nach Deutschland. Und dahin sind wir dann auch so schnell wie möglich abgetaucht."

„Und seid in Düsseldorf gelandet, wo ihr dann *meinen* Vater kennengelernt habt." Diesmal betonte Flo das Possessivpronomen. So bezeichnet man Fürwörter, die eine Zugehörigkeit oder einen Besitz angeben. Hatten wir auch gerade in Deutsch und offensichtlich wollte Flo ihre Besitzansprüche noch einmal deutlich klarstellen.

Penelope nickte. „Eric lebte dort in einer riesigen Wohnung und da sind wir eingezogen."

Ich nickte. Den Teil hatte Enzo mir ja erzählt. „Du wolltest gerade zu deiner Weltumsegelung aufbrechen, oder? Aber dir ist die Kohle ausgegangen."

Eric lächelte und sah zu Penelope rüber. „So kann man es auch sagen."

„Jedenfalls sind Gudrun und ich bei Eric eingezogen", übernahm Penelope wieder und sah zu Enzo. „Damals war deine Mutter schon schwanger. Aber davon wollte sie ihrem reichen Millionär nichts erzählen. Nachdem du geboren warst, wollte sie lieber mit uns in der Dschunke auf Weltreise gehen."

Enzo war blass geworden. „Ihrem reichen Millionär?" Er schob seinen Teller zur Seite und ich sah, dass seine Hände zitterten. „Du meinst wohl meinen Vater!" Er starrte Penelope an. „Weißt du seinen Namen?"

Penelope verhakelte ihre Finger ineinander und wieder auseinander, als wollte sie einen Seemannsknoten machen.

„August", murmelte sie. „Dein Vater heißt August von Schanz. Und deine Mutter wird mir den Hals umdrehen, wenn sie erfährt, dass ich dir seinen Namen verraten habe. Wenn sie sich damals nicht mit ihm eingelassen hätte, dann ..."

„... wäre ich nicht geboren worden", beendete Enzo nüchtern ihren Satz. Er holte tief Luft. „Ich finde mein Leben nicht immer gemütlich, aber ich bin froh, dass ich auf der Welt bin."

„Ich auch", rief ich und legte Enzo meine Hand auf den Arm.

Flo nickte. „Ich auch", sagte sie. „Und du kannst so lange bei uns wohnen bleiben, wie du willst."

Das waren große Worte für meine Freundin.

Penelope stieß einen letzten tiefen Seufzer aus. „Das gilt auch für mich", sagte sie. „Jetzt, wo Eric mehr Unterhalt zahlt und es mit meiner Musik besser läuft, könnten wir uns sogar eine größere Wohnung leisten." Sie lächelte Enzo zu. „Dann haben unsere Gäste auch ein eigenes Zimmer."

„Warum zieht ihr nicht zu Jeff?", fragte ich.

Flo warf mir einen ärgerlichen Blick zu und Penelope schüttelte lächelnd den Kopf. „Wir sind gerade mal ein halbes Jahr zusammen, Lola. Ich möchte nichts überstürzen."

„Und ich will bestimmt nicht in das Zimmer von Pascal und Alex einziehen", sagte Flo. „Außerdem würde ich lieber näher bei der Schule wohnen, so wie du."

Da hatte Flo natürlich recht. Penelope und sie

wohnten am Hafen und Flo musste immer mit der U-Bahn zur Schule fahren, während unsere Wohnung … Moment mal!

Ich sprang vom Tisch auf. „Ich kenne eine größere Wohnung! Mit Garten! Und Wörterbaum! Vivian Balibar zieht doch bald aus. Und ihre Wohnung soll mit der kleinen Nachbarwohnung verbunden werden. Was meinst du, Flo? Wäre das nicht GENIAL?"

Ich stieß meiner Freundin so heftig gegen die Schulter, dass sie fast selbst vom Stuhl plumpste.

„Wär nicht schlecht", sagte sie. „Was denkst du, Enzo?"

Es war so süß, dass sie ihn fragte. Aber Enzo hockte nur da und starrte auf seinen leeren Teller. „Ist mir doch scheißegal, wo ihr hinzieht", murmelte er.

Dann stand er ebenfalls vom Tisch auf und verschwand in Penelopes Schlafzimmer. Flo und ich sahen uns an. Und Penelope machte ein Gesicht, als wünschte sie sich, dass die griechische Lasterbüchse zugeblieben wäre.

„Geht zu ihm", sagte Eric zu Flo und mir. „Ich glaube, er kann jetzt zwei gute Freundinnen gebrauchen." Er räusperte sich. „Und sei nicht sauer auf deine Mutter, Flo. Sie war damals noch jung und hatte nichts Böses im Sinn."

Darauf gab Flo keine Antwort.

Auch Enzo blieb stumm, als wir an seine Zimmer-

305

tür klopften. Aber diesmal hatte er nicht abgeschlossen, und als wir vorsichtig eintraten, schickte er uns nicht wieder weg.

Er hockte vor seinem Computer und surfte im Internet. „Jetzt seht euch das an", sagte er nach einer Weile. Er öffnete eine Seite von Wikipedia, dem Internetlexikon. Es war die *Liste der reichsten Deutschen* und August von Schanz stand auf Platz 14. Er lebte auf der Insel Sylt und wir fanden sogar ein Bild von ihm. August von Schanz hatte dunkelblonde Haare, braune Augen, eine spitze Nase und ziemliche Segelohren.

„Du hast seine Augenfarbe", sagte Flo.

„Aber sonst siehst du ihm eigentlich nicht ähnlich", sagte ich.

„Zum Glück", sagte Enzo. „Aber dafür erbe ich vielleicht mal sein Geld."

Flo schnappte nach Luft und ich riss die Augen auf. „Hast du etwa vor, ihn zu besuchen?"

„Vielleicht?" Enzo grinste schief und in seinen braunen Augen funkelte wieder das Teufelchen. „Aber vielleicht auch nicht. Darüber mache ich mir in den Sommerferien Gedanken." Er klickte auf den Computer und August von Schanz verschwand von der Bildfläche.

Enzo sah sich in Penelopes Schlafzimmer um. Es war ziemlich klein.

„Flo?", sagte er.

„Ja?", sagte Flo.

„Ich fänd einen Umzug vielleicht ganz schick. Danke, dass du an mich gedacht hast."

„Aber klar doch", sagte Flo. „Schließlich bist du mein Pflegebruder und kennst mich seit meiner Geburt."

Ich kratzte mir wie wild den Kopf.

Vielleicht würde meine beste Freundin bald meine Nachbarin sein. Und auf alle Fälle würden wir die großen Ferien gemeinsam verbringen. Die standen so gut wie vor der Tür und mit ihnen die Ankunft von Alex und Sol.

Auch wenn wir dieses Jahr nicht nach Brasilien flogen – ein langer heißer Sommer mit meinen Freunden in Hamburg hielt bestimmt ein paar aufregende Ereignisse für uns bereit.

Glaubt ihr doch auch, oder?

Isabel Abedi wurde 1967 in München geboren und ist in Düsseldorf aufgewachsen. Nach ihrem Abitur verbrachte sie ein Jahr in Los Angeles als Au-pair-Mädchen und Praktikantin in einer Filmproduktion und ließ sich anschließend in Hamburg zur Werbetexterin ausbilden. In diesem Beruf hat sie dreizehn Jahre lang gearbeitet. Abends am eigenen Schreibtisch schrieb sie Geschichten für Kinder und träumte davon, eines Tages davon leben zu können. Dieser Traum hat sich erfüllt. Inzwischen ist Isabel Abedi Kinderbuchautorin aus Leidenschaft. Ihre Bücher, mit denen sie in verschiedenen Verlagen vertreten ist, wurden zum Teil bereits in mehrere Sprachen übersetzt und mit Preisen ausgezeichnet. Isabel Abedi lebt heute mit ihrem Mann und zwei Töchtern in Hamburg – und genau wie bei LOLA kommt auch in ihrer Familie der „Papai" aus Brasilien!

© Hergen Schimpf

© Ulrike Schacht

Dagmar Henze wurde 1970 in Stade geboren. Sie studierte an der Fachhochschule für Gestaltung in Hamburg Illustration und hat seither bei verschiedenen Verlagen zahlreiche Kinderbücher illustriert. Wenn sie gerade nicht am Zeichentisch sitzt, geht Dagmar Henze gerne mit Isabel Abedi zum Joggen – und dann kommen die beiden direkt an LOLAS Schule, der Ziegenschule, vorbei! Denn Dagmar Henze lebt, genau wie LOLA, in Hamburg. Deshalb machen ihr die Zeichnungen für die LOLA-Bücher auch besonders großen Spaß.

Hier kommt Lola!

Band 1
ISBN 978-3-7855-5169-1

Band 2
ISBN 978-3-7855-5337-4

Alle lieben Lola! Kein Wunder,
denn Lola ist ein echtes Original!
Selbstbewusst, lebensfroh
und immer authentisch
spiegelt Lola den Alltag unzähliger
Kinder – gewürzt mit einer Prise
Abenteuer und Humor!

willkommen in ...

Band 3
ISBN 978-3-7855-5534-7

Band 4
ISBN 978-3-7855-5692-4

... Lolas welt!

Band 5
ISBN 978-3-7855-5674-0

Band 6
ISBN 978-3-7855-5675-7

Lola wird große Schwester

Band 7
ISBN 978-3-7855-5676-4

Kreischende Babys, schluchzende Mütter, hilflose Väter –
alles kein Problem für Lala Lu, die weltbeste Babyflüsterin.
Fachmännisch liest sie die Gedanken der Babys und bändigt
die größten Schreihälse. Zumindest nachts, wenn es dunkel
ist. Und diese Fähigkeiten wird sie bald auch tagsüber brauchen, denn Lola wird große Schwester! Doch in ihrer neuen
Schule gehört sie jetzt zu den Kleinen. Gut, dass sie Sally
kennenlernt. Die darf sogar schon Babysitten. Und ist für
Lola da, als Lola ihren ersten echten Liebeskummer hat. Aber
dann wird plötzlich Sally in Probleme verstrickt.

Lola und du

ISBN 978-3-7855-7448-5

Komm mit in Lolas Welt! Denn nur hier verrät Lola dir, welche Geheimcodes sie kennt, wie Kätzchen mit den Augen und den Ohren sprechen und was es bedeutet, wenn dir im Traum ein Frosch begegnet. Doch im Gegenzug will Lola auch alles über dich erfahren: was du magst, wer deine beste Freundin ist und was für Luftschlösser du baust, wenn du abends nicht einschlafen kannst!

Viel Spaß ...

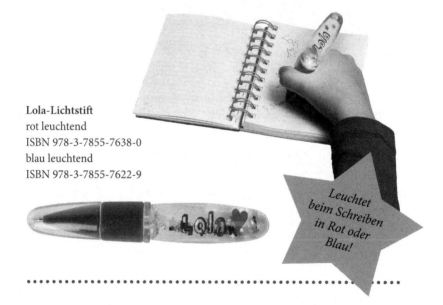

... mit Lola!

Lola-Tattoo-Glitzer-Gelstifte
ISBN 978-3-7855-6258-1

Lola-Notizblock
ISBN 978-3-7855-6253-6

Weitere spannende Bücher ...

ISBN 978-3-7855-5344-2

Lorenzo und Dina halten den Atem an, als sich der Wagen
der Geisterbahn in Bewegung setzt. Langsam fahren sie auf
das aufgerissene Drachenmaul zu. Drinnen erwarten sie
gruselige Skelette und bleiche Vampire. Doch die Schrecken
der Geisterbahn verblassen, als plötzlich ein echter Geist
auftaucht – und mit ihm ein unheimlicher Teufel, der mit
Eimer und Schwamm alles auslöscht, was ihm begegnet: ein
echter Putzteufel eben. In letzter Sekunde zieht der Geist die
Kinder zu einer verborgenen Luke – und für Lorenzo und
Dina beginnt die abenteuerlichste Reise ihres Lebens.

... von Isabel Abedi

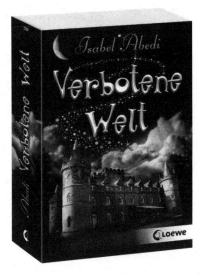

ISBN 978-3-7855-7594-9

Mit einem leisen Klopfen in dunkler Nacht nimmt eine unheilvolle Geschichte ihren Lauf. In Berlin flieht Olivia von zu Hause und versteckt sich im Kaufhaus des Westens. In New York ist Otis in der Freiheitsstatue gefangen. Und im Kellergewölbe eines schottischen Schlosshotels herrscht ein wahnsinniger Hausmeister über die verbotene Welt. Hier begegnen sich die beiden Kinder, während draußen das Chaos losbricht. Berühmte Bauwerke verschwinden. Paläste, Brücken und Gotteshäuser lösen sich in Luft auf. Die Welt beginnt zu schrumpfen, und um sie zu retten, müssen Olivia und Otis über sich selbst hinauswachsen.

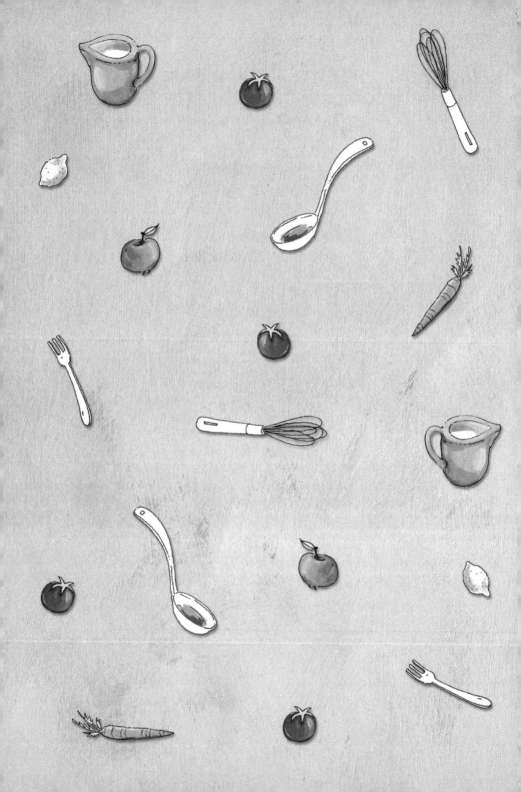